VOTO DESPIADADO

MATRIMONIOS DE LA MAFIA LIBRO CINCO

WILLOW FOX

SLOWBURN
PUBLISHING

CAPÍTULO UNO

ANTONIO

—Tenemos un lío que necesita tu experiencia —dijo Don Moretti. Su mirada de acero dice más que sus palabras.

—No se diga más.

Quiere que me encargue del problema y borre cualquier evidencia.

Por lo general, eso implica el asesinato o la limpieza de la escena. Y debo asegurarme de que no se relacione con la familia Moretti. Más específicamente, Roberto, el don de la familia.

No pretendo ser un monstruo. He hecho actos terribles, asesinado hombres, arrancado niños de sus familias. Me entrega un papel doblado. Abro la hoja, ya sospechando la ubicación, pero él es cauteloso a la hora de expresar la orden en voz alta.

En el interior hay una dirección garabateada.

Cualquiera podría estar escuchando.

No se puede confiar en nadie.

La dirección que aparece es la de los muelles del centro.

—Lleva a Ardian contigo —indica Don Moretti.

Asiento con la cabeza y salgo de su despacho, dejando la puerta abierta al salir. Atravieso el complejo en busca de Ardian, que no está en su puesto de la entrada este. En su lugar está Gian, el jefe de Ardian, un capo.

—¿Buscas a alguien? —pregunta.

¿Conoce mis órdenes en los muelles? No es un secreto que movemos productos dentro y fuera de los puertos, pero no suelo frecuentar el muelle. Ardian, sin embargo, sí lo hace. Por eso, supongo,

Roberto sugirió que Ardian me acompañara. No es porque necesite el músculo extra. Es porque él me necesita.

—Ardian —digo, sin dar más detalles sobre mis órdenes.

—Está en la parte de atrás, limpiando la suciedad.

Ese es el código para detallar uno de los paseos de Moretti. Alguien fue asesinado en el asiento trasero.

Me dirijo al garaje. Tiene calefacción y es cómodo para un día de invierno. La aspiradora suena a lo lejos, con un zumbido agudo y ensordecedor. Ardian no está usando la aspiradora. Las puertas traseras del todoterreno están abiertas de par en par y Ardian está inclinado hacia delante, rociando el interior de cuero.

Monte, otro soldado, está limpiando el maletero, restregando la espuma con un cepillo grueso y luego aspirando el interior.

Apago la aspiradora, sorprendiendo a Ardian y a Monte.

—¿Qué pasa? —pregunta Ardian, que solo se da

cuenta de mi presencia cuando se silencia el zumbido agudo del motor de la aspiradora.

—Tengo un trabajo para ustedes —digo.

—¿Más sucio que esto? —sonríe. No deja que le moleste ser parte del equipo de limpieza. Hay una mancha de sangre fresca en los asientos de cuero; sin embargo, las ventanas ya han sido limpiadas, pero el reposacabezas del asiento trasero está asqueroso. Todavía hay trozos de materia adheridos a la tapicería de cuero.

—Esperemos que no —digo.

—Lo siento, Monte —dice Ardian y se aleja del todoterreno—. Supongo que te toca terminar el resto del asiento trasero. Intenta no ponerte celoso.

—Ni lo sueñes —responde Monte.

Cojo las llaves de otro todoterreno de la pared y abro el garaje. Una fría ráfaga de viento azota el garaje. La calefacción interior no ofrece suficiente calor para un día de invierno que hiela los huesos.

—Son unos imbéciles —murmura Monte.

No es que tengamos elección. Nunca hay mucha elección cuando se trata de que el don dé órdenes.

Me siento detrás del conductor y piso el acelerador para salir del garaje y, antes de que pueda cerrar la puerta, Monte ya está pulsando el botón, cerrándola para mantener el calor.

Ardian se ríe a mi lado mientras se pasa el cinturón de seguridad por el regazo y se abrocha la hebilla. Atravieso las puertas abiertas y salgo a la carretera principal.

—¿Adónde nos dirigimos? —pregunta Ardian.

—A los muelles —le digo. Ardian maneja los envíos semanales desde los muelles, así que está familiarizado con la rutina—. El jefe mencionó que hay un gran lío. ¿Sabes algo al respecto?

—Sí, nuestro último envío se retrasó. Don Moretti mencionó que el contenido podría estar estropeado.

¿Contenido? Exhalo un fuerte suspiro.

—¿De qué tipo de contenido estamos hablando? —pregunto. Nos dedicamos a las pistolas, las armas y la munición. Ese tipo de contenidos no se estropean —. ¿Drogas? —No puedo imaginar que un cargamento con unos días de retraso se estropee.

—No sabes... —dice Ardian, mirándome fijamente, con los ojos muy abiertos—. Mierda. No puedo creer que te acabes de enterar. Y de mí. —La sonrisa se extiende por su cara como si quisiera sostener este nuevo conocimiento sobre mi cabeza.

—Suéltalo, imbécil. —Le miro fijamente durante un breve segundo antes de volver a prestar atención a la carretera.

—Has oído hablar del mercado negro —dice Ardian.

Mi estómago se tensa.

—Sí, ¿Roberto está contrabandeando humanos para trasplantes de órganos? —No debería sorprenderme que haya robado la cuota de mercado de la extracción de órganos. Está metido en un montón de negocios turbios.

—Bueno, sí, pero eso no es lo que implica este envío.

—¡Ya basta, Ardian! —Estoy cansado de sus payasadas. ¿A qué demonios nos enfrentaremos cuando lleguemos a los muelles?

—Bien —dice y se encorva en el asiento del copiloto—. Roberto Moretti es el dueño de La Cuna.

La Cuna es la mayor y más prestigiosa agencia de adopción de Nueva York.

—Por el amor de Dios. —Freno de golpe justo cuando el semáforo se pone en rojo. Debería haberme saltado el semáforo. Mi concentración se ha ido al infierno. No es ningún secreto que Roberto está involucrado en un montón de asuntos ilegales, pero robar niños es algo que no puedo comprender.

Claro que he cogido un niño para Roberto Moretti en alguna ocasión, pero fue porque el padre del niño era parte de la familia Moretti y la madre se escapó y robó al niño.

Al menos esa es la historia que me contaron.

Estoy seguro de que era verdad y esto es algo más, más siniestro.

No debería importarme.

Nunca me ha importado.

Pero la idea de limpiar los cuerpos de los niños no me gusta.

Hay que detener a un hombre como Roberto Moretti y yo soy el hombre indicado para hacerlo.

———

Nunca olvidaré el hedor de la muerte. La forma en que los humos impregnan cada gramo de piel y ropa.

Mi camisa y mis pantalones tendrán que ser quemados. No por los restos y la sangre que se pegan al material, sino por el hedor.

Catorce niños, más de la mitad recién nacidos, fueron arrojados al puerto. Con ellos, dos mujeres habían sido secuestradas y contrabandeadas junto con los niños. También ellas habían muerto de deshidratación e inanición.

¿Cuánto tiempo habían estado encerrados en un contenedor de carga?

¿Desde dónde habían viajado?

Limpiamos el contenedor, el metal del interior brilla por el lavado a fondo, sin dejar ningún rastro de evidencia.

—¿Con qué frecuencia tienes que limpiar los contenedores de carga? —le pregunto a Ardian.

—Esto ocurre cada dos meses. Normalmente, Otello ayuda, pero está enfermo.

—¿Demasiado vodka? —bromeo. Otello puede devolverlo mejor que el resto de nosotros, pero incluso él tiene sus límites. El hombre arruinará su hígado, pero probablemente no antes de acabar muerto por los rusos, concretamente por la familia Barinov.

Justo cuando terminamos la última limpieza, el jefe llama.

—Cuando termines, te necesito al otro lado de la ciudad para un trabajo —dice Don Moretti.

No debería importarme. Su sangre no está en mis manos. No he asesinado a esos niños, pero las imágenes fugaces de sus cuerpos sin vida y su desamparo me queman.

—¿Otro lío de contenedores? —Me hierve la sangre.

¿Cómo pudo ocurrir algo así? ¿Por qué no había comida y agua con el cargamento? ¿Qué pasa con el tiempo? En esta época del año hace mucho frío. ¿Podrían haber muerto de hipotermia antes de morir de hambre?

Roberto se aclara la garganta.

—No, necesito que te dirijas directamente a la Academia Manhattan.

—¿El preescolar? —pregunto.

¿Está molesto por haber perdido a catorce niños y ahora quiere que empecemos a robar niños de la escuela? Está loco si cree que podemos salirnos con la suya robando niños en la escuela.

Nunca funcionará.

Además, Ardian y yo necesitaremos una ducha y una muda de ropa antes de pisar a otra persona.

—Sí, el sobrino de Mikhail Barinov asiste a la Academia Manhattan. Quiero que lo traigan a nuestro complejo.

Me pellizco el puente de la nariz.

No me corresponde preguntar por qué. Y no es un niño cualquiera. ¿Quiere que secuestremos al puto sobrino del líder de la bratva? Seguramente, no va a vender al niño. Probablemente solo lo usará como garantía para conseguir lo que quiere.

¿Qué coño quiere que implique usar a un niño inocente?

Hemos estado luchando con la bratva durante años, pero nunca ha sido una guerra total. ¿Sabe Roberto en qué mierda nos está metiendo?

Es mi jefe. Cuestionar su autoridad o sus órdenes es una forma segura de terminar como esos otros chicos, muertos.

—¿Tienes una fotografía del niño? —pregunto. ¿Cómo voy a distinguir al sobrino de Mikhail de cualquier otro niño del preescolar?

—Te la acabo de mandar por mensaje —dice—. El niño se llama Liam Barinov.

Echo un vistazo a mi teléfono. El niño tiene el pelo rubio y los ojos azules. No se parece lo más mínimo a Mikhail, pero es su sobrino, no su hijo. En la fotografía, el niño lleva una camisa de rayas azules y blancas y pantalones caqui. Tiene una amplia sonrisa, ajena a los horrores del mundo.

Y tiene los ojos de su madre.

Yo lo sé. Me acosté con ella.

Aleksandra Barinov, la hermana pequeña de Mikhail, está cien por cien fuera de los límites.

Ella es el tipo de especia que me gusta probar de vez en cuando. Y su hermano no tiene ni idea de que hemos follado. Tampoco Roberto Moretti, mi jefe.

El pasado es mejor dejarlo en el pasado, encerrado. Fue hace mucho tiempo, cuando yo era joven y tonto, que caí en su cama, o más bien en su ducha. Estábamos de vacaciones y lo que pasa fuera del país se queda fuera del país.

Ella me regaló una noche salvaje y loca con suficientes fantasías para toda la vida.

¿Fue hace cinco años? ¿O tal vez seis, cuando nos enrollamos?

No lo recuerdo. Todavía oigo sus dulces gemidos por la noche cuando estoy profundamente dormido. Aleksandra no puede notar mi presencia porque soy hombre muerto si lo hace.

Toda la Bratva rusa estará tras de mí y nunca estaré a salvo.

———

No hay mucho tiempo, pero nos duchamos y nos cambiamos en un gimnasio cercano que tenemos, quemamos nuestra ropa vieja antes de llegar a la Academia Manhattan. Por suerte, dejé mi abrigo en el todoterreno cuando limpiamos el contenedor, o me habría visto obligado a quemar la chaqueta de cuero.

—¿Alguna vez has hecho uno de estos trabajos? —pregunto, mirando por la ventana antes de ponerme los guantes y salir del vehículo.

—Es la primera vez —admite. Se mete las manos en los bolsillos del pantalón.

No somos secuestradores. Estoy seguro de que no sé lo más mínimo sobre cómo secuestrar a un niño, aparte de no dejarme atrapar.

El aire es gélido y el sol se oculta tras la espesura de las nubes.

Parece nieve.

.   .   .

Ardian está a mi lado, temblando. Está mal vestido para el clima y yo solo intento no subir el desayuno. Estoy agradecido de no haber comido nada en el almuerzo. Limpiar cadáveres y sangre, puedo soportarlo. Pero mirar a los ojos a un niño pequeño que está vivo y saber qué coño hacer si grita, eso me tiene sin cuidado.

No tengo intención de hacer daño al niño. Y Roberto no es tan estúpido como para matar al niño, solo para meterle miedo a su tío.

Son casi las tres de la tarde. Hay una campana de iglesia que suena en la distancia, mezclada con el viento.

Cuando estoy en el equipo de limpieza, no me preocupo de planificar y preparar. Solo se trata de pasar desapercibido. Hay una elegancia en ser invisible, pero tener que colarse y secuestrar a un niño... Eso implica paciencia y precisión. No tengo caramelos o un cachorro a mano, algo para atraer al niño a la parte trasera de nuestro todoterreno. Y eso suponiendo que esté dispuesto a acompañarnos.

Lo que significa que tendré que hacer algo más drástico.

Si Aleksandra descubre alguna vez en qué estoy metido en esto, nunca me lo perdonará. No estoy seguro de poder perdonarme a mí mismo.

¿Cuándo decidió Don Moretti que estaba bien secuestrar niños? Bratva o no, es solo un niño. El niño no puede evitar quién es su familia. Por el aspecto de la foto, tiene, como mucho, cuatro años. ¿Quiero arrebatarle el niño a Roberto? No, pero ¿qué otra opción tengo? Siempre he seguido las órdenes y he hecho lo que me han dicho.

Roberto no es solo mi jefe. Es prácticamente mi padre, ya que me crio como a un hijo.

Ardian y yo vigilamos los alrededores del preescolar. No hay ningún equipo de vigilancia que nos identifique, lo que facilita el trabajo.

La puerta trasera de la escuela se abre y una avalancha de niños se precipita hacia el patio de recreo. Todos llevan gorros y guantes; y las gruesas parkas dificultan la identificación del niño que debo atrapar.

Me acerco a la puerta y abro el pestillo. No hay cerradura. ¿No les preocupa que los niños se escapen y salgan corriendo? Tal vez esa no sea su mayor preocupación.

A mí sí.

Hombres como yo, arrebatando niños.

Hay hombres peores. Hombres a los que les gustan los niños pequeños y ese vil pensamiento es suficiente para hacer que se me revuelva el estómago. Roberto nunca ha demostrado ser una de esas repugnantes criaturas.

—¡Liam! —llama la maestra al niño que está colgado boca abajo en las barras del mono. Se le ha caído el gorro y con él tira los guantes al suelo.

El profesor, que lleva un largo abrigo negro con botones, se apresura a cruzar el patio de recreo hacia Liam y se agacha, devolviéndole el sombrero y los guantes.

Liam se da la vuelta y salta al suelo. Un gorro de invierno azul brillante cubre rápidamente su espesa cabeza de pelo dorado. El gorro hace juego con su abrigo.

—Ese es el chico —le digo a Ardian mientras se

pone a mi lado. No pasamos desapercibidos, pero nadie nos presta atención.

Tal vez deberían fijarse en dos hombres que están de pie alrededor de un preescolar, viendo a los niños jugar en el patio. Pero este es un barrio amigable donde nunca pasa nada. Es tranquilo, silencioso.

Tranquilo.

No por mucho tiempo.

CAPÍTULO DOS

ALEKSANDRA

—¿Qué quieres decir con que Liam ha desaparecido? —Me enrollo la bufanda turquesa alrededor del cuello mientras me pongo el abrigo y me apresuro hacia el coche.

Nikita, uno de los guardianes de mi hermano, me sigue de cerca y me acompaña hasta el exterior. Me arrebata las llaves de las manos y abre la puerta, indicando que conduce él.

Es un imbécil pomposo, pero al menos es un conductor rápido.

—¿A dónde? —pregunta.

—Al preescolar de Liam y Sophia —le digo.

Nikita lleva a los gemelos al preescolar toda la semana. Conoce la ruta más rápida. Cuelgo la llamada y ya estamos fuera del recinto, atravesando la ciudad.

Antes de que Nikita tenga tiempo de apagar el motor, salgo del coche y me apresuro a entrar, buscando a la maestra de Liam.

Sophia está llorando, con la cara roja, a juego con su vestido de jersey.

—Hemos contactado con las autoridades. Deberían llegar en cualquier momento.

La policía...

Exhalo un fuerte suspiro. No es ningún secreto que estoy vinculado a la Bratva rusa. Mi hermano dirige la organización más prominente y despiadada de Nueva York.

Habría preferido mantener a la policía al margen de este lío, pero quiero recuperar a mi hijo, cueste lo que cueste. Cojo a Sophia en brazos y sus sollozos empiezan a calmarse. Aunque haya visto algo, ahora no es capaz de hablar.

Nikita se apresura a entrar después de aparcar el vehículo.

—¿Quién está al mando? —ordena con autoridad cuando habla.

—Yo —dice una mujer de pelo castaño oscuro—. Soy la directora Kira Collins —dice presentándose.

—¿Tienen imágenes, vigilancia del perímetro exterior? —pregunta Nikita.

—Me temo que no —responde Kira—. No sabemos qué ha pasado. Un minuto, tenemos un informe de que Liam estaba fuera en el gimnasio de la selva y al minuto siguiente, se había ido.

—¿Nadie lo vio salir con nadie? —pregunto.

Liam sabe que no debe irse con un extraño. Es más inteligente que eso y, aunque no entiende a qué se dedica su tío, tiene suficiente sentido común como para no alejarse.

—Lo hice —susurra Sophia, limpiando los últimos restos de lágrimas.

—¿Con quién se fue Liam? —pregunto.

Sophia sacude la cabeza.

—Era grande. Alto y aterrador —susurra. Tiene los ojos muy abiertos y me aprieta más.

Le froto la espalda y solo respiro con un ligero suspiro de alivio cuando las autoridades entran a toda velocidad por la entrada principal.

Han venido a ayudar. Al menos eso es lo que me recuerdo a mí misma, pero Nikita no parece contenta de verlos y Mikhail estará aún más molesto de que los hayan traído para investigar la desaparición de Liam.

Me culpará a mí y no puedo evitar preguntarme si soy la responsable.

———

No hay pistas. Dos hombres fueron vistos fuera del preescolar, pero nadie pudo identificarlos. La mejor descripción vino de mi hija: *grande, alto y aterrador*, que describe a más de la mitad de los hombres de la ciudad de Nueva York.

¿Será la familia Moretti la que vino a por mi hijo?

¿Podría Antonio haberse dado cuenta de que Liam era su hijo?

No, no he hablado con Antonio en años. Su nombre no está en el certificado de nacimiento. Nunca le dije a nadie el nombre del padre biológico. No es posible que lo haya descubierto.

Además, si Antonio descubriera que mantengo a Liam en secreto, también se habría llevado a Sophia. Después de todo, son gemelos fraternos.

Quedarse en el preescolar es inútil. Respondo a las preguntas del agente de policía y proporciono mi dirección y número de teléfono, que resulta ser la ubicación del recinto. A Mikhail no le va a hacer ninguna gracia que aparezcan policías en la puerta. Pero mis hijos son la prioridad, se dé cuenta Mikhail o no.

Nikita me lleva de vuelta al complejo, mientras Sophia llora en el asiento trasero durante todo el trayecto.

Mis ojos están empañados. Intento mantener la calma, pero me cuesta. No había testigos, pero tenía que haber imágenes de vigilancia en algún lugar de ese barrio. Había muchas casas. ¿No tenía alguien una cámara de timbre o de seguridad fuera de su propiedad? Si estuviera frente al preescolar o cerca, tal vez podríamos rastrear al secuestrador.

¿Qué quieren con mi hijo?

¿Podría ser para pedir un rescate?

Tengo el teléfono en las manos, mientras jugueteo con la pantalla, pero nadie llama. Hay un silencio inquietante.

—Encontraremos a Liam —dice Nikita, asegurándome que mi hijo estará bien.

Pero no le creo. Trabaja para mi hermano, un monstruo. Debería haber abandonado la familia cuando nacieron los gemelos, o antes, cuando estaba embarazada. Quedarme ha puesto a mis hijos en peligro.

—¿Cómo? —rechino, mirando a Nikita. Tiene buenas intenciones y estoy segura de que intenta consolarme, asegurarme que mi hijo estará bien, pero si son los hombres los que se llevaron a Liam para vengarse de Mikhail, entonces estoy condenada.

A Mikhail no le importamos ni mi hijo ni yo. Preferiría dejar morir a Liam antes que pagar cualquier tipo de rescate. Y dudo que alguien esté buscando un día de pago.

Esto tiene que ser un plan de venganza contra Mikhail. Dado que mi hermano no tiene hijos ni esposa, quienquiera que sea probablemente asumió que lo golpearía donde le duele.

Su familia biológica.

Excepto que él valora más la bratva que su sangre.

Su familia son sus hombres, como Nikita, Dmitri, Yuri y Luka, sus hombres de mayor confianza.

Yo estoy muy por debajo del fondo, muy por debajo de la bratva. Me deja vivir bajo su techo, me mantiene, pero no es nada desinteresado en sus acciones. Se espera que acepte un marido. Se supone que me casaré con un hombre de su elección. Pero he rechazado cualquier matrimonio, diciéndole a Mikhail que me casaré con el padre de mis hijos cuando vuelva de la guerra.

Todo es una mentira.

Y no estoy segura de si Mikhail se ha dado cuenta de las mentiras o no. No me ha forzado y se lo agradezco.

Nikita responde a su teléfono mientras conduce. Solo escucho fragmentos. Nada tiene mucho sentido hasta que cuelga.

—Tenemos algunas ideas sobre quién podría estar detrás del secuestro —dice mirando a Sophia por el espejo retrovisor.

¿Está siendo cauto con lo que dice delante de mi hija? ¿No quiere asustarla más? Eso no puede ser bueno.

Baja la voz.

—Ha habido una charla.

—¿Tienen un nombre? —No puedo soportar el silencio. No saber es peor que cualquier cosa que pueda experimentar. Necesito hacer algo, tomar el asunto en mis manos si es necesario—. Por favor —ruego, a punto de suplicar.

Nikita me lanza una mirada.

—Es solo una charla. Una charla de hombres.

—¿Qué pasa? —Estoy desesperada y acepto cualquier atisbo de esperanza, por leve o insignificante que pueda parecer a otra persona.

—Los Moretti fueron vistos vertiendo cosas en el puerto.

Se me corta la respiración.

—¿Vertiendo qué? —pregunto.

¿Podría ser Liam? ¿Los hombres de Moretti habrían ido a por mi hijo y luego lo habrían matado para arrojarlo al puerto? No tiene sentido para mí, pero los hombres como Moretti y Mikhail no actúan racionalmente. Son impulsivos y peligrosos.

—Cuerpos. Cuerpos de niños —susurra Nikita, con cuidado de que mi hija no oiga sus palabras—. Pero esto fue antes del secuestro de Liam.

Quiero soltar un suspiro de alivio, pero lo único que sale es un sollozo ahogado. Debería estar inundada de tranquilidad, pero no lo estoy. El hecho de que Moretti haya asesinado a niños me tiene enfadada y destrozada por dentro.

Si él es el responsable de la desaparición de Liam, toda esperanza está perdida.

———

Llegamos al complejo y llevo a mi hija al interior. Quiero protegerla de los Moretti y ponerla a salvo donde nadie pueda llegar a ella.

Nikita cierra la entrada principal detrás de mí, asegurando el cerrojo y media docena de cerraduras más.

Los pesados pasos de Mikhail golpean el suelo de madera.

—He oído que mi sobrino ha desaparecido —le dice Mikhail a Nikita. Es como si yo no estuviera en la habitación.

Ayudo a Sophia a quitarse el abrigo, las botas de invierno, el gorro y los guantes, y lo guardo todo en el armario del pasillo.

—Ve a la sala de juegos. Enseguida estoy allí —le digo a Sophia. No quiero que escuche la conversación entre Nikita y Mikhail. Ya ha presenciado bastante por hoy.

Giro sobre mis talones en el momento en que Sophia ha desaparecido por el pasillo y en la sala de juegos.

—No solo ha desaparecido, Mikhail. Ha sido secuestrado. Mi hijo no se ha marchado sin más, lejos del preescolar en una aventura. Alguien entró en la propiedad y se llevó a mi hijo. ¿Qué vas a hacer para recuperarlo? —pregunto.

Mikhail exhala un fuerte suspiro. Permanece sombrío y en silencio durante un largo y prolongado momento.

—Estoy seguro de que, esté donde esté, lo devolverán sano y salvo —asegura con displicencia.

—No estoy tan seguro de eso, señor —dice Nikita. Al menos se atreve a enfrentarse a Mikhail.

Es raro que uno de los hombres de Mikhail le hable así al jefe. Nikita es un Kryshas, un ejecutor. No es un subjefe ni un Sovetnik.

Mikhail mira a Nikita para que cierre la boca.

—¿Qué te hace pensar diferente? —pregunta inclinando ligeramente la cabeza, esperando una respuesta. Una serie de tatuajes le cubren los brazos, el pecho y hasta el cuello. El más grande, el más prominente, es una serpiente.

Mikhail no es un hombre tranquilo ni paciente. Y cuanto más tarda Nikita en responder, más se le enrojece la cara.

—Los hombres hablan, señor. Sé de buena tinta que los Moretti estuvieron esta mañana en los muelles, arrojando varios cadáveres al puerto.

—¿Tienes pruebas? —pregunta Mikhail, acercándose a Nikita.

Y este último contiene la respiración, mirando fijamente a su jefe.

—No, señor. Yo mismo no lo presencié. Como dije, los hombres hablan.

Mikhail exhala un fuerte suspiro.

—Ya veo. ¿Por qué el abandono de varias personas te hace pensar que la familia Moretti se llevó a mi sobrino?

Mikhail le clava la mirada y Nikita no tiene más remedio que responder.

—Se deshacían de niños, bebés, señor. Lo lógico sería que si un comprador estuviera esperando un niño, no esperara otro envío.

—¿Y crees que es una mera coincidencia que los Moretti fueran a por mi sobrino? —pregunta Mikhail—. Porque no creo en las coincidencias.

La voz de Nikita tiembla al hablar.

—Yo tampoco, señor —mira fijamente a Mikhail. El Kryshas podría orinarse de miedo.

—Si es cierto y Roberto Moretti es responsable del secuestro de mi sobrino, entonces dejaremos que el infierno llueva sobre la familia Moretti —dice Mikhail—. No vamos a esperar hasta la mañana. Quiero atacar su complejo esta noche, antes de que tengan la oportunidad de mover a Liam.

Quiero dar un suspiro de alivio, pero no estoy nada tranquila ni contenta con el hecho de que vayan a atacar a la familia Moretti. ¿Qué pasa si Liam se interpone en el camino, o peor aún, si lo utilizan como rehén?

¿Se convertirá en un elemento colateral en una excusa para una guerra con los italianos?

No puedo confiar en que Mikhail proteja a Liam. Incluso si el niño es su sobrino, nunca se ha preocupado por Liam o Sophia en el pasado. Nos ha proporcionado un lugar para quedarnos, pero es solo porque papá escribió en su testamento indicando que me cuidarían y atenderían cuando falleciera.

Esto parece más bien un juego de poder y una oportunidad para golpear a la familia Moretti.

Mikhail desaparece por el pasillo. Supongo que se va a armar a sus hombres y comandarlos a la batalla.

—Tienes que llevarme contigo —le suplico a Nikita—. A Mikhail no le importa Liam. Quiere a Roberto muerto.

—No te ofendas, pero estás mejor aquí, donde no te matarán. ¿De qué sirve a tus hijos que Roberto o sus hombres te disparen?

Entiendo su posición y aunque probablemente tenga razón, no puedo sentarme a esperar. Me apresuro a ir a la sala de juegos, para ver cómo está Sophia.

—Mami. —Sophia está sentada en el suelo con sus peluches a su alrededor mientras juega a la escuela con ellos.

—Tengo que ir a buscar a tu hermano —le digo, agachándome y dándole un abrazo y un beso.

Le tiembla el labio inferior.

—No pasa nada. No tardaré mucho. —Le doy un beso en la mejilla—. Pórtate bien por mí. Quédate aquí, ¿vale? —Necesito saber que Sophia estará a salvo. No puedo llevarla conmigo.

Ella abre mucho los ojos y sus rizos rubios rebotan mientras asiente con la cabeza.

—Te amo —dice, rodeándome con sus brazos para apretarme.

—Yo también te amo —le digo y le doy un último beso en la frente.

Me dirijo a la cocina y cojo un cuchillo. No tengo acceso a ninguna otra arma en el recinto. En silencio, cojo mi abrigo y agradezco no haberme quitado las botas. Me apresuro hacia el garaje y me escabullo en el asiento trasero del todoterreno de Mikhail.

Tengo que rescatar a Liam y asegurarme de que Mikhail no me traicione. Aunque no creo que sacrifique a Liam, tampoco puedo confiar en que no ponga la seguridad de Liam muy por debajo de los hombres que trabajan para él: la bratva.

———

Soy silenciosa y sigilosa. Me escondo en la parte trasera del todoterreno, asegurándome de no ser vista. No quiero que Mikhail me espose o encuentre otra forma de incapacitarme.

Espero a que las puertas del vehículo se cierren de golpe.

Los bratva no están nada tranquilos en su aproximación.

Los disparos estallan por todas partes, pero el vehículo permanece intacto.

Estoy a salvo.

Pero no puedo quedarme en los confines del todoterreno y encontrar a mi hijo. Espero a que los disparos se alejen y asomo la cabeza para asegurarme de que no hay nadie cerca.

Desbloqueo la puerta trasera y salgo, dejándola entreabierta. No necesito cerrarla de golpe. Me apresuro a entrar en la entrada principal, donde mi hermano y sus hombres han irrumpido por la puerta abierta.

Mikhail ha traído a su ejército con las armas en ristre.

No está aquí para hablar o negociar. Está aquí para matar.

Liam era una excusa para atacar a los Moretti. Cualquier razón que Mikhail pueda conseguir, la tomará para ir a la guerra. Los bratva son unos malditos salvajes. Apenas son hombres, interesados solo en sus intereses egoístas.

Mantengo la hoja del cuchillo de cocina cerca. Es la única arma que tengo, pero no es nada comparado con las pistolas que hacen pedazos a los hombres. No quiero acercarme a uno de los hombres de Moretti. Si tengo suerte, permaneceré invisible mientras busco a mi hijo en su recinto.

Los disparos resuenan y los gritos de los hombres en italiano se suceden por el pasillo.

Vienen más hombres. Me cuelo en la habitación más cercana. Está oscuro, negro como la noche. Soy invisible, me oculto a la vista mientras varios hombres de Moretti, armados con pistolas, se apresuran hacia el tiroteo.

—Aleksandra —dice Antonio.

Su voz me sobresalta.

Levanto el cuchillo y miro por encima del hombro en la habitación oscura para darme cuenta de que es un despacho.

—¿Qué haces aquí? —pregunta. Está sentado en su escritorio en la oscuridad.

—¿Por qué estás a oscuras? —le pregunto.

CAPÍTULO TRES

ANTONIO

Una hora después del secuestro...

El niño está detrás de mí, protegido hasta que tenga las respuestas que necesito, las que satisfagan la curiosidad innata que crece en mí.

—¿Qué piensas hacer con el niño? —pregunto, entregándoselo a Roberto.

No debería importarme, pero lo hace.

Es un niño y no un niño cualquiera, es el hijo de Aleksandra. No es un trabajo más. Conozco a la mujer y a la familia a la que pertenece el niño y llevarlo significa que estamos pidiendo una guerra. Una que no podemos ganar contra los rusos.

—No hagas preguntas —dice Roberto y me mira por encima del hombro—. No eres más que un chico de los recados, Antonio. Conoce tu lugar.

Mi ceño se tensa. Después de lo que he visto hoy, me cuestiono todo lo que sé de Roberto.

—Siempre me dijiste que mi madre me dejó en tu puerta. Eso no era cierto, ¿verdad?

¿Por qué no me he dado cuenta antes de la verdad?

¿Es por eso que Roberto me ocultó el conocimiento de que dirigía La Cuna y que era el hombre detrás del contrabando de niños y recién nacidos?

—Eres mi hijo —dice Roberto.

Nunca cuestioné la adopción. Roberto Moretti fue un padre para mí mientras crecía, enseñándome los caminos de la mafia.

Sigue sin responder a mi pregunta.

—¿Me secuestraron de mi madre, como hicimos con el niño? —pregunto. Necesito saber si mi familia me abandonó como me habían dicho o si me robaron.

Siempre había habido rumores de que era rusa, de lo fácil que me resulta matar y vengarse. El hecho de que soy despiadado y astuto no pasa desapercibido para la mafia. Nunca he encajado del todo con los italianos, pero supuse que era porque era adoptado.

Son entrenados para ser fríos y crueles por el propio jefe de la mafia.

A mí me enseñaron los mejores a ser los peores.

¿Es toda una mentira?

—Te traje a mi casa, Antonio y te crie como mi hijo. ¿Y este es el agradecimiento que recibo? ¿Cuestionar de dónde vienes? —Se levanta y da un paso alrededor de su escritorio, acercándose a mí—. Los bratva son unos salvajes despiadados. Amenazan nuestros envíos y nuestras familias. Ellos son los monstruos. No nosotros.

Está hablando en círculos, evitando la pregunta. Le miro fijamente, sin querer ni siquiera parpadear.

—¿Me has secuestrado? —gruño, necesitando saber la verdad.

—No te dejaron en la puerta —dice Roberto riendo —. Piénsalo. El lugar está vigilado y cerrado. ¿Cómo podría alguien pasar la valla para entregar un bebé en la puerta principal? ¿Y por qué lo harían?

Mis manos se cierran en un puño. Quiero golpear a ese cabrón, pero es mi jefe y me meterá en el calabozo. O peor aún, me asesinará.

—Ven aquí, niño —le dice al chico.

El pequeño de pelo rubio no se acerca, en su lugar se coloca detrás de mis piernas y me alcanza la mano. Mi puño se relaja cuando él agarra mi mano y se aferra a ella como a un salvavidas, sin querer soltarla.

—Esto va a provocar una guerra —le advierto a Roberto. ¿No le preocupan las consecuencias de robar un niño a la familia Barinov? Podría haber sugerido que capturáramos a cualquier niño, pero ir a por la familia de la bratva es ridículo.

Sus labios se vuelven ligeramente hacia arriba y sus ojos se arrugan con alegría.

—Bien —dice Roberto—. Que vengan. Vamos a quemar a la bratva. Hasta el último de ellos.

Miro al chiquillo prácticamente pegado a mi cadera.

—Ve afuera; ponte junto a la puerta —le digo.

No cuestiona mi orden. Me suelta la mano y se apresura a salir del despacho. Cierro la puerta tras él. No quiero que haya testigos de lo que voy a hacer.

—¿No lo ves? —pregunta Roberto y una sonrisa de satisfacción se extiende por su cara—. El niño es tuyo. Aleksandra tuvo un hijo tuyo. Te pertenece a ti.

—Mentiras —reniego.

No tiene un arma de mano y su pistola de reserva está en el cajón del escritorio detrás de él.

Hay una hoja enfundada en mi cinturón y mi pistola está enfundada en mi cadera. No hay silenciador. El arma haría demasiado ruido, atraería demasiada atención injustificada.

Desenvaino la reluciente hoja, mirando fijamente a sus fríos y despiadados ojos.

—Te juro que es tu hijo.

Mi mirada se endurece.

—¿Se supone que eres tú quien ruega por tu vida?

—¡Sé quiénes son tus padres! —en lugar de gritar pidiendo refuerzos o a sus hombres, Roberto dice lo único que me hace cuestionar mi propia existencia.

Me está manipulando, tratando de convencerme de que él no es el malo. Alcanza mi arma, agarrándola para usarla contra mí.

Hay que detener a Roberto.

———

Hay sangre en mis manos. No es nada nuevo, excepto que el carmesí mancha lo que soy.

No hay alivio, no hay un torrente de felicidad por lo que he hecho. Los hombres de Roberto buscan un líder y Mario Moretti es el segundo al mando.

Mario no es mejor hombre que Roberto.

Tiene la misma costumbre de robar niños a sus familias. Mientras recibía órdenes de Roberto, ayudó a orquestar la operación.

¿Cuánto derramamiento de sangre hasta que pueda corregir lo que se ha hecho?

¿Cuántos hombres deben morir o caer en la fila?

Me quito la americana, me limpio los restos de mis manos empapadas de sangre y abro la puerta del despacho. Hay que deshacerse del cuerpo de

Roberto, pero no antes de que sus hombres sepan lo que he hecho.

Quién soy.

Y en quién me convertiré.

—Ven conmigo —digo, acompañando al chico por el pasillo hasta un armario. Abro la puerta de un tirón —. Quédate aquí y no te muevas —le doy órdenes como si fuera un soldado.

Sus ojos se abren de par en par, temerosos. Lo empujo hacia el armario del pasillo y cierro la puerta. El chico no necesita ver muerte y sangre, salvajismo. Es joven, inocente y quizá pueda protegerlo de esa vida de oscuridad.

El niño también es un hijo de la bratva. Robarlo está mal, pero entregarlo a hombres que son mucho más despiadados que yo, está destinado a convertirse en mi enemigo algún día.

Hay pocas opciones en lo que debo hacer.

No soy un hombre para correr, esconderse o acobardarse.

—¡Don Moretti está muerto! —proclamo mientras me paro en el pasillo fuera de su oficina. Abro la puerta, dejando que quien quiera vea la verdad con sus ojos—. No habrá más derramamiento de sangre de bebés, ni robo de recién nacidos con fines de lucro, ni secuestro de niños inocentes.

—¿Quién te ha puesto al frente? —pregunta Mario, saliendo al pasillo.

—Yo —digo, mirándole fijamente. Hay una salpicadura de sangre en mi impecable camisa blanca. No me atrevo a mirarme en el espejo para ver si mi cara o mi cuello tienen restos del don—. He matado a Roberto y mataré a cualquier hombre que se interponga en mi camino.

He iniciado un desafío, una llamada para el próximo don.

———

Es solo cuestión de tiempo hasta que los Barinov entren por la puerta principal. Las horas pasan, con Roberto muerto y los otros hombres invocando un desafío. No estamos en absoluto preparados para la guerra.

Mario me desafía, lo que le provoca una grave herida punzante en el abdomen, en el pecho y una pierna rota. Hoy no deben morir más hombres, pero si se ponen detrás de Roberto, no queda más remedio que luchar y demostrar que soy el próximo don para ocupar el trono de los Moretti.

La lucha en el interior cesa con el sonido de los disparos al otro lado de las puertas. Es hora de liderar a mis hombres en la victoria.

Mario está herido junto con media docena de hombres y los capos que lucharon con Roberto. Grito órdenes para armar a los soldados y estar preparados para un tiroteo.

Quiero liderar la batalla, pero el niño es a quien persiguen, el joven niño que Roberto me ordenó secuestrar.

Los hombres conocen su lugar durante un ataque. Se han hecho muchos simulacros para entrenar a los hombres del complejo sobre dónde colocarse y qué hacer en la batalla para proteger al don.

¿Me protegerán a mí?

No estoy seguro. No tengo intención de averiguarlo. Los soldados se apresuran a la armería y se aprovisionan de armas. Cojo al niño del armario y lo llevo al despacho a oscuras. Las luces están apagadas. El cuerpo de Roberto ha sido trasladado, pero la sangre mancha el suelo de mármol.

—Debajo del escritorio. —Le ordeno que se esconda, apartándolo de la vista mientras me siento en la silla del jefe en mi nuevo escritorio.

Mi pistola permanece desenfundada en mis manos, con el seguro quitado. Estoy preparado para disparar a cualquier soldado que entre en la oficina, a cualquiera que considere una amenaza para mí o para el niño.

En la oscuridad, la puerta del despacho cruje al abrirse y, aunque la habitación permanece a oscuras, puedo reconocerla cuando entra, ya que la luz que hay detrás de ella cae sobre su cuerpo brevemente.

La reconocería en cualquier parte.

Aleksandra Barinov.

No puedo evitar mirar fijamente, paralizado por su presencia. Es la última persona que esperaba que apareciera.

—Aleksandra —digo.

Ella levanta la hoja que tiene en la mano y se gira para mirarme, con el escritorio entre nosotros.

¿Cree que tiene alguna posibilidad con esa arma contra mí? ¿A cuántos hombres ha matado?

—¿Qué haces aquí? —pregunto. No me sorprende que la bratva se haya colado por la entrada principal, pero Aleksandra, no creo que su hermano, Mikhail, le haya permitido acompañarla.

¿A menos que la quiera muerta?

—¿Por qué estás a oscuras? —replica ella.

El pequeño bajo el escritorio sale disparado al oír la voz de Aleksandra.

—¡Mamá! —chilla el niño desde abajo del escritorio y se apresura a rodearme, corriendo en ayuda de su madre.

—Liam —Aleksandra abraza a su hijo y lanza un enorme suspiro.

—Silencio —les advierto a los dos. Lo último que quiero es poner en peligro la vida de Aleksandra o de Liam.

Aleksandra levanta a Liam en sus brazos, manteniéndolo contra su cadera.

—Puedo sacarte de aquí, pero tienes que prometerme algo.

Me mira fijamente, con los ojos brillantes y muy abiertos, pero no hace ninguna promesa.

—Por favor, ayúdanos.

—Mantenlo lejos de la bratva y de tu hermano, Mikhail.

Exhala un suspiro pesado. Le estoy pidiendo mucho. Son familia. ¿Y por qué me escucharía? ¿Es el metal brillante de la pistola en mi mano lo que la convencería de abandonar a la única familia que ha conocido?

—No es que tenga muchas opciones —murmura en voz baja—. Hazme un favor y pídele a tu jefe de la mafia que deje de secuestrar niños inocentes. —Aleksandra no me tiene miedo. La mayoría de las mujeres se acobardarían al ver la pistola en mi mano, la amenaza de lo que significa.

¿Por qué no me teme?

—Roberto ya no será un problema —le digo.

Su ceño se tensa, pero no responde. Probablemente no me cree, pero no voy a confesarle que he matado al líder de nuestra mafia. No necesito que los Barinov descubran que somos vulnerables en nuestra jerarquía mientras establecemos una nueva cadena de mando.

—Sígueme —le digo mientras la acompaño fuera de la oficina. No llegamos lejos. Mikhail y seis de sus hombres se acercan a nosotros; las armas están desenfundadas, listas para la lucha.

—¡No disparen! —Aleksandra levanta una mano hacia su hermano y sus hombres. La otra rodea la cintura de Liam, manteniéndolo pegado a ella.

—¿Qué demonios estás haciendo aquí? —grita Mikhail a su hermana.

—Rescatando a mi hijo —dice Aleksandra.

CAPÍTULO CUATRO

ALEKSANDRA

—¿Cómo demonios has llegado a casa de los Moretti? —pregunta Mikhail mientras nos hace salir al aire frío y borrascoso.

Llevo a Liam hasta el vehículo de Mikhail y abro la puerta trasera.

—Yo iba en el asiento trasero —digo.

Los guardias se retiran cuando se corre la voz de que hemos recuperado a mi hijo con vida.

Subo a la parte trasera con Liam y me aseguro de que su cinturón de seguridad esté bien colocado. No hay ningún asiento elevado, lo que me preocupa.

—Y una mierda —resopla Mikhail y se desliza en el asiento del copiloto. Uno de sus hombres, Nikita, nos lleva de vuelta al recinto.

—¿Te pareció extraño que no hubiera rastro de Roberto Moretti? —pregunta Nikita.

—Probablemente estaba escondido en una de las habitaciones de arriba, como un cobarde —dice Mikhail con una risa—. El hombre teme a su propia sombra. Merece ser colgado si me preguntas, por lo que le hizo a mi sobrino.

—Liam, tu sobrino se llama Liam —le grito a Mikhail. Ninguno de mis hijos recibe nunca atención de su tío, ni en los cumpleaños ni en las Navidades, pero en el momento en que puede utilizarlos como excusa para hacer la guerra, es de la familia.

Mikhail me mira por encima del hombro.

—¿Por qué te pones así? Has encontrado al chico. ¿Quién era ese italiano con la nariz afilada y el pelo?

¿Está tratando de meterse en mi piel? Porque está funcionando bien.

—¿Te refieres a Antonio? —Tal vez no debería admitir que conozco a un Moretti.

—Comparten la misma nariz, la misma estructura facial —dice Mikhail, clavando su mirada en mí.

Que me jodan.

—No me había dado cuenta —digo.

—Yuri mencionó que Liam podría haber sido secuestrado porque su padre quería estar con su hijo. Pensé que era una idea descabellada, pero después de ver a Antonio hoy, no puedo evitar preguntarme si hay algo ahí, hermanita.

Yuri, su segundo de a bordo, es un imbécil. Es imposible que sepa que me acosté con Antonio. Si lo supiera, habría acudido a Mikhail en cuanto tuviera sospechas.

El silencio llena el vehículo. No voy a tener esta conversación con Mikhail y menos con Liam sentado a mi lado en el asiento trasero.

———

Cuando llegamos de nuevo al recinto, conduzco a Liam a la sala de juegos con su hermana.

Mikhail nos sigue. Puedo sentir su presencia sin siquiera girarme para mirarlo.

—Me gustaría hablar contigo, Aleksandra —dice. Hay disgusto en su tono; la forma en que dice mi nombre destila fastidio, como si le hubiera molestado hoy.

—Vuelvo enseguida —digo y les doy a Liam y a Sophia un abrazo y un beso antes de seguir a Mikhail fuera de la sala de juegos y hasta el estudio.

Desliza la puerta de bolsillo para abrirla, enciende la luz y me hace un gesto para que entre primero antes de cerrar la puerta tras nosotros.

—Me dijiste que el padre de tus hijos estaba en el extranjero —dice.

Me muerdo la lengua y doy un suspiro exasperado.

—Dije que estaba en guerra. —No era una mentira.

—Antonio es el padre de los niños —dice Mikhail. No es una pregunta sino una observación.

No respondo.

—Tomaré tu silencio como una confirmación —emite un fuerte suspiro—. ¿Sabe Antonio que es el padre? —Mikhail se adentra en el estudio, se acerca a su garrafa y coge un vaso vacío de la bandeja de plata que tiene al lado.

Se sirve un vaso de whisky, agitando el líquido ámbar antes de probarlo.

—No se lo he dicho —digo—. No hay nombre del padre en la partida de nacimiento. —No puede saberlo. No se lo he dicho a nadie.

Da otro trago de whisky y exhala un fuerte suspiro.

—Me has puesto en una situación difícil, hermanita.

No me atrevo a preguntarle cómo. Permanezco en silencio. Es más seguro no irritarlo. Tiene la mecha corta y no quiero estar en el otro extremo de su ira.

—Todo este tiempo, ¿no te he dicho que quiero protegerte? —pregunta Mikhail.

—Sí, no lo entiendo —¿A dónde quiere llegar?

—Me dijiste que cuando el padre de los gemelos volviera de la guerra, tenías la intención de casarte con él. Supongo que fue una mentira para esperar el momento, para evitar que te casaras con un hombre de mi elección.

—No tengo ninguna intención de casarme con Antonio —digo—. Tampoco me casaré con uno de tus hermanos de la bratva.

—La decisión de con quién te casarás no es tuya, Aleksandra. Padre me encargó que eligiera a tu pretendiente, un hombre que te proteja.

—¿Y crees sinceramente que un ruso es capaz de protegerme? —me río ante lo absurdo de su sugerencia—. Prefieres casarme con uno de tus hombres antes que dejarme vivir libremente bajo tu techo.

—¡Ya basta! —brama.

Se ha ganado mi silencio.

Cierro la boca y doy un paso atrás hacia la puerta.

—¿Me disculpan? —Sé que no debo irme hasta que me den permiso. Tengo suerte de que Mikhail no me haya regañado por salir a escondidas con sus hombres esta noche.

Me ofrece un movimiento de muñeca para que me vaya.

No lo pienso dos veces y me apresuro a salir del

estudio y a ir a la sala de juegos para ver cómo están los gemelos.

Antonio tiene razón. Vivir entre la bratva no es bueno para Liam ni para Sofía. ¿Pero qué otra opción tengo? Mikhail me prohíbe trabajar y dejar a los mellizos, aparte del par de horas que pasan en el preescolar a la semana.

¿Dónde podría ir?

Antonio es de la mafia italiana, mi enemigo acérrimo. No puedo presentarme exactamente en su puerta pidiendo ayuda, ni tampoco querría admitir ante él que es el padre de mis hijos.

Sería como hacer estallar un dispositivo nuclear.

No tengo suficiente dinero ahorrado para mantenernos a los gemelos y a mí, y mucho menos para pagar un techo en Nueva York. Las propiedades son caras. Los edificios de apartamentos son escandalosos.

Exhalo un fuerte suspiro y cruzo los brazos sobre el pecho, mirando a Sophia y a Liam mientras juegan juntos a la casita. Es de extrañar que Liam no esté marcado por los acontecimientos de hoy.

Un niño no debería ser secuestrado y luego prácticamente imperturbable por su entorno cuando regresa después de soportar lo que sea que haya sucedido.

Me acerco a él, agachándome hasta el nivel del gemelo.

—¿Cómo estás? —pregunto, mi pregunta va dirigida a Liam, pero también me preocupa Sophia. Ella fue testigo del secuestro de su hermano.

Eso no debe haber sido fácil de ver o procesar.

Liam me mira y sus ojos azules brillantes están muy abiertos, sus pestañas se agitan mientras mira fijamente.

—No me gusta la oscuridad.

Lo atraigo hacia mí para abrazarlo.

—Lo sé, cariño. —Supongo que se refiere a la oscuridad del despacho y a cómo tuvo que esconderse bajo el escritorio a los pies de Antonio. ¿Por qué Antonio estaba protegiendo a Liam?

Me duele la cabeza y el cuello, lo que hace que se me revuelva el estómago. Al menos, estando dentro del recinto, los gemelos están a salvo. No tengo que preocuparme por su bienestar.

¿Pero qué pasa con la mía?

—Aleksandra —dice Luka, anunciando su presencia en la puerta de la sala de juegos.

Miro por encima del hombro, con los brazos cruzados sobre el pecho.

—¿Sí?

—Deberías saber que Mikhail se ha ido a tus espaldas. —Luka mantiene la voz baja, con cuidado de no ser escuchado. Es uno de los guardias más leales y, aunque su lealtad es hacia Mikhail, nos hemos acercado a lo largo de los años mientras se le ha confiado como mi guardaespaldas.

Había supuesto que en algún momento Mikhail exigiría a Luka que se casara conmigo, pero ese día no ha llegado. Una pequeña parte de mí se siente aliviada. Es un tipo decente para ser miembro de la bratva, pero no es exactamente mi tipo.

Cualquiera que mi hermano elija no es mi tipo.

—¿Y qué estás haciendo? —señalo. Va a espaldas de

Mikhail, se acerca a mí, me cuenta cualquier secreto que pretende que yo escuche de él.

—Esperando que no haga que me maten —dice Luka y esboza una sonrisa irónica—. Le he oído hablar por teléfono con los italianos.

—¿Por qué haría eso? —pregunto—. ¿Qué propósito tendría para llamar a Roberto Moretti?

—Por lo que escuché, Roberto está muerto y Antonio es su nuevo líder.

El aire es aspirado de mis pulmones.

—No. —No puede ser verdad. Antonio es rudo, oscuro y probablemente apuñalaría a un hombre por la espalda si no estuviera mirando. ¿Es así como se convirtió en don?

—Nadie vio a Roberto durante el ataque —dice Luka—. ¿Por casualidad lo viste cuando te escabulliste?

—Solo Antonio y Liam. —Había evitado intencionadamente a todos los soldados y hombres posibles—. ¿Por qué? —pregunto.

—No habría dicho nada, no debería, pero si Antonio

es el padre de tus gemelos, pensé que deberías saberlo.

¿Por qué está siendo tan críptico?

—¿Saber qué? —Intento mantener la calma y bajar la voz. No quiero alertar a los gemelos de nuestra conversación, sobre todo porque se refiere a su padre.

—Que tu hermano, Mikhail, pretende acabar con los italianos. A todos ellos. Se está vengando porque secuestraron a tu hijo.

CAPÍTULO CINCO

ANTONIO

Seis semanas después...

La mayoría de los hombres han seguido en línea con mi liderazgo. Han aceptado mi nueva posición como jefe de la familia, como don.

No maté a Roberto para convertirme en el líder de un circo jodido. Pero eso es lo que conseguí.

Desmantelé la operación de La Cuna. Me niego a secuestrar niños y ser parte de sus asuntos ilegales.

Resulta que los planes más lucrativos de Roberto eran robar y vender recién nacidos. Tenía su mano en una docena de otras empresas ilegales en las que estoy trabajando para aumentar el capital, pero no es fácil, especialmente cuando nuestro cargamento de armas es robado repetidamente en el muelle.

Tres semanas seguidas.

No es una coincidencia.

Alguien está trabajando para el otro lado: los rusos. Si fueran los federales, ya nos habrían atrapado. Sin embargo, todavía tenemos nuestro comercio de drogas, el contrabando de narcóticos, el pago de los agentes de aduanas para mirar hacia otro lado. Es suficiente para pagar las facturas, pero a mis hombres les gusta vivir de forma lujosa y no necesito que cuestionen mis tácticas.

Me vigilan constantemente. Tengo que demostrar mi valía a la organización que dirijo.

Ardian se ha convertido en mi aliado más confiable, de soldado a segundo al mando. Los demás soldados se pusieron en fila cuando yo subí y gané el puesto en el trono. Pero Mario, que era el segundo de Roberto, me preocupa que decida traicionarme.

Me prometió su lealtad cuando luché contra él por el puesto. Podría haberlo matado, tal vez debería haberlo hecho, pero fue suficiente el derramamiento de sangre ese día. Ahora es un soldado y guardia del complejo.

Ardian se desploma en mi oficina. Se ve como una mierda.

—¿Tiene un minuto, jefe? —pregunta.

—Entra y cierra la puerta —digo.

Ardian cierra la puerta mientras entra arrastrando los pies en el despacho. Antes era el despacho de Roberto. Ahora es el mío. El escritorio ha sido sustituido por uno de madera más oscura, más amplio y más alto para que me quede mejor. El suelo ha sido fregado, sin evidencia de la muerte de Roberto.

—Los rusos están interceptando nuestros envíos de armas en el muelle —dice Ardian.

Me pellizco el puente de la nariz.

—Están detrás de nuestra organización —digo.

Maté a Roberto porque no tenía otra opción. Tenía que impedir que secuestrara niños. No fue por honor o por deseo. Hice lo que nadie más estaba dispuesto a hacer. No quería ser el maldito jefe.

—Hay rumores de que los rusos no solo golpean a los italianos en Nueva York. Los hombres hablan, señor. Dicen que se están moviendo en todas las casas del complejo de la mafia en todo el país.

Exhalo un fuerte suspiro. No es nada que no supiera ya, pero escucharlo lo hace oficial.

Ha habido informes de incendios, secuestros y amenazas a nuestras mujeres a punta de pistola. Todo empezó el día después de que Roberto secuestrara a Liam. No puede ser una coincidencia.

Pero lo que no puedo quitarme de la cabeza son los últimos momentos de Roberto.

Te juro que es tu hijo.

¿Podría ser Liam mi hijo? Había pensado que había pasado más tiempo desde que Aleksandra y yo nos conocimos y tropezamos en la cama juntos. Había sido durante las vacaciones, lejos de la ciudad de Nueva York, una casualidad que nos encontráramos.

No soy de los que vienen a la playa por lo general. La arena se mete por todas partes, por no hablar de que hace calor y humedad. La ropa se me pega prácticamente a la piel; pero las mujeres de la playa, en topless, hacen que los granos de arena merezcan la pena.

Me siento en la cabaña más cercana y me tomo una cerveza. El exterior del vaso transpira por el calor. Así me siento yo, pegajoso y húmedo.

Hay docenas de mujeres de diferentes formas y tamaños repartidas por la playa. El agua es cálida, clara, brillante y azul más allá del mar.

Quiero meterme, refrescarme, soltarme. Pero estoy aquí por negocios.

Y no hay momentos de diversión. Mi jefe es muy estricto y organiza nuestras actividades. Estoy aquí para hacer cumplir sus órdenes.

Mi presencia es suficiente para amenazar a estos hombres hasta la sumisión.

Pero no me importa el negocio o los tratos ilegales. Es la chica que acecha por la arena, su larga melena rubia. No encaja: su piel está bronceada por las largas horas que ha pasado tumbada en la playa bajo el sol. Hay algo en ella que me llama la atención. Aparte de su aspecto. No es que no sea hermosa y el paquete completo. Se necesita todo el esfuerzo para no mirar su cuerpo perfecto.

—Haz una foto. Durará más —sonríe mientras pasa a mi lado.

Me muevo en el taburete y mi cerveza se calienta cada vez más. Me tomo el resto y me pongo de pie, hundiéndome en la abismal arena.

—¡Oye, espera!

—En realidad no te estaba ofreciendo hacer una foto, pervertido —bromea, mirándome por encima del hombro.

Me arrastro por la arena y es como el plomo mientras intento apresurarme para alcanzarla. Ella no disminuye la velocidad en lo más mínimo para mí. ¿Por qué iba a pensar que me haría el honor de mantener una conversación?

—No... vale, estaba mirando —admito. Le tiendo la mano—. Antonio —digo, presentándome, esperando que podamos volver a intentarlo.

Ella frunce los labios y entrecierra los ojos bajo el brillante sol de la tarde.

—Eres italiano —comenta, callada durante un segundo, antes de terminar su presentación—. Soy Aleksandra.

Es rusa.

Deberíamos ser enemigos, pero estamos de vacaciones. Además, no es que ella sea parte de la bratva. ¿Verdad?

Me mira de arriba a abajo. Es como si estuviera decidiendo si merezco su tiempo o no.

—*Déjame adivinar, ¿estás aquí por negocios y quieres divertirte un poco?*

No se equivoca.

—*¿Es tan obvio? —pregunto.*

—*La camisa blanca abotonada y los pantalones negros —dice, señalando mi atuendo—. Dios, pareces de la mafia italiana. Lo menos que podrías hacer es quitarte la camisa y los pantalones. Si vas a mirar a una mujer guapa, dale también algo qué mirar.*

Hay algo en ella que me atrae. Nunca he conocido a nadie como ella. Es franca y feroz. Fuerte y decidida. Ignoro su comentario mafioso. Me ha calificado solo por mi aspecto y aunque no se equivoca, no necesito decirle para quién trabajo. No es que conozca el nombre de Roberto Moretti. Estamos lejos de Nueva York y de las empresas criminales que dejamos atrás.

—*Te ves caluroso —dice con una sonrisa irónica—. ¿Qué tal si nos vamos de aquí?*

Esa debería ser mi frase. Debería ser yo quien la cortejara, quien la convenciera de ir a mi habitación de hotel.

—¿Adónde? —pregunto. *Tengo una docena de pensamientos que pasan por mi mente de lugares que me encantaría experimentar con ella, como violarla bajo una cascada o follarla en un yate.*

Me tira de la corbata y me arrastra para que la siga hasta su cabaña.

Mis labios chocan con los suyos en un frenesí hambriento. He querido tocarla, saborearla, sentir su piel contra la mía.

Es suave y se adapta perfectamente mientras me desnudo. Ya no me importa la arena en los dedos de los pies ni los pequeños granos contra su cuerpo.

—¿Te quieres duchar? —me pregunta, cogiéndome de la mano mientras me lleva al cuarto de baño de su cabaña. *El lugar es inmenso, precioso y estoy celoso de no estar alojado en una de esas pequeñas cabañas de la playa.*

—Bonito lugar —digo, admirándolo brevemente de camino al baño. *Mi mirada no se aparta de su cuerpo desnudo.*

—Es de mi hermano para el verano —dice—. Mikhail no sabe que he robado una llave.

Se me seca la boca.

¿Mikhail Barinov?

—Entonces, ¿está fuera de la ciudad? —pregunto.

—No —sonríe y abre la puerta del baño—. Está comiendo con sus amigos —continua, como si estuviera probando la palabra por primera vez para describirlos.

—¿Amigos del tipo ruso que son familia? —No quiero tener razón, pero sé de buena tinta que la Bratva rusa está en la ciudad desde Nueva York.

Ambos nos reunimos con el mismo inversor ángel.

Aleksandra jadea mientras enciende el chorro de la ducha. No sé si es por la temperatura o por mi comentario.

—¿Eres de la mafia italiana? —Me mira por encima del hombro—. Estaba bromeando antes, en la playa. Maldita sea.

Se da la vuelta para mirarme, con la mirada clavada en mí. El deseo no ha disminuido en lo más mínimo por este nuevo conocimiento.

Estar con ella es peligroso.

Y eso hace que el encuentro entre nosotros sea mil veces más caliente. En cualquier momento podrían descubrirnos y descuartizarnos.

Desliza el panel de cristal de la ducha a un lado y se mete bajo el chorro, echando la cabeza hacia atrás.

—¿Tu hermano es Pakhan, jefe de la bratva? —Esto no es solo peligroso. Estar con ella es mortal. Podría hacer que me asesinaran.

Aleksandra se quita el agua del pelo mientras tiro de sus caderas contra las mías, aplastándola contra mí. Soy brusco con ella y emite un ronroneo silencioso, con los párpados pesados.

—Sí, si nos atrapa, estás muerto. Los dos estaremos muertos —susurra. Sus ojos azul pálido coinciden con el color del mar y su mirada me deja paralizado.

—Entonces no pueden atraparnos —digo y cubro su boca con la mía, mientras guío mi pierna entre sus muslos, escuchando los gemidos celestiales que salen de sus labios.

Sabe a fresas y nata moteada. Su piel es suave como el terciopelo y está caliente por el calor de la ducha.

Necesito todas mis fuerzas para no embestirla, para no romperla.

—He estado en contacto con los dones de Chicago, Los Ángeles y Breckenridge. Se quedarán en el complejo mientras nos reunimos —le digo a mi segundo al mando.

—¿Qué quiere que haga, señor? —pregunta Ardian.

¿El complejo es cálido, o mis pensamientos sobre ella me hacen transpirar? Es fácil fingir que ella no significa nada para mí, que solo fue una aventura. Pero el niño, el muchacho, Liam, ¿podría ser mío?

—¿Señor? —Ardian se aclara la garganta en un leve intento de llamar mi atención.

—Asegúrate de que las habitaciones estén adecuadas y preparadas para la compañía. He invitado a sus familias y a cualquiera que haya sido amenazado por la bratva a nuestra casa para que los proteja.

—¿No tienen una protección adecuada propia, señor? —pregunta Ardian.

No lo sé. No suelo ser yo quien se encarga de cuidar a cada grupo mafioso. Hay muchos en toda América, al menos uno en cada ciudad importante. Funcionamos de forma independiente, pero en ocasiones nos pedimos ayuda mutuamente cuando es necesario.

Nunca he tenido el placer de asistir a una reunión con los otros jefes. Eso era responsabilidad de Roberto. Pero él está muerto y yo estoy a cargo.

———

Se han contratado vuelos privados. Se han hecho arreglos para traer a los jefes y a sus asesores más confiables a nuestra reunión, programada para mañana por la mañana.

Pero no puedo sacarme a Aleksandra de la cabeza.

Se pedirá la cabeza de Mikhail Barinov y se quemará su complejo. No hacen falta cuatro de los hombres más poderosos juntos para saber que no estamos haciendo la guerra por la paz.

Los hombres querrán vengarse por lo que Mikhail ha hecho, amenazando a nuestras familias y hogares, nuestro sustento.

Y estoy de acuerdo con eso. Sé que va a venir.

Pero Aleksandra es inocente en todo esto, al igual que su hijo, Liam. Advertirla sería un grave error. No puedo hacerlo, no sin poner a mi propia familia en peligro.

Cojo las llaves del todoterreno y me apresuro a salir al garaje.

—¿Adónde vas? —me pregunta Mario—. Los invitados llegarán pronto.

—Tengo que ocuparme de algo antes de que aterricen —digo crípticamente. Mario no se ha probado a sí mismo, no donde podría divulgar secretos al hombre que solía ser el segundo de Roberto.

—Mantendré el complejo en orden hasta que vuelvas —dice Mario.

Quiero confiar en él. Era un buen hombre para Roberto, pero no sé dónde está su lealtad. ¿Se rindió ante mí porque era un cobarde y eligió su vida por encima de todo?

—Se agradece —respondo. Cojo mi abrigo del gancho y me lo pongo mientras me apresuro a salir al garaje.

Monte y Ardian están revisando otro todoterreno.

—¿Qué haces aquí fuera? —le grito a Ardian por encima del sonido del rugido de la aspiradora.

—Preparándome para recoger a los Barones —dice—. Su vuelo aterriza en un par de horas.

—Gracias —respondo y abro la puerta de un todoterreno desocupado y subo a la parte delantera.

Ardian no pregunta a dónde me dirijo. Dudo que lo sepa, pero también respeta mi intimidad. Si quiero que sepa algo, se lo diré.

Atravieso la ciudad a toda prisa, entrando y saliendo del tráfico mientras me apresuro hacia el preescolar.

CAPÍTULO SEIS

ALEKSANDRA

—Vamos a llegar tarde a la recogida —digo.

Nikita me ignora, con el teléfono pegado a la oreja mientras escucha a mi hermano parlotear sobre algo.

Nikita conduce en dirección contraria a la del preescolar. Dudo que sea porque no está prestando atención. Mikhail le está ordenando que se ocupe de sus asuntos o lo que sea que eso signifique.

Incluso con la oreja pegada al teléfono, puedo escuchar fragmentos de la conversación. Mikhail levanta la voz de vez en cuando y el eco llega al coche a través del teléfono.

Refunfuñando, Nikita cuelga el teléfono y lo mete en el portavasos mientras entra y sale del tráfico.

—La recogida es en quince minutos. —No voy a hacer esperar a los gemelos—. Y en cuanto me ocupe de lo que me ha pedido el jefe, pasaremos a buscar a los niños.

—No —digo y cruzo los brazos sobre el pecho.

—¿No? —Nikita me mira. No está acostumbrado a que sea poco obediente.

—Liam y Sophia se molestarán cuando no esté allí. Déjame y tomaré un transporte compartido de regreso al complejo.

Nikita resopla en voz baja.

—¿Qué? —pregunto. Es una solución sencilla y arreglará ambos problemas. ¿Por qué no puede ver eso?

—Se supone que te estoy vigilando —dice.

—Y se supone que tú estás recogiendo a mis hijos —replico—. ¿No puede otro de los secuaces de Mikhail hacer lo que quiera que se haga? ¿Qué pasa con Luka? —pregunto.

Mi hermano tiene muchos hombres que pueden hacer el trabajo. ¿Por qué Nikita?

—Soy el más cercano al objetivo. Y créeme, no quieres que tus hijos vean lo que voy a hacer con los italianos.

Me froto la frente.

—Te juro que, si no me dejas en el preescolar a tiempo, Mikhail no va a ser tu mayor problema. Lo seré yo.

Nikita maldice en ruso y pone los ojos en blanco.

—Bien. ¿Tienes tu teléfono?

—Sí, ¿cuándo no lo llevo conmigo? —le pregunto—. En cuanto tenga a los niños, me iré directamente al recinto.

No es que haya ningún otro lugar al que quiera ir hoy. Fuera hace mucho frío. Demasiado frío para el parque y no ha nevado en días, así que no hay posibilidad de trineo.

Refunfuña y gira bruscamente a la derecha en la siguiente calle, dirigiéndose a toda prisa al preescolar.

—No te metas en líos —me advierte Nikita mientras salgo del vehículo.

—Eso debería decírtelo yo —le digo, mirándole fijamente—. Hazte un favor y que no te pillen. —Cierro la puerta de golpe y me abrocho el abrigo mientras me dirijo a la entrada principal. La acera está llena de sal, dejando un polvo blanco en la suela de mis botas negras de invierno.

Nikita sale corriendo, sin esperar a que entre en la puerta principal.

—Señora Barinov, Aleksandra Barinov —dice una mujer, acercándose a mí. Lleva un abrigo negro oscuro hasta las rodillas. Tiene el pelo oscuro, recogido en una coleta. Debería llevar un sombrero, pero probablemente no lleva mucho tiempo fuera. Sus mejillas aún no están rojas.

—¿Puedo ayudarla? —le pregunto. No reconozco a la mujer como uno de los padres del preescolar. La señora parece mayor, más madura y profesional.

Si tuviera que adivinar, es una policía.

Pero no lleva uniforme. ¿Tal vez sea una detective? No fue una de las oficiales que ayudó con el secuestro de Liam. Mikhail me informó de que se encargó del asunto con el departamento de policía local, explicó que fue un malentendido y que un familiar había recogido al niño.

—Soy la agente Melinda Malone del FBI —dijo.

—Lo siento, tengo que recoger a mis hijos del preescolar —le digo—. Creo que debe confundirme con otra persona.

—Tu hermano dirige la Bratva rusa. Llevamos un tiempo vigilando a Mikhail. Con el tiempo, tendrá un desliz y cuando lo haga, no querrás a tus hijos ni a ti misma cerca de él.

Busca en su bolsillo y me da su tarjeta de visita.

—Llámame si quieres protección. Podemos sacarte de Nueva York y darte una nueva vida.

—Me han confundido con otra persona —le digo.

No tengo intención de coger su tarjeta de visita, pero me la pone en la mano.

—Necesitas una amiga, Aleksandra y yo puedo protegerte a ti y a tus hijos.

Es tonta si cree que puede protegernos de Mikhail. No importa a dónde vaya. Siempre me encontrará. Tiene hombres en todas las ciudades que informan a la bratva. No hay forma de escapar de las garras de Mikhail.

Miro mi reloj y paso junto a ella mientras me dirijo a la entrada principal del preescolar. La agente del FBI se retira a su vehículo. Llamo a la puerta y me apresuro a entrar.

Diez minutos más tarde, tengo a Liam y a Sophia a mi lado mientras salimos al aire fresco del invierno.

La agente Malone no está a la vista, su vehículo ha desaparecido. Me siento aliviada. Los gemelos no son los mejores guardando secretos y no quiero que Mikhail sepa que los federales han hablado conmigo, aunque yo no haya dicho nada a cambio.

Introduzco la solicitud de transporte compartido y espero con los niños fuera el vehículo.

Liam lleva puestos sus gruesos guantes de invierno y su gorro azul. Tiene la nariz roja, pero por lo demás, no parece molestarle lo más mínimo el frío. Sophia, por su parte, se muestra muy animada, temblando y saltando en su sitio mientras intenta entrar en calor.

—Vuelve a ponerte los guantes —le digo con insistencia y le bajo el gorro alrededor de la cabeza, ajustándoselo. La maldita cosa tiene una forma de caerse. Aunque no estoy segura, no es porque Sophia lo haya levantado.

—No me gusta llevar guantes —se queja—. Entonces no puedo usar tu teléfono.

La miro fijamente.

—Mi teléfono se queda conmigo —le digo. ¿Qué le hace pensar que le voy a entregar mi teléfono para que juegue con él mientras esperamos fuera?

—Pero no tienes los guantes puestos —dice Sophia.

Exhalo una fuerte bocanada de aire, tratando de no mostrar mi frustración.

—Ya está bien, Sophia. Guantes, ya.

Su nariz se estremece mientras se pone los guantes en las manos.

—Pero están fríos —se queja.

—Voy a matar a Nikita —murmuro en voz baja.

—¿Qué es eso? —pregunta Antonio.

No le veo acercarse. Estoy demasiado ocupada con Sophia y mi teléfono, esperando a que nos lleven.

—¿Qué estás haciendo aquí? —pregunto.

¿Acaso quiero saber la respuesta a mi pregunta?

Se acerca, para que los niños no puedan ver y me apunta con su pistola.

—Te voy a llevar.

Una pequeña parte de mí quiere dejar a los gemelos atrás, protegerlos del mafioso italiano, pero no puedo abandonarlos, y dudo que él me lo permita.

—No me vas a dar nada —digo.

—¿Estás segura de eso? —Me aprieta el cañón de la pistola en la cadera, su chaqueta mantiene el arma fuera de la vista de mis hijos—. No me gustaría tener que dañar un pelo de cualquiera de sus cabezas.

¿Está amenazando en serio a mis hijos?

Que se joda.

Le pisaría los pies y saldría corriendo por la calle,

pero ¿hasta dónde llegaría? Tiene un arma y no es el tipo de hombre que da amenazas vacías.

—Eres un imbécil —digo con desprecio mientras nos lleva a los gemelos y a mí a su todoterreno aparcado a la vuelta de la esquina.

Abre la puerta trasera para los mellizos, que suben al asiento trasero. Acciona el interruptor del seguro para niños antes de cerrar la puerta tras ellos y me abre la del acompañante.

Me acorrala, impidiendo cualquier posibilidad de escapar. Si lucho ahora, tendrá a mis hijos. No dejaré que se vaya sin mí.

—¿Adónde nos llevas? —le pregunto.

—Sube al vehículo. —Antonio no responde a mi pregunta. Es brusco y contundente y me empuja al asiento delantero cuando no subo lo suficientemente rápido—. ¿Era tan difícil? —Se inclina y me pasa el cinturón de seguridad por la cintura, asegurando la hebilla antes de cerrar la puerta de golpe.

Miro a los gemelos. ¿Reconocen a Antonio del secuestro de Liam?

—Abróchate el cinturón ahí atrás —les digo. No quiero que les pase nada a ninguno de los dos.

Antonio se sienta en el asiento delantero y arranca el motor. El vehículo ronronea y el calor sale libremente por las rejillas de ventilación. No lleva mucho tiempo esperando.

—¿Por qué haces esto? —pregunto, mirando a Antonio.

Se adentra en el tráfico. No espero que nos lleve de vuelta al recinto donde vivo con Mikhail. Antonio no nos ha cogido solo para llevarnos a casa.

—No es que me creas, pero te estoy protegiendo.

Resoplo ante su respuesta.

—Sí, ¿verdad? ¿Desde cuándo secuestrar es proteger a alguien?

Se muerde el labio inferior y se queda en silencio. Hay algo que no me dice. Bueno, dos pueden jugar a ese juego. No necesito divulgar que Nikita se dirige a los italianos para atacarlos. ¿Pero dónde?

No sé dónde se encuentra su complejo o a dónde se dirigía Nikita. En cualquier caso, no quiero estar en medio de un tiroteo.

Me aclaro la garganta.

—Si piensas llevarnos a tu casa, los niños no tienen nada. Ni ropa. Ni juguetes. Deberíamos parar para comprar algunas cosas.

Antonio me mira brevemente.

—¿Por qué? ¿Para intentar escapar? No lo creo.

Vale, va a ser más difícil de convencer de lo que pensaba. Aprieto los labios, tratando de inventar una excusa para que nos lleve a un lugar seguro.

—¿De verdad crees que tu recinto es seguro para mis hijos?

Deja escapar un suave zumbido.

—¿Los dos son tuyos? —pregunta, mirando por el retrovisor.

Mierda. ¿No se ha dado cuenta de que tengo gemelos? ¿Por eso se llevó a Liam hace unas semanas?

Mi silencio es mi confesión. El calor sopla en todo el vehículo y Antonio alcanza el termostato, bajando el ventilador.

—Pensé que la chica era una amiga suya o la hija de otro ruso.

—La chica es mía —le digo, dirigiéndole una mirada mordaz. Si le daña un pelo de la cabeza, lo mataré con mis propias manos.

—Vaya, sí que te has liado, teniendo dos hijos tan cercanos en edad.

—Son gemelos, maldito imbécil. —No me importa que los niños puedan oír mi lenguaje desde el asiento trasero. Es la verdad. Al menos no he dicho que sean suyos.

—No estabas diciendo eso cuando nosotros...

—¡Cállate! —le digo bruscamente.

—Gemelos, ¿eh? ¿Tengo que preocuparme de que el padre vaya a venir a por nosotros? —Me mira mientras nos adentramos en el tráfico, echando una larga mirada a mi mano izquierda.

—Sí —miento descaradamente.

¿Está buscando una alianza? Me cubro la mano. No es que no haya visto ya la ausencia de anillo.

—Bueno, ciertamente no hizo lo más honorable y se casó contigo.

Me muevo en mi asiento, mirándole fijamente. ¿No tiene ni idea de que es el padre? ¿No le salen las cuentas? O tal vez piensa que sus nadadores no pueden producir uno y mucho menos dos hijos.

Es más seguro que piense que los gemelos no son suyos, ¿no?

¿Pero disminuirían las amenazas contra nosotros si se diera cuenta de que es su padre?

No, no puedo decirle la verdad. No lo quiero en sus vidas. Ya hay suficiente peligro con Mikhail y la bratva. No necesito añadir a la mafia italiana para joderles más la vida.

—¿Qué quieres, Antonio?

Sonríe y me mira.

—Todavía recuerdas mi nombre.

Su atención vuelve a la carretera mientras el tráfico empieza a moverse a paso de tortuga antes de acelerar en el semáforo cuando cruzamos el tráfico y giramos bruscamente a la izquierda.

—No has respondido a mi pregunta —le digo. Tiene la costumbre de evitar darme respuestas.

—¿Dónde está tu guardaespaldas? —pregunta y se detiene en el arcén.

Muestra su pistola y me apunta con ella en su regazo.

Miro a los niños en el asiento trasero. Ha puesto el seguro para niños en las puertas. No servirá de mucho si les grito para que corran. Tendría que salir primero, abrirles la puerta y esperar que no dispare a uno de nosotros.

—No lo sé.

—No me mientas —dice Antonio. Levanta ligeramente la pistola pero la mantiene fuera de la vista de los gemelos—. Una princesa bratva nunca va sin su guardaespaldas.

Odio que se refiera a mí como una princesa. No hay nada lujoso en que mi hermano dirija la bratva.

Me mira fijamente, esperando mi respuesta, el arma me incomoda. No porque pueda hacerme daño, sino porque nadie puede proteger a los gemelos de él.

—Mikhail lo llamó por una asignación.

—¿Qué encargo tuvo prioridad sobre ti? —pregunta.

—No lo ha dicho. —No es una mentira. Puede que haya escuchado algunas cosas, pero no sé hacia dónde se dirigían, solo que implicaba a los italianos, lo que no es una sorpresa.

Mi respuesta debe ser suficiente para satisfacerle, porque se lanza de nuevo al tráfico.

Antonio coge su teléfono y llama a Ardian, sea quien sea.

—Estate atento —advierte Antonio—. Es posible que venga la bratva. —La conversación es breve y termina la llamada bruscamente.

—¿Adónde vamos? —Me estoy cansando de su falta de respuestas y explicaciones.

—Yo soy el que tiene la pistola —dice Antonio, recordándome que él está al mando y cruzo los brazos sobre el pecho.

—Fuiste más amable la última vez que te vi.

—¿Cuando te entregué a tu hijo? —bromea, mirándome—. De nada.

Me refería a la playa, en San Martín, pero no tiene sentido sacar ese tema.

—¿Por qué lo secuestraste, de todos modos? —pregunto—. Lo secuestraste, lo dejaste ir y luego nos agarraste a los tres. Para ser un secuestrador, apestas.

Esboza una sonrisa.

—¿Crees que me gusta hacer esto? Maté a Roberto. Me hice cargo de toda la maldita organización italiana en Nueva York.

—¿Quieres que te felicite? —Lo fulmino con la mirada.

¿Es eso lo que Mikhail había estado parloteando, cómo los italianos estaban en desorden y ahora era el momento de atacar?

—Espera, ¿en serio eres el nuevo don? —pregunto.

La idea es una locura. Era un soldado, el músculo de Roberto. Al menos eso es lo que había asumido cuando nos conocimos. Eso es lo que él me había hecho creer. ¿Me había mentido?

—Yo soy el que hace las preguntas —replica Antonio y mira por el espejo retrovisor mientras nos conduce en dirección contraria a nuestra casa—. ¿Los gemelos son míos?

CAPÍTULO SIETE

ANTONIO

Está tensa, enfadada y ni siquiera intento consolar a Aleksandra. En lugar de eso, le hago la única pregunta que me ronda desde la muerte de Roberto.

Ni siquiera había sabido que había dos niños, gemelos. Diablos, el pequeño había sido una sorpresa.

—¿Los gemelos son míos? —La miro de reojo mientras nos dirigimos al complejo. La llevo a casa, a mi fortaleza, donde estará a salvo.

Espero convencerla de que divulgue todo lo que sabe sobre los negocios de su hermano y sus planes. Pero no sospecho que sepa mucho. Es probable que esté en el exterior, sin responsabilidad alguna por parte de la bratva.

—No —dice con demasiada rapidez—. No eres su padre.

Me muerdo el labio inferior.

—No te creo —digo.

—Tu nombre no está en el certificado de nacimiento —dice Aleksandra.

No me sorprende. Le había encargado a Ardian que lo comprobara, pero no había vuelto con ninguna información. Ha estado abrumado con su nuevo cargo. Todos hemos asumido más responsabilidades.

—Semántica. —Eso no significa que no sean biológicamente míos. Hay una prueba para eso —le recuerdo. Solo porque ella insiste en que no son mis parientes, puedo averiguar la verdad por mí mismo.

¿Y qué voy a hacer con los resultados?

Los saqué del peligro porque existe la posibilidad de que el niño sea mío. Y ahora resulta que son gemelos.

Aunque no sean míos, Aleksandra y sus hijos no merecen quedar atrapados en la guerra. Son inocentes.

Frunce los labios y mira por la ventanilla lateral. Es lo más silencioso que la he visto nunca, lo que me pone nervioso. Los mellizos deben ser míos, o me presionaría para que hiciera pruebas de ADN y demostrara que no soy su padre.

Me acerco a la puerta y Otello abre el hierro forjado, permitiéndonos la entrada al interior de la propiedad. Cierra las puertas metálicas una vez que estamos dentro.

—Esta es tu casa —dice Aleksandra. Se queda mirando por la ventana, observando los alojamientos de tres pisos.

—Espero que la encuentres satisfactoria —digo y entro en el garaje. Apago el motor y abro la puerta trasera mientras Aleksandra sale del lado del copiloto.

Hay una pesada quietud en el aire y me acerco a la entrada.

—Ven conmigo —le ordeno. Todavía no abro la puerta. Cojo las mochilas de los niños y les echo un vistazo para asegurarme de que no hay armas ocultas en su interior.

—Necesito asegurarme de que no hay nada que puedan usar contra mis hombres o contra mí.

No es que crea que los gemelos sepan usar bien un cuchillo, pero eso no significa que no haya uno enterrado para Aleksandra. Las bolsas no contienen más que sus garabatos y media docena de rotuladores. De nuevo, compruebo sus fiambreras de plástico. No hay rastro de ningún arma.

—¿Crees que les he dado una navaja o una pistola? —me dice.

—Voy a tener que registrarte —le digo a Aleksandra.

Ella pone los ojos en blanco y extiende los brazos.

—Sigue con ello.

Compruebo los bolsillos de su abrigo y le paso las manos por el cuerpo, palpando cada curva para asegurarme de que no hay un arma escondida. Aunque si la tuviera, ¿no habría intentado usarla antes contra mí?

Está limpia, excepto por su teléfono, que le arrebato.

—¡Oye!

—¿A quién piensas llamar? ¿A tu hermano, a la bratva? —Apago su móvil y saco la tarjeta sim.

—Idiota —murmura Aleksandra en voz baja.

¿Cree que no la he oído?

Ignoro su comentario y abro la puerta, llevándola a ella y a los gemelos al interior.

—Ven conmigo —digo y los conduzco por la escalera trasera hasta el tercer piso.

—¿Planeas encerrarnos en tu calabozo? —Aleksandra refunfuña lo suficientemente alto como para que la oiga.

—No, eso está en el sótano. Alguna vez podría daros una vuelta —digo con una sonrisa.

Los pequeños nos siguen por las escaleras y los acompaño a un dormitorio con dos camas individuales.

—Hay una habitación contigua por ahí. —Señalo la puerta de madera que hay entre las habitaciones y la abro para que Aleksandra pueda echar un vistazo a su dormitorio.

—Quédense aquí —les dice a los gemelos y cierra la puerta tras de mí, dejándonos a los dos en su dormitorio.

Una sonrisa irónica se dibuja en mis labios.

—¿No podías esperar a tenerme a solas? —bromeo.

Aleksandra pone los ojos en blanco y dice:

—¿Qué crees que estás haciendo? ¿Cuánto tiempo pretendes que nos quedemos contigo?

—El tiempo que sea necesario —respondo—. Mikhail es un hombre peligroso.

Se burla de mi comentario.

—¿Y tú no lo eres? Es mi hermano. Nunca nos haría daño a los niños ni a mí.

—No, solo haría daño a los hijos de otras personas. ¿Sabes que está involucrado en el ataque al complejo Breckenridge? Ordenó a la bratva que amenazara a Nova, una niña de seis años, la hija de Moreno, el segundo al mando del italiano.

—Él no haría eso. —Aleksandra sacude la cabeza con incredulidad—. Además, Breckenridge está en la otra punta del país. La bratva no controla ese territorio.

—¿No lo hacen? —pregunto. Ella sabe que hay otros grupos de bratva en diferentes ciudades. Puede que no estén tan organizados como la mafia italiana, pero son más que capaces de trabajar juntos, especialmente cuando quieren controlar una ciudad.

—Tu hermano también ordenó un golpe a Luca Ricci, el hijo del jefe de la mafia Dante Ricci.

—¡Basta! —ella da varias zancadas, alejándose, manteniendo la distancia—. Es todo mentira. No te creo.

—Entonces escúchalo tú misma de las familias y sus hijos. Vienen hacia aquí ahora mismo —le digo.

—¿Los niños también vienen? —Se le corta la respiración.

El color se le escapa de las mejillas como si hubiera visto un fantasma.

—¿Qué pasa? —le pregunto. Hay urgencia en mi tono y cuando no responde, me acerco, invadiendo su espacio personal. Mis manos caen sobre sus hombros—. Dime lo que sabes.

Sus labios se separan y una suave bocanada de aire pasa por el rojo rubí.

—No mucho. El guardia que estaba de guardia me dejó en el preescolar porque tenía que ocuparse de los italianos.

—¿Te has enterado de algo más? —Necesito saber qué caravana pretenden atacar. Tres aviones que vienen de tres ciudades diferentes: Los Ángeles, Chicago y Breckenridge. Todos debían llegar a diferentes horas pero al mismo aeropuerto regional.

Suelto mi agarre sobre Aleksandra, pero no le doy más espacio entre nosotros. Hay una urgencia en la cercanía. Necesito respuestas.

—No, solo que Nikita, mi guardia, tenía prisa. Prácticamente tuve que rogarle que me dejara primero en el preescolar.

Me paso los dedos por la mandíbula. Ya he contactado con Ardian y le he avisado con la poca información que tenía mientras estaba en el vehículo.

—Quédate aquí —me dirijo a la entrada principal de su habitación y cierro la puerta tras de mí.

Recorro el pasillo, aseguro también la habitación de los gemelos y saco mi teléfono. Tengo que averiguar qué está pasando en el lugar de recogida.

¿Están mis hombres en peligro?

¿Puedo avisarles antes de que Nikita y los demás miembros de la bratva aparezcan para pelear?

Con Aleksandra encerrada en el dormitorio de arriba, no tengo que preocuparme de que se escape o cause problemas. No hay teléfono en ninguna de las dos habitaciones y está demasiado alto para que pueda escapar por la ventana.

Está atrapada.

Llamo a Ardian, queriendo una actualización de su estado, pero no hay respuesta.

—¡Maldita sea! —Maldigo mientras mis pasos son pesados, bajando las escaleras hacia el vestíbulo principal.

—¿Señor? —dice Mario, notando mi frustración—. ¿No está todo a su gusto para nuestros invitados?

¿Es que no se da cuenta del peligro, o se regodea en su disfrute al verme luchar por mantener a mis hombres con vida?

—Ardian está en peligro. Sé de buena tinta que Mikhail envió al menos un hombre para atacar nuestro convoy.

El ceño de Mario se tensa.

—Seguramente, Ardian y los hombres del avión pueden encargarse de un solo hombre.

No es que no crea que Ardian esté preparado para el desafío. Es un gran tirador y puede dar en el blanco constantemente, pero contra la bratva, es inexperto. La bratva no lucha limpiamente. Son sucios y notorios por su brutalidad.

—Quiero que Gian, Monte y tú proporcionen apoyo a Ardian. —Espero no equivocarme al confiar en Mario—. Ardian debe llevar a las familias de un lado a otro. Quiero garantizar su seguridad. No han venido hasta aquí para ser atacados por la bratva en nuestro territorio.

—Sí, señor —dice Mario.

Se apresura a reunir a Gian y a Monte. Se dirigen a la armería para empaquetar el todoterreno antes de salir corriendo por la puerta.

El silencio llena el complejo, aunque no estoy solo. Hay docenas de hombres en el recinto asegurando las instalaciones, garantizando que nadie entre o salga sin permiso expreso. Cojo un bolígrafo y un bloc de papel. Vuelvo a subir a la tercera planta y llamo enérgicamente mientras abro la puerta, permitiéndome entrar en la habitación de Aleksandra.

Ella no está a la vista. La puerta del cuarto de baño conectado está entreabierta. Atravieso el dormitorio y asomo la cabeza a la habitación de los gemelos. Está sentada en el borde de una de las camas.

—¿Olvidaste algo? —pregunta, mirándome.

Está más tranquila de lo que esperaba. ¿Se ha dado cuenta de que se va a quedar aquí un tiempo?

—Pensé que necesitarías algunas cosas para ti y los niños —le digo, entregándole primero el bloc de papel. El bolígrafo podría usarse como arma, aunque no me preocupa que me domine.

—¿Cuánto tiempo nos vamos a quedar contigo? —pregunta.

—El tiempo que sea necesario. —Mi respuesta es ambigua—. Anota la talla de ropa que necesitas y haré que uno de mis hombres vaya a la tienda.

—¿Y qué pasa con Sophia y Liam? —pregunta—. No puedes encerrarlos aquí indefinidamente. Tienen colegio y necesitan relacionarse con otros niños.

—Tienen preescolar —aclaro—. Si faltan unos días, no es el fin del mundo. Habrá otros niños aquí dentro de poco, suponiendo que la bratva no los asesine cuando aterricen.

—No harían eso —dice Aleksandra, aunque no parece muy convencida.

———

Dejo a Aleksandra y a los gemelos encerrados en el dormitorio de arriba. Lo más seguro es mantenerlos alejados hasta que averigüe qué demonios está pasando.

Mi teléfono suena mientras bajo las escaleras.

—Ardian, ¿qué pasa? —contesto el teléfono. El identificador de llamadas mostraba su nombre.

—Ha habido una explosión en el aeropuerto.

—¿Dónde? —pregunto y contengo la respiración. ¿Habrán golpeado el avión? ¿La terminal? ¿Algo más?

—Apuntaron a un avión, pero se equivocaron de avión. Supongo que fue una mala información. El avión de Jace y Olivia despegó tarde. Probablemente les salvó la vida.

El sudor se me acumula en la frente.

—Envié un equipo para ayudarlos: Mario, Gian y Monte. Si la bratva pretende acabar con la familia, van a golpear fuerte.

—¿Por qué no atacar el complejo? —pregunta—. Vamos a reunir a todos los miembros de alto nivel de la familia. Parece el momento perfecto para que la bratva ataque.

—Sí, por eso he secuestrado a Aleksandra y a sus hijos.

—Mierda —jadea Ardian—. Espero que hayas pensado bien este plan, jefe.

CAPÍTULO OCHO

ALEKSANDRA

Antonio no ha vuelto a visitarme esta noche. No sé por qué pensé que lo haría. Ha dejado claro que está desbordado y que yo no soy su máxima prioridad.

Bien, pero ¿por qué mantenernos aquí contra nuestra voluntad?

Antonio envía a un guardia a mi habitación unas horas después de que haya entregado mi lista.

Se oye un golpe seco y espero que alguien entre de golpe como lo hizo Antonio antes.

—¿Señora? —Una voz atraviesa la puerta de madera.

Este tipo tiene modales. Me levanto y me dirijo a la puerta con un fuerte suspiro, tirando del pomo.

Está desbloqueada.

—Para usted y los niños —dice, entregándome cuatro bolsas llenas de ropa. ¿Cuánto tiempo piensa Antonio tenernos encerrados en su casa? Hay ropa para varias semanas en estas bolsas.

—¿Eso es todo? —bromeo ligeramente y no espero nada más, salvo quizá una respuesta que probablemente no obtendré de Antonio ni de sus hombres.

—No, hay varias bolsas más y algunas cajas de juguetes abajo —dice el guardia.

Ni siquiera esboza una sonrisa.

Al menos los niños estarán aliviados de tener juguetes, algo qué hacer. Unas cuantas hojas de papel en sus mochilas los mantienen ocupados coloreando durante una hora. Es más tiempo del que esperaba para que los dos no se metan en líos.

Llevo las bolsas a mi habitación y tiro el contenido sobre la cama, clasificando todo. El tallaje es correcto y estoy segura de que me arden las mejillas cuando veo la ropa interior enterrada en la ropa nueva.

Son de colores y con encaje. ¿Por qué demonios piensa que necesito conjuntos de bragas a juego que sean sexys?

Es imposible que Antonio vuelva a verme desnuda.

La ropa de los niños cabe en una bolsa separada que he volcado en mi cama. Doblo su ropa y la apilo para llevarla a la habitación contigua.

—Estoy aburrida —se queja Sophia mientras llevo su nueva ropa a la habitación.

—Yo también —se une Liam.

—Genial, puedes ayudar a guardar tu ropa dentro de la cómoda. —Abro el cajón de abajo y dejo que los gemelos metan su ropa, aunque pasan más tiempo desplegando cada prenda y admirándola antes de meterla en el cajón.

Sophia está cautivada por el jersey púrpura brillante y las camisas de colores. Liam está asombrado por el T-Rex y los dinosaurios de su nuevo pijama. De alguna manera, Antonio ha conseguido conquistarlos.

—Señora —llama el guardia desde el otro dormitorio. Debe estar cerca de la puerta.

Me dirijo a la puerta contigua para saludarle. Lleva una enorme caja de cartón abierta con juguetes nuevos llenos hasta arriba.

—Vaya, sí que se han pasado —digo.

No sé qué decir. Para ser un secuestrador, están siendo demasiado amables. ¿Están tratando de ganarse el afecto de mis hijos?

—Don Moretti quería que los gemelos estuvieran bien cuidados y tú también —dice.

—¿Antonio? —Es extraño escuchar que se refieran a él como don.

—Sí —dice el guardia.

—No he entendido su nombre —digo mientras le quito la caja. Tal vez si intento ganármelo, pueda ayudarnos a salir de aquí.

—No lo he dado —responde secamente—. Le traeré la cena dentro de un rato. No se meta en líos, señora.

—Es Aleksandra —digo.

—Lo sé.

Cierra la puerta bruscamente, dejándome de pie en mi dormitorio, con una caja de juguetes en la mano. Llevo la caja a la habitación de los niños y la coloco en el suelo para que la exploren. Tengo la intención de retener los regalos. No quiero que Antonio compre su cariño.

Pero ya están pasando muchas cosas y, al menos, una nueva caja de juguetes hará que no piensen en lo que ocurre a su alrededor. Eso espero.

———

Nos sirve la cena el mismo guardia que trajo los juguetes y la ropa a la habitación. Limpia nuestras bandejas cuando terminamos, cerrando la puerta cuando se va, manteniéndonos cautivos.

¿Por qué hace esto Antonio?

¿Qué quiere?

No es fácil dormir y en cuanto sale el sol, estoy fuera de la cama y en la ducha. Hay artículos de aseo nuevos en el baño y una toalla fresca y esponjosa colgada en un gancho junto a la ducha.

Me limpio, me visto y espero a que los gemelos se despierten. No quiero asustarlos. Al menos están tranquilos y callados. Pronto se pondrán nerviosos al estar encerrados en el dormitorio.

¿Cuánto tiempo estaremos prisioneros con los Moretti?

Si Antonio espera que Mikhail ofrezca algo a cambio de nosotros, estará muy equivocado.

No hay televisión en el dormitorio. Hay una ventana en el extremo opuesto de la habitación desde la puerta. Da al patio, que en esta época del año está relativamente estéril.

No hay mucho qué hacer. No hay libros en la habitación, ni ninguna forma evidente de entretenimiento. ¿Antonio está tratando de aburrirme hasta la muerte?

Al menos ha pensado en los intereses de los niños.

Permanecen dormidos mientras el sol brilla a través de las cortinas. Mantengo la puerta de la habitación contigua ligeramente entreabierta por si necesitan algo o se revuelven. Además, quiero saber si alguien intenta colarse en su dormitorio.

No me fío de Antonio ni de sus hombres.

¿Por qué debería hacerlo? Nos han secuestrado.

Apenas llaman a la entrada de mi habitación y la cerradura hace clic. Antonio se invita a entrar sin esperar mi permiso.

Es su casa. Supongo que no hay privacidad para mí como su prisionera.

—¿Cuánto tiempo vas a tenernos aquí contra nuestra voluntad? —pregunto, cruzando los brazos sobre el pecho. Me levanto de la cama, sin confiar en que no me vaya a hacer daño.

Necesito protegerme a mí y a mis hijos. Al menos están dormidos y no oigo ningún movimiento en su habitación.

—El tiempo que sea necesario —responde—. Cuando los niños se despierten, vístete y avisa al guardia de que están listos. Desayunarán abajo con los demás niños.

Tiene que estar enfadado.

—¿Has secuestrado a otros niños?

Emite un suspiro exasperado y se aleja de mi habitación.

No lo quiero aquí, no es que tenga otra opción. Doy un paso atrás tentativa, manteniendo la distancia entre nosotros. No quiero que me atrape en el pequeño espacio.

—Tienes la costumbre de no escuchar. —Su mirada no vacila mientras me clava su mirada. Su tono es contundente—. Como he mencionado antes, tu hermano amenazó a la familia, incluidos los niños —enfatiza—. Han sido invitados a quedarse bajo mi techo hasta que se resuelva el asunto.

—¿Resuelto? —repito—. ¿Cómo piensas hacerlo? —pregunto—. Mikhail nunca negociará contigo. Y si crees que retenerme aquí para pedir un rescate ayudará, te equivocas. Prefiere sacrificar a su sobrina, a su sobrino y a mí antes que darte algo.

A la bratva no le importa la familia en la que han nacido. Todo lo que importa son sus hermanos, la familia en la que han sido aceptados derramando sangre.

—No te tengo aquí como una herramienta, *Tesorina*. No se te retiene para pedir un rescate —dice—.

Como te dije antes, aunque no hayas escuchado, estás aquí bajo mi protección. Si fueras algo menos que una invitada en mi casa, ¿crees que les traería a tus hijos juguetes, ropa nueva y les ofrecería una cama caliente para dormir?

Le miro fijamente a sus ojos marrones oscuros.

—No sé qué pensar. Nos has retenido contra nuestra voluntad.

—Siéntate —ordena, haciéndome retroceder hacia la cama.

El poder que evoca, la postura de su caminar, su rudeza y proximidad obligan a mis pies a tropezar hacia atrás.

Exuda autoridad y aunque no quiero hacer lo que dice, mi cuerpo se rinde ante él.

—Bien, *Tesorina*.

Se alegra de que me haya sentado en el borde del colchón y se eleva sobre mí.

No debería dejarle acercarse tanto. Es peligroso.

—Deja de llamarme así —le digo. Quiero enfadarlo.

Anhelo sacarlo de su juego y si lo hago enojar, tal vez decida que no vale la pena la molestia.

¿Nos dejará ir?

Las comisuras de sus labios se mueven hacia arriba.

—¿No eres mi pequeño tesoro?

—¡No soy tu nada! —¿Cómo se atreve a pensar que puede poseerme y que le pertenezco?

Su mano se levanta y, por instinto, retrocedo, temiendo que me dé una bofetada en la cara. Es lo que hace Mikhail cuando le desafío. En lugar de eso, su mano es fuerte pero suave y captura mi mandíbula, obligando a mi mirada a encontrarse con la suya.

Quiero apartarme, privarle de su deseo de hacerme escuchar, pero, aunque cierre los ojos, le oiré. ¿Me tapo los oídos y canto fuerte para no oírlo?

—Eres mía, *Tesorina* y hasta que no lo aceptes, tu estancia será desagradable.

—¿Es eso una amenaza? —Mi labio superior se crispa mientras miro fijamente su oscura mirada.

Él nunca se inmuta. Antonio es tranquilo, firme y calculado. Es como si hubiera perfeccionado este momento, lo hubiera pensado mil veces y supiera exactamente cómo va a ser y qué va a pasar.

—Es una verdad, una verdad que llegarás a ver, eventualmente —dice. Me aprieta la mandíbula y me agarra el pelo con la otra mano, haciéndome una coleta.

Me tiene a su merced.

Antonio me inclina el cuello hacia arriba.

¿Va a besarme? Estoy atrapada y, aunque la idea de besarle a la fuerza me resulta repugnante, también hay algo estimulante en su fuerza. Además, no es que no nos hayamos besado antes. Y por lo que recuerdo, fue más caliente que mil soles.

Pero él no me besa. Al menos, todavía no.

Observa mi reacción, estudia mis labios y se acerca. Su aliento me provoca, se detiene en mis labios satinados.

—¿Sabías que tus hombres bombardearon el aeropuerto regional? Intentaron matar a un niño, un niño pequeño de unos pocos años más que Liam.

Sus palabras escuecen como un veneno.

—No te creo —digo—. Mikhail nunca haría daño a un niño.

—¿No? —Antonio se retira y deja de sujetarme. Sus piernas empujan las mías mientras sigue en el borde de la cama sobre mí—. Ordenó múltiples secuestros a familias de miembros de alto nivel y a sus hijos.

Hay una pesadez que llena la habitación.

No quiero creer a Antonio, pero Nikita me había advertido que Mikhail estaba actuando peligrosamente, buscando venganza por lo que pasó con Liam.

—Esto no es culpa de Mikhail. Tú me robaste a mi hijo —arremeto contra Antonio. Me pongo de pie y mi puño golpea su pecho mientras lo empujo, queriendo que se vaya de mi habitación—. ¡Tú empezaste esta guerra!

Me agarra de las muñecas, pero no aflojo.

Las lágrimas me queman los ojos.

—¡Tú te llevaste a mi hijo! Todo esto es culpa tuya.

Antonio no afloja su agarre mientras lucho contra él con todas mis fuerzas, con las manos cerradas en puños.

Me hace girar, con la espalda pegada a su cuerpo, los brazos pegados al pecho, los puños justo debajo de la barbilla y me atrapa, sujetando mis brazos y a mí.

Lucho contra su fuerza para liberarme.

Su aliento es cálido y me cosquillea el cuello.

—¿Has terminado? —susurra.

—¡Nunca! —Golpeo mi pie contra su dedo, pero no se inmuta.

¿Por qué iba a hacerlo? Lleva botas y yo estoy descalza. Intento girar para darle un rodillazo en la ingle, pero no me deja moverme.

—¡Basta! —ladra.

—No acepto órdenes tuyas.

Refunfuña en voz baja y me empuja contra el colchón antes de dirigirse a la puerta.

—Mario volverá para revisar a los niños, así como para obtener una muestra de ADN de cada uno de ellos.

—¿Qué? —No puede hablar en serio. Si cree que hay alguna posibilidad de que obtenga la custodia, está muy equivocado.

—Si son mis hijos, entonces no puedes creer honestamente que se los devolveré a los Barinov y dejaré que la bratva los críe.

Sale de mi habitación y cierra la puerta bruscamente tras de sí. El pestillo hace clic y estoy segura de que me ha encerrado.

—¿Mamá? —La voz de Sophia entra por la puerta contigua abierta. Por supuesto, la ha despertado. Por la forma en que salió de la habitación, probablemente despertó a todo el complejo.

———————

Después de bañar y vestir a los gemelos, pruebo el pomo de la puerta, pero está cerrada con llave.

Llamo con fuerza. ¿Hay un guardia en el lado opuesto de la puerta?

La cerradura hace clic y el mismo guardia de ayer está esperando frente a la puerta del dormitorio.

—¿Eres Mario? —le pregunto.

Endereza los hombros, pero no responde a mi pregunta.

—Voy a bajar a los niños a desayunar —dice, haciendo un gesto para que le acompañen fuera de su dormitorio.

¿Los niños?

No pregunto. Paso el umbral y el guardia niega con la cabeza.

—Lo siento, mis órdenes eran acompañar a los niños abajo.

—¡No van a ninguna parte sin mí! —Empujo al guardia hacia atrás y agarro a Sophia y a Liam por el brazo, obligándoles a volver al dormitorio.

—Mamá —gime Liam—. Tengo hambre.

—Yo también —suplica Sophia.

—Voy contigo o te obligo a escuchar a dos niños gritones que tienen hambre —amenazo al guardia.

Él refunfuña en voz baja.

—Te juro que no mereces el dolor de cabeza. Debería haberte dejado a ti y a los mocosos atrás.

—¿Perdón?

CAPÍTULO NUEVE

ANTONIO

Es agotador estar con Aleksandra.

Me tomo dos ibuprofenos de camino a la oficina. Nuestros invitados están en el comedor. Los niños están desayunando en la mesa principal. Hemos ampliado la hoja y añadido unos cuantos asientos, pero no entretenemos a menudo.

Hay muchas habitaciones en el complejo, pero esto no es un hotel ni un hostal.

—¿Cómo estás esta mañana? —me pregunta Ardian, mientras me acompaña a la oficina.

¿Es tan obvio que Aleksandra me está haciendo pasar un mal rato? Exhalo un fuerte suspiro. Sobreviviré. He lidiado con cosas peores.

—¿Alguna noticia sobre los rusos? —pregunto, alejando la conversación de la chica de arriba y de dos, posiblemente, mis hijos.

—Gian dirigió un equipo de soldados al complejo ruso antes del amanecer —dice Ardian. Yo ordené el ataque y soy consciente de las circunstancias. No sé si Mikhail fue capturado, asesinado o si escapó. Mis hombres no han dicho nada sobre el paradero de Mikhail.

—¿Y? ¿Alguna noticia sobre Mikhail? —pregunto.

—Gian llamó por radio hace una hora. Interrogaron a media docena de rusos en el lugar, pero nadie habló. Mikhail no estaba en el recinto. No sabemos dónde está y no es probable que vuelva si sabe que estamos vigilando el lugar.

Me muerdo el labio inferior, saboreando el zumbido metálico de la sangre.

—No puede estar lejos para siempre —digo.

Me siento en mi escritorio y Ardian toma asiento enfrente.

—Estoy de acuerdo, pero probablemente esté en un piso franco —comenta.

—¿Y no tenemos a nadie que pueda decirnos la ubicación? —pregunto.

—Dímelo tú —dice Ardian, con las manos cruzadas en el regazo—. Tienes a la chica de arriba. Probablemente ella es la que mejor lo sabe.

—No voy a interrogar a la chica —digo—. Y nadie más lo hace, tampoco.

—Entendido —dice—. Pero si no encontramos a Mikhail y lo detenemos, no sabemos qué hará después. Si no le molesta mi franqueza, señor, todos nosotros en un lugar, es preocupante.

Mi mirada se tensa. No es un problema que no se me haya pasado por la cabeza. Es una de las razones por las que insistí en traer a Aleksandra bajo mi techo.

—¿Qué sugieres que hagamos? —pregunto. Nos hemos reunido para poder detener a los rusos, no para darles un objetivo que nos borre a todos de un plumazo fácilmente.

—Necesitamos la ubicación de la casa segura. Mikhail es el que manda. Está trabajando con los otros rusos, pero es el líder. Si lo eliminamos, tenemos la oportunidad de detener la guerra —dice Ardian.

—Lo conseguiré. Necesito tiempo.

—El tiempo no está de nuestro lado, señor.

———

Salgo de mi despacho y me dirijo al comedor. Sophia y Liam están sentados en la mesa. Aleksandra ha cogido una silla contra la pared y está situada sola.

Ha encontrado el camino hacia abajo sin mi permiso.

Contra la pared de enfrente, están varios de los dones de diferentes ciudades, Dante, Alessandro y Jace, conversando entre ellos. Sus esposas están de pie cerca de la ventana, Olivia, Nicole, Paige y Karina, comiendo algo mientras charlan.

Aurielo y Moreno están juntos, con un plato pequeño en cada mano, mientras terminan lo último de su desayuno.

Al entrar en la sala, Aleksandra se levanta y se dirige hacia mí.

—¿También los tienes a todos en contra de su voluntad? —pregunta, prácticamente mordiéndome la cabeza.

—Son invitados en mi casa. Son las familias a las que tu hermano, Mikhail, amenazó —digo, clavándole la mirada—. ¿Sabes algo de que intentaron secuestrar a Nova? —pregunto, señalando a la niña con el pelo rubio como la fresa y los ojos azul celeste más brillantes.

Aleksandra mira a la niña de seis años.

—Esa niña ha pasado por un infierno y pensar que tu hermano ordenó su muerte.

—Él nunca haría eso —se burla.

La agarro del brazo y la saco del comedor, llevándola a mi despacho. Cierro la puerta detrás de ella, permitiéndonos hablar libremente.

—Ordenó múltiples golpes a los hijos de las familias de la mafia. Mikhail es un hombre despiadado.

—¿Y tú no lo eres? —Aleksandra se acerca. No parece tener el más mínimo miedo de mí. Si lo tiene, lo esconde bien.

—Hago lo que se me pide —digo—. Destituí a Roberto de su cargo porque estaba secuestrando niños, vendiéndolos a familias para poder obtener beneficios.

Sus labios de rubí se cierran y me mira fijamente, con los ojos apretados.

—¿Por qué están aquí? ¿Por qué acercarlos al peligro? Si mi hermano es el responsable, no parece prudente tenerlos bajo el mismo techo.

Por eso está aquí, como mi póliza de seguro, para que no asesine a toda la mafia italiana. ¿Sería fácil para él sacrificar a su hermana y a los niños?

—Entonces ayúdame a detenerlo —digo, cerrando la brecha entre nosotros. Mi voz es tranquila, suave, tranquilizadora. Intento razonar con ella.

—Aunque pudiera ayudarte, ¿por qué debería hacerlo? Me mantienes aquí contra mi voluntad.

—Te mantengo a ti y a tus hijos aquí para protegerte, *Tesorina*.

¿No se ha dado cuenta del peligro que supone volver a casa? Sin embargo, cruza los brazos sobre el pecho.

—Encerrándome en una habitación. ¿Cómo me protege eso? Has secuestrado a mi hijo. Todo esto es culpa tuya. Esta guerra que está ocurriendo, tú la empezaste. ¿Y ahora quieres mi ayuda? —Se ríe sombríamente y da un paso atrás—. Estás por tu cuenta.

—*Tesorina* —digo, tratando de razonar con ella.

—No te estoy ayudando y nunca te ayudaré. Eres un monstruo. —Se da la vuelta y sale de mi despacho.

La dejo ir. No la persigo. No es necesario. No puede irse y hay otras formas de obtener información.

Si no habla, utilizaré a los niños.

———

Los niños están reunidos en el salón, cerca de la chimenea.

He dejado que Aleksandra acompañe a los gemelos. Está mal mantener a una madre alejada de sus bebés. Y aunque Sophia y Liam no son recién nacidos, siguen siendo sus hijos.

El fuego chisporrotea y crepita. Hago que Mario y Monte traigan los juguetes que he comprado para los mellizos para que los compartan con los demás niños que se quedan a dormir.

Los demás señores y sus allegados se reúnen conmigo en el despacho.

—Dime que tienes un plan. Mejor que sentarse y esperar a que Mikhail ordene su próximo ataque —dice Dante.

Está frustrado y harto de la situación.

Todos lo estamos.

—Sé que están preocupados por sus familias. Por eso nos hemos reunido, para evitar que la bratva venga a por nuestras familias y destruya nuestros negocios —digo.

—Y la chica rusa del desayuno. ¿Quién es ella? —pregunta Dante. Tiene los ojos más oscuros que he visto nunca, fríos y brutales.

—Ella está fuera de los límites —advierto—. Una invitada bajo mi protección. —No necesito que a los hombres se les ocurra lo que podrían hacer para hacerla hablar.

—¿Una chica rusa bajo tu protección? —Moreno se burla de la idea. Es el segundo de Dante y se le extendió una invitación porque su hija, Nova, fue recientemente amenazada por la bratva—. Suena como un problema.

—Ella tiene sus propios hijos —digo, sin confiar en los hombres que muy bien son mis parientes también—. Y si ponerla bajo nuestro techo evita que Mikhail nos ataque, es una decisión acertada.

—¿Secuestraste a la chica? —pregunta Don Rinaldi.

—Alessandro, te aseguro que ella no será un problema para ti o tu familia. —No necesito que se levante en armas ni que su músculo e interrogador que trajo, Aurielo, reaccione.

—Alessandro no tiene familia fuera de los Rinaldi —dice Aurielo. Cruza los brazos sobre el pecho. Una mueca cruza sus rasgos—. Es mi hijo el que me preocupa, Ashton. Uno de los mocosos se abalanzó sobre él en el patio con un cuchillo.

Amenazó a mi hijo, lo que es una amenaza para todos nosotros.

Aurielo deja caer sus manos y las cierra en puños a su lado.

—Mataré a Mikhail si está detrás de la emboscada. Déjame en una habitación con él y seré lo último que ese hombre vea.

Mi responsabilidad es mantenerlos calmados y permitir unirnos para detener a la bratva. Todos tenemos un interés común y un enemigo común. Pero debemos usar nuestros cerebros, no los músculos, para superar a los rusos.

Levanto las manos.

—Aurielo, si matamos a Mikhail, hay otros rusos que ocuparán su lugar.

—¿Qué sugieres? ¿Una tregua? —pregunta Alessandro—. Estás loco si crees que los rusos están dispuestos a mantener un alto el fuego.

—Lo harán si les ofrecemos algo que quieran —dice Dante.

—¿Como qué? —pregunto, preguntándome qué tiene en mente.

—Has mencionado que tenemos una chica rusa y sus hijos. ¿Qué relación tienen con Mikhail? —pregunta Dante.

Es demasiado inteligente y astuto para su bien.

—Ya te dije que ella no es una moneda de cambio.

—Ya la estás utilizando para garantizar nuestra seguridad. Supongamos que se la ofrecemos a los rusos a cambio de una tregua —dice Dante.

Refunfuño. Se suponía que esta reunión no iba a incluir una discusión sobre Aleksandra.

—Eso nunca funcionaría —digo.

—Merece la pena traer a la rusa y averiguar lo que sabe —dice Moreno—. Es imposible que sea completamente inocente. Es rusa.

Como si eso la convirtiera en el enemigo por su linaje.

—¡Ya basta! Ella es mi invitada y esos niños son posiblemente míos —me enfurezco—. Ella no es una moneda de cambio, así que no voy a devolvérsela a su hermano.

Se hace un silencio en la oficina y algunos de los hombres intercambian miradas.

Es poco probable que alguno de ellos sepa que es la hermana de Mikhail. Me levanto de la silla de mi escritorio.

—Nos reuniremos de nuevo en diez minutos. —Necesito un descanso y un trago fuerte.

————

—Señor. —Mario roba mi atención en cuanto salgo del despacho. Me estaba esperando, pero prefirió no interrumpir la reunión.

—¿Sí? —le pregunto y le hago un gesto para que me acompañe mientras me dirijo al pasillo.

—Me pediste que fuera a vigilar a la chica —dice.

Sí se lo pedí, concretamente cuando estaba arriba vigilando sus habitaciones, cosa que no hizo de la mejor manera, teniendo en cuenta que ella está abajo con los niños.

—¿Y? —¿Cuál es su punto?

—Creo que sus hijos pueden conocer el paradero del jefe ruso, Mikhail —dice Mario—. Estaban hablando de una cabaña de madera en el bosque, una casa especial, fuera de la ciudad.

—Eso no lo acota exactamente —digo—. Y tienen cuatro años. Dudo que sepan conducir hasta la cabaña.

—Tienes razón, pero la casa tiene paneles solares instalados y está en Saugerties, no muy lejos del río Hudson.

—Redúcelo. Que Gian suba un dron si es necesario y averigüe qué propiedad es de los rusos —digo.

—Sí, señor.

—Buen trabajo —reconozco, antes de pasar por la sala de estar. Tal vez mantener a Mario cerca no era una idea tan terrible.

Aleksandra está situada en el suelo, con la espalda apoyada en la pared. Está leyendo un libro que debe haber encontrado en la estantería. Tiene las rodillas dobladas y la mirada fija en las páginas. No parece darse cuenta de mi presencia al otro lado de la puerta.

La luz ámbar del fuego la envuelve en un suave y cálido resplandor. Es hermosa y su silencio es aún más delicioso.

Me apresuro a alcanzar a Mario mientras se dirige en dirección contraria, lejos de mi despacho.

—¿Has obtenido muestras de ADN de los gemelos? —le pregunto, tratando de ser discreto, aunque parece que todo el mundo conoce ya mi secreto.

—No lo hice —dice—. Puedo hacerlo ahora si quieres.

No tiene sentido hacer una escena delante de las otras familias.

—Eso no es necesario. Esta noche, me gustaría que te aseguraras de hacer las muestras de ADN y las enviaras para que las analicen de inmediato. Yo ya he hecho mi muestra. Está en el cajón superior de mi escritorio.

—¿Quieres que vaya por canales no oficiales? —pregunta.

—Quiero los resultados lo antes posible. —Si eso significa que tiene que usar una fuente para hacerlo, un soldado que engrasa a un policía, no me importa.

Es probable que los gemelos sean míos, basándome en los comentarios de Aleksandra, pero necesito confirmación. Podría estar jugando conmigo, pensando que los mantendré a salvo si son de mi familia.

CAPÍTULO DIEZ

ALEKSANDRA

Hago como que leo, sentada junto a la chimenea. Es el mejor punto de vista, con la pared a mi espalda, para ver a los gemelos y la puerta. Los niños están sentados en el suelo, contando historias y compartiendo relatos de sus recientes aventuras, que resultan ser todos encuentros aterradores con hombres rusos.

Mikhail está detrás de las amenazas, de los miedos que se han inculcado a estos niños. Y, aunque no me alegro de que le hayan arrebatado a Liam, no se lo habría deseado a nadie más.

El libro no mantiene mi atención, pero lo mantengo apoyado en mis rodillas, con las piernas dobladas mientras paso la página de vez en cuando. No quiero que nadie sepa que estoy escuchando sus conversaciones. No creo que a los niños les importe, pero hay algunos adultos, mujeres que no conozco. Lo que significa que no puedo confiar en ellas.

Veo a Antonio junto a la puerta e inmediatamente fijo mi mirada en las páginas del libro, sintiendo su presencia y su atención en mí. No ha entrado en la habitación ni me ha llamado. Paso la página mientras finjo estar interesada en el contenido.

Desaparece por el pasillo y espero un momento antes de ponerme en pie. Los gemelos no parecen darse cuenta ni les importa que me haya levantado del suelo.

Me acerco a la puerta y salgo al pasillo, curiosa por lo que está pasando. ¿Por qué reunir a todas las familias de la mafia italiana? ¿Pretenden hacer la guerra a la bratva?

Me acercaría a Mikhail y le advertiría, pero si lo que han dicho Antonio y los niños es cierto, entonces él está detrás de los despiadados ataques.

Antonio dobla la esquina y se estrella contra mí.

—¿Qué haces, *Tesorina*?

—Buscando el baño —digo, tratando de inventar una excusa razonable. Nadie se ha dado cuenta de que he salido de la habitación.

¿Ya no estoy bajo arresto domiciliario? ¿O los guardias están demasiado ocupados para vigilarme?

—Te llevaré allí —dice, cogiéndome del brazo. Me lleva en dirección contraria, al otro lado del salón que acababa de ocupar con los niños.

Antonio espera a que entre en el baño.

—Vale, no tengo que ir —le digo y con mis palabras, sus ojos centellean.

—Ya lo sé. Estabas fisgoneando.

—No estaba fisgoneando —respondo—. Lo que pudo parecer fisgoneo fue una leve curiosidad.

—Déjame adivinar. Quieres un tour.

¿Se está burlando de mí?

—¿Te estás ofreciendo a darme uno? —le pregunto.

Su mandíbula está tensa y sus labrios se vuelven una línea recta sin ningún indicio de humor.

—No —dice—. Si quieres, puedo acompañarte arriba a tu habitación, o puedes volver al salón con tus hijos.

—No hay muchas opciones —digo y miro a la habitación con los niños.

—¿Es cierto?

Antonio me mira como un niño que está retrasando la hora de acostarse. Mira su reloj.

—¿Qué es verdad, *Tesorina*?

—Mikhail es el responsable de traumatizar a todos los niños de allí.

Se apoya en la pared, con los brazos sobre el pecho.

—Es mucho poder para un solo hombre reclamar la responsabilidad cuando trabaja desde Nueva York —dice Antonio—. Pero sí, se ha afiliado a otras organizaciones de bratva para aterrorizar a los italianos, concretamente a sus hijos.

No quiero creerlo, pero con lo que me ha contado Luka, todo encaja.

—Mikhail no está en el complejo —digo.

—Ya lo sabemos. Llegamos al edificio esta mañana temprano, antes del amanecer.

Jadeo.

—¿Hubo alguna baja? —Aunque no le tengo cariño a mi hermano, hay algunos hombres a los que todavía les tengo respeto, como Luka.

—No puedo hablar de eso contigo —dice.

—Quizá para ti solo sean soldados, pero yo me he criado con esos hombres. Son mi familia.

Su mirada se estrecha mientras se inclina más cerca.

—Tomamos a algunos hombres como rehenes, los interrogamos en su propia casa —dice y ladea una sonrisa—. Pero están vivos. La mayoría de ellos.

—¿La mayoría? —grazno.

—Solo matamos cuando es absolutamente necesario. No por deporte —asegura—. ¿Tienes la dirección del piso franco en Saugerties?

Me entretengo un momento. Estoy traicionando a Mikhail y a la bratva. Si se lo digo a Antonio, nunca podré volver.

Me mira fijamente, esperando la dirección.

—Te llevaré allí —le digo.

Resopla ante mi sugerencia.

—Y una mierda lo harás. Te quedarás aquí con tus hijos. Mis hombres no necesitan cuidado.

—Hay mucha otra gente alrededor para vigilarlos —sugiero. No tienen que ser sus guardias.

—La respuesta es no. —Antonio se muestra firme en su decisión.

—Bien, entonces tendrás que buscar otra forma de conseguir la dirección.

Me agarra por el brazo y me arrastra por el pasillo, empujándome al interior de una habitación. Cierra la puerta tras nosotros y nos deja solos. Es una biblioteca, con estanterías empotradas en dos paredes y el alféizar de una ventana convertido en un cubículo para leer.

No lo considero un hombre que lea. Y mucho menos en una habitación tan acogedora y soleada.

—¿Esta era la biblioteca de Roberto? —Eso no

encaja con mi idea del mafioso italiano, el monstruo que ordenó que se llevaran a mi hijo y lo vendieran.

—No, se creó mucho antes de que Roberto se convirtiera en don —contesta—. Esta casa, el complejo, ha estado en la familia durante generaciones. Según Mario, esto era una sala de juegos. Cuando Roberto decidió no tener hijos, la convirtió en una biblioteca. Quiso tapar la ventana y destruir cualquier evidencia de lo que era esta habitación.

—Pero la ventana sigue ahí, al igual que el rincón —digo, señalando el lugar tranquilo para leer.

—Mario contrató a unos contratistas para rediseñar la habitación, pero siempre creyó que el don desearía un heredero.

—¿Por qué iba a pensar eso? —pregunto. Un hombre que se gana la vida secuestrando niños no me parece que tenga madera de padre.

Antonio se acerca a la ventana.

—No es raro que un don desee un hijo para entregar el trono, pero Roberto nunca forjó una relación con nadie.

Se queda mirando por la ventana y me deja perpleja. ¿Antonio quiere una relación? ¿Espera que Liam ocupe el puesto de don cuando él ya no sea capaz? Faltan años para eso, pero el pensamiento persistente sigue rondando por mi mente.

—¿Y tú eres diferente? —pregunto.

—Espero que sí —dice. Se desplaza para encontrarse con mi mirada—. La dirección del piso franco, *Tesorina*. La necesito. —La brusquedad ha vuelto.

La traición me quema mientras le susurro la dirección.

Se apresura a salir de la biblioteca y me deja sola.

¿Significo algo para Antonio, o me ha utilizado para conseguir la información que quería?

Me quedo paralizada, aturdida. ¿Qué he hecho?

¿He contribuido a la ejecución de Mikhail?

Antonio no va a ser amable ni cálido con mi hermano. Es un mafioso. No puedo esperar que aparezca, toque el timbre y pida hablar como hombres.

Salgo corriendo de la biblioteca. Si advierto a Mikhail, entonces Antonio está como muerto. Pero si permanezco en silencio, mi hermano será torturado, o peor, asesinado.

No hay ganadores y le he entregado a Antonio el mapa del tesoro para encontrar a mi hermano.

Tengo que hacer algo, y colarme en la parte trasera de su vehículo no va a funcionar esta vez. Tal vez pueda llamar a Mikhail y sugerirle que se rinda antes de que la guerra se intensifique y todos mueran.

Sin embargo, la bratva no se rinde. Me imagino que la mafia tampoco, lo que me pone en un aprieto.

La sangre es la sangre. Puede que Mikhail sea un monstruo, pero es el monstruo que conozco, con el que estoy más familiarizada y no me retiene contra mi voluntad.

Nunca debí decirle a Antonio dónde se esconde Mikhail.

Antonio no está en ninguna parte. Hay un revuelo

en el extremo opuesto del pasillo. Me cuelo en una habitación cercana y busco un teléfono.

No hay rastro de teléfono fijo.

¿Solo usan teléfonos móviles en la propiedad? Antonio me arrebató el mío cuando me trajo aquí.

Me escabullo de una habitación a otra. Y, de nuevo, no hay rastro de teléfono fijo. No puedo irme, y aunque lograra escapar, mis hijos tendrían que venir conmigo.

¿Tal vez pueda robar uno de los teléfonos de los guardias sin que se den cuenta?

—Aleksandra, ¿qué haces aquí? —pregunta Mario. Sus ojos se entrecierran cuando me mira, su mirada examina mis manos vacías.

No he robado nada. ¿Es eso lo que le preocupa?

—Me ocupo de mis asuntos —le digo—. ¿Por qué te gusta seguirme a todas partes? ¿Hay algún lugar al que pueda ir sin que me sigas? Hay docenas de guardias y un sistema de seguridad de última generación, por lo que parece. Aunque quisiera irme, dudo que pudiera salir.

No tiene sentido decirle la verdad. No es probable que me entregue su teléfono móvil y, si está distraído, quizá pueda sacárselo del bolsillo. Me acerco; si voy a arrebatarle el teléfono, no puedo hacerlo desde el extremo opuesto de la habitación.

—Sería mejor que volvieras a tu habitación de arriba —dice.

Ahora es mi oportunidad. Mi labio inferior se levanta en forma de mohín mientras atravieso la habitación, acortando la distancia entre nosotros. Con la intención de golpearle con el codo, le distraigo mientras le arrebato el teléfono.

Mario me agarra de la muñeca y me hace girar, con su teléfono en la mano.

—Me lo llevaré —dice y suelta su fuerte agarre de mi muñeca, solo el tiempo suficiente para agarrarme del brazo y arrastrarme hasta el pasillo—. Tengo ganas de meterte en el calabozo.

Ignoro sus amenazas.

En el extremo opuesto del pasillo está Antonio. Tengo que llamar su atención.

—¡Antonio, espera! —le llamo.

Se da la vuelta, al oír mi voz y le dice al señor que está con él que espere un momento. Antonio acorta la distancia entre nosotros.

—¿Qué pasa? —pregunta, mirando a Mario en busca de una explicación.

—La encontré merodeando por el complejo. Intentó robarme el teléfono, señor.

—¿Y para qué quieres el teléfono de Mario? —La mirada de Antonio se clava en la mía.

Trago saliva con nerviosismo. El agarre de Mario sigue siendo fuerte contra mi brazo. No ha aflojado su agarre, ni siquiera con Antonio a escasos centímetros de mí.

—Tengo que llamar a la guardería de los mellizos si no van a ir a clase hoy —digo, con la esperanza de haberme librado de este mal trago con una mentira.

Antonio no se mueve de su posición.

—Buen intento. Ibas a avisar a Mikhail de que íbamos a llegar, ¿no?

Puede ver a través de mí y eso me asusta.

—Por favor, no le hagas daño a mi hermano.

—Enciérrala arriba —ordena Antonio.

—¿Y los gemelos, señor? —pregunta Mario—. ¿Qué quiere que haga con ellos?

—Pueden quedarse abajo con los otros niños, siempre y cuando no se metan en líos y no estén cumpliendo las órdenes de Aleksandra. En cuanto los veas intentando levantar un móvil o escabullirse de la habitación, los mandas arriba con ella de inmediato.

Mis hijos no tienen ni idea de lo que está pasando. Son jóvenes e inocentes, y pretendo que siga siendo así.

Pero me preocupa, dejarlos solos, desatendidos con los otros mafiosos. Ya sean dones, esposas o hijos, no me gusta demasiado pensar que no puedo vigilar a mis hijos. No obstante, Mario me arrastra por las escaleras, acompañándome al tercer piso, dejando a Sophia y Liam en el salón con los otros niños, ajenos a lo que ocurre a su alrededor.

—Por favor, quiero estar con mis hijos —le ruego. Pero él pone los ojos en blanco y abre la puerta de mi habitación en el tercer piso.

—Entra —me ordena—. Si te comportas, puede que Antonio te deje salir cuando vuelva.

CAPÍTULO ONCE

ANTONIO

Mis hombres se dirigen a la armería y cargan los vehículos con suficientes rifles de asalto y armas para que estemos bien preparados.

Mario vuelve de encerrar a Aleksandra arriba.

—Está hecho —dice—. ¿Dónde quiere que esté, señor?

—Vigila a los niños. No quiero ningún problema con ellos. Si los gemelos se parecen a su madre, podrían ir a husmear en busca de secretos. —Aunque dudo que los niños de cuatro años se metan en mucho, excepto quizá hacer un lío, tampoco me arriesgaré.

—Señor —Nikki sale del salón con los niños. Es la esposa de Dante, la madre de Astrid y Mia y, por las historias que he oído, bastante ardiente y feroz. Ha pasado por muchas cosas al principio, cuando Dante y ella se conocieron.

La respeto, no es algo que pueda decir de todos.

—Sí, Nikki. ¿Qué puedo hacer por ti? —Miro mi reloj. Mis hombres estarán listos para salir en cualquier momento.

—Me gustaría organizar una reunión con la chica rusa, Aleksandra. Tenemos bastante en común, y creo que podría ser capaz de ayudar.

—¿Quién dice que necesito ayuda? —Miro fijamente a Nikki, esperando su respuesta.

—Nadie ha dicho nada, señor. Pero es obvio que está disgustada y encerrarla arriba solo va a enfurecerla más.

¿Había escuchado la conversación sobre mandar a Aleksandra arriba? No tenía la intención de hacer público en todo el complejo que no estamos necesariamente del mismo lado.

Odio que Nikki tenga razón.

—Vamos —gruño. No me gusta equivocarme y es peor cuando alguien lo señala.

—Yo he estado en su lugar, la hija de una familia de la mafia contraria y aunque su familia es rusa y no italiana, me identifico con lo que está pasando.

—¿Y qué crees que conseguirás hablando con ella?
—No dudo de que compartan una situación común, pero Aleksandra tiene un carácter fuerte y no va a doblegarse ante mi autoridad ni a escuchar a una chica contar historias sobre su pasado.

—Para empezar, podría invocar la confianza, señor. Aunque quiero a Mikhail muerto tanto como el resto de nosotros, matarlo no resuelve el hecho de que ya ha conspirado con otras organizaciones de bratva en todo el país. Podría ser un recurso valioso si la ponemos de nuestro lado.

—¿Y crees que tienes la capacidad de volverla contra la bratva?

—De todos los presentes, soy la que tiene más experiencia en estar alejada de la familia —dice Nikki—. ¿Qué tienes que perder?

Mi orgullo, para empezar, pero nadie tiene que saberlo. Y ella tiene razón. Si necesito la ayuda de

Aleksandra y no me la dará hasta que me comunique con ella.

—Que quede entre nosotros. Tienes hasta que vuelva —digo, mirando mi reloj.

———

—Deberías quedarte aquí —dice Ardian mientras coge la llave del gancho—. Sé que quieres estar en el frente y eliminar a Mikhail, pero no eres bueno para la mafia muerto.

—No pienso morir —digo sin una pizca de diversión—. ¿Estás cuestionando mi capacidad como soldado? Te haré saber que la sangre y el sudor de mi vida han estado en las calles.

—No pretendo ofenderte. —Ardian se apresura a dar marcha atrás. No es prudente enfadar a un don—. Todos los líderes están aquí para conversar contigo y elaborar un plan para acabar con la guerra que empezó Mikhail.

—Roberto la empezó —admito ante Ardian. No es una discusión que tendría con cualquiera, pero él es mi mejor hombre, mi aliado más confiable y mi consejero—. Robar niños, dirigir La Cuna, todo esto es culpa suya.

—Sin mencionar que robamos a ese niño, Liam, de los Barinov —agrega—. Lo entiendo. Estás tratando de expiar tus pecados.

Levanto una ceja.

—Nunca he dicho eso.

—Trayendo a la chica bajo tu techo. La estás protegiendo o estás enamorado de ella. Tal vez un poco de ambos —dice Ardian.

¡Qué descaro!

—No hagas que te maten hoy —replico. No estoy de humor para hablar de Aleksandra con nadie. Ya era bastante malo que Nikki tuviera la audacia de venir a mí con su sugerencia, pero ahora tengo a Ardian añadiendo su opinión. Tiene suerte de que no le meta una bala para que se calle.

—Haré lo posible por no hacerlo, jefe. —Sonríe y saluda con la mano mientras se dirige al todoterreno.

Ordeno a mis hombres que se dirijan, tomando seis vehículos mientras los soldados se preparan para infiltrarse en el piso franco ruso. Aunque quiero liderar la manada en la guerra, Ardian tiene razón: los otros dones han venido a Nueva York para acabar con esta tiranía, no para unirse a nuestras fuerzas para luchar. Dejarlos para detener a Mikhail no es el mejor uso de mi tiempo como jefe.

—¿No se va, señor? —pregunta Mario mientras pasa junto a mí con Nikki a su lado.

—Tengo otros asuntos que atender. Lleva a Nikki arriba, pero no le digas a Aleksandra que estoy aquí.

—Sí, señor —dice Mario—. Ven conmigo. —Acompaña a Nikki a la escalera y la pierde de vista.

Me pellizco el puente de la nariz. ¿Por qué he dejado que Aleksandra se introduzca en mi corazón? No es más que una chica con la que compartí una noche salvaje hace casi cinco años.

—Ah, y Mario —le grito cuando llega a lo alto del rellano, donde ya no puedo verlo.

Se retira dos escaleras más abajo para que yo tenga su atención.

—¿Sí, señor? —Obedece bien las órdenes. ¿Es por eso que a Roberto le gustaba tenerlo cerca?

—Haz esa prueba de la que hablamos lo antes posible.

—Por supuesto, señor.

Necesito saber si los gemelos son, de hecho, míos. Cuanto antes tenga la respuesta, más fácil será decidir sobre Aleksandra.

CAPÍTULO DOCE

ALEKSANDRA

Hay un suave golpe que resuena contra la puerta de madera.

No respondo, pero no importa. La puerta hace un clic y la abre una de las jóvenes del piso de abajo.

—¿Puedo ayudarle? —pregunto escuetamente. No es que se haya perdido de camino a su habitación y haya acabado en la suite equivocada. La puerta estaba cerrada desde fuera por uno de los guardias.

Además, no he oído ningún ruido en las habitaciones cercanas de la tercera planta. Probablemente, los demás huéspedes se encuentran en otra planta.

—Soy Nikki —dice la joven presentándose. Llama mi atención su larga melena negra y sus profundos ojos ámbar. Es un poco mayor que yo, aunque probablemente no mucho.

—Aleksandra —digo, aunque probablemente ya sepa mi nombre. Me imagino que soy la comidilla de la ciudad. Bueno, al menos en la planta baja.

No todos los días un ruso se relaciona con un italiano.

—¿Te importa si entro? —pregunta. Tiene las manos juntas delante de ella. Lleva unos leggings negros y un jersey granate oscuro que le llega a las rodillas. Es de gran tamaño y parece relativamente cálido y cómodo.

—Haz lo que quieras —le digo y le hago un gesto para que entre.

¿Tengo alguna opción?

¿Qué es lo que quiere? Cruza la habitación como si fuera la dueña del lugar y se apoya en el borde del alféizar.

—¿Antonio te envió aquí arriba? —pregunto. Tendría sentido intentar sacarme información. No busco hacer amigos mientras estoy aquí. No es que quiera estar aquí, encerrada en esta habitación, encerrada en el recinto italiano.

—Me dio permiso para venir a visitarte, pero no fue su idea que subiera —responde.

Parece genuina, pero acabo de conocerla. Antes, ella estaba abajo con los otros invitados, pero yo había hecho bien en mantenerme al margen y evitar una conversación incómoda. Que parece que ahora voy a tener que soportar.

—¿Piensas decirme que soy una persona horrible por asociarme con los rusos? —Estoy anticipando una pelea. La chica no subió aquí para mezclarse y hacer amigos. Ella tiene mucho de eso abajo.

—Son tu familia —dice Nikki—. Nadie puede culparte por la familia en la que has nacido.

¿Por qué tengo la clara sensación de que me culpa por asociarme con los rusos? A pesar de que son mi familia, elijo estar con ellos en lugar de ¿qué?

—¿Qué sabes tú de eso? —La miro de arriba a abajo —. Estás casada con un don. ¿Estoy en lo cierto? — No tengo que saber quién es para ver el poder que desprende. Aunque no recuerdo el nombre de su marido, lo reconozco después de haberlos visto charlar antes.

¿Cree que soy una amenaza ahora que conozco a todas las familias italianas?

Si quisiera traicionarlos, volver con los rusos, tendría información sobre los dones, sus cónyuges, hijos y allegados. Pero no estoy buscando sangre; quiero que mis hijos estén a salvo y que vuelvan a casa.

—Dante no siempre me quiso. Cuando nos conocimos, éramos enemigos de dos familias mafiosas diferentes —dice Nikki. Se levanta del alféizar y recorre la habitación desde la puerta cerrada hasta la ventana del lado opuesto.

Aprieto los labios, en silencio. La dejo hablar.

—Dejé a mi familia, elegí a Dante por encima de mi sangre, porque él tenía mis mejores intereses en el corazón. Mi padre era un monstruo, me metió en su operación de tráfico y estaba dispuesto a venderme a su enemigo, para quitarme de encima.

—Mi hermano no es así.

Nikki deja de pasearse y su mirada se fija en la mía.

—Bien, porque no se lo desearía a nadie, ni siquiera a mi peor enemigo —dice.

¿Es eso lo que somos, enemigos? No nos consideraría amigos, ni siquiera conocidos, pero acabo de conocer a la mujer y no tengo ningún problema con ella. Ella no es la que me mantiene aquí contra mi voluntad.

—¿Gracias? —No sé qué busca, por qué ha venido a hablar conmigo y a hablarme de su familia.

—No conozco a Antonio desde hace mucho tiempo —dice, cuando su mirada se encuentra con la mía—. Pero si te trajo aquí, te está protegiendo.

Está loca si se cree que Antonio es un héroe. Es un monstruo que nos arranca a mis hijos y a mí de nuestro hogar. Y me niego a darle ninguna indicación de lo que siento. No me fío de ella.

—¿Qué te hace decir eso? —le pregunto.

—Los hombres como Antonio, no meten a señoras bonitas en sus casas con sus hijos, a no ser que les salven la vida.

—Nos arrebató a punta de pistola. Eso no me parece muy caballeroso —digo.

¿Antonio se olvidó de ese detalle al explicar quién era yo y cómo acabé bajo su techo?

Se pone delante de mí, a unos metros de distancia, dejándome mucho espacio personal. Nikki no es contundente ni prepotente, lo cual agradezco.

—Y Dante me compró en una subasta matrimonial —dice Nikki—. No estaba exactamente de acuerdo con él. Durante mucho tiempo, pensé en él como mi captor.

—A mí me parece que es tu captor —murmuro.

—No lo es —dice Nikki, estrechando su mirada—. Puede que no seamos iguales en lo que respecta a la mafia. Desde luego, yo no dirijo la mafia, ni me gustaría hacerlo, pero es un buen hombre. Me trata bien, protege a nuestro hijo Luca y es un padre maravilloso. Puede ser difícil imaginar que el don de la familia sea un padre cariñoso, pero es un buen hombre. Y sospecho que si dejas que Antonio entre en tu vida, descubrirás que no es tan diferente.

—Antonio nos secuestró —le digo.

¿Por qué cree que voy a perdonar y olvidar lo que hizo?

—Además, no estoy buscando un padre para mis mellizos y menos uno que sea el jefe de la mafia —añado.

No hay razón para elaborar que él es su padre biológico. Si no ha oído los rumores, no quiero darle más información.

Nikki sonríe con los labios apretados. No discute conmigo. En cambio, se dirige a la puerta y golpea con firmeza, indicando al guardia que ha terminado de hablar conmigo.

—Piensa en lo que he dicho —dice, volviendo a mirarme—. Piensa en lo que es mejor para tus hijos.

—Eso es lo que estoy haciendo.

¿No se da cuenta de que lo único que quiero es protegerlos del peligro? ¿Cómo los protege eso trayéndolos aquí, bajo el techo de Antonio, con hombres peligrosos blandiendo armas?

El guardia abre la puerta y Nikki sale al pasillo, cerrando la puerta tras de sí. Contemplo la posibilidad de atravesar la puerta abierta, empujarla y salir del dormitorio.

Pero, ¿hasta dónde llegaría? Mis hijos están abajo y lo último que quiero es ponerlos en peligro.

Me siento sola en mi dormitorio. No hay rastro de los gemelos y nadie más viene a visitarme, excepto el guardia, para entregar una bandeja de comida en mi habitación para el almuerzo.

—¿Dónde está Antonio? —pregunto.

—Está ocupado —dice Mario, sin responder a mi pregunta mientras coloca la bandeja plateada con comida en una mesita del dormitorio.

—Quiero verle.

—Come tu almuerzo —indica—. Volveré para recuperar la bandeja en una hora.

Cierra la puerta con llave. Estoy sola con mis pensamientos. Tal vez debería agradecer que me mantenga en un lugar cálido y confortable. Tengo una cama, un baño y una habitación separada para mis hijos.

Mi hermano no sería tan generoso con un rehén. Los arrojaría a una celda de la prisión.

He visto las atrocidades de Mikhail con varios hombres que le han traicionado. Y lo que no he presenciado de primera mano, lo he visto en los restos de partes de cuerpos que ensuciaban el sótano de la prisión.

Antonio no ha amenazado a los niños. Y aunque nos ha llevado en contra de nuestra voluntad, no ha dañado físicamente a ninguno de nosotros. Eso no me hace estar agradecido con él. Sigue siendo un monstruo, pero quizá sea menos horrible que mi hermano, lo cual no dice mucho.

Termino el bocadillo de la bandeja y me sorprendo cuando Antonio entra en la habitación.

—*Tesorina* —dice, mirándome y mi corazón se acelera ante su presencia.

—Quiero a mis hijos —digo, levantándome del borde de la cama. Me acerco a él, sin miedo.

—Nuestros hijos —dice, corrigiéndome.

Aprieto los labios.

—Necesito verlos. —No respondo a su comentario.

—Y lo harás cuando sepa que no harás ninguna estupidez, *Tesorina* —dice, mientras se acerca, acortando la distancia entre nosotros.

—Deja de llamarme así —le digo.

¿Por qué cree que puede ponerme un apodo? No soy nada suyo. Sin embargo, una sonrisa se dibuja en su rostro, satisfecho con mi arrebato.

¿Por qué le gusta esto? ¿Es que ha encontrado la manera de molestarme? ¿Es mejor que finja que no me importa y que deje que me llame lo que quiera?

Lleva su mano hasta mi mejilla y su pulgar roza un mechón de pelo detrás de mi oreja. Es amable y atento; pero le quito la mano de un manotazo.

—Quita tus mugrientas patas de encima.

Sus ojos se arrugan y las comisuras de sus labios se vuelven hacia arriba en una sonrisa.

—Necesito tu ayuda —dice Antonio.

Doy un paso atrás, necesitando espacio, y cruzo los brazos sobre el pecho.

—¿Y por qué habría de ayudarte? —Miro la bandeja de plata en una mesa cercana. ¿Podría usarla como arma, dejándolo inconsciente y luego tomarlo como rehén con su arma?

Ni siquiera mira detrás de él.

—Ni siquiera lo pienses.

—¿Qué? —pregunto inocentemente. No puede saber lo que estoy pensando.

—Golpearme en la cabeza con esa bandeja —dice—. Ni siquiera lo pienses.

Bueno, no se equivoca en la primera parte de mi plan. Me abalanzo sobre él para coger la bandeja. Es la única arma posible que puedo utilizar, pero Antonio me agarra de la muñeca y me hace girar, pegando su cuerpo al mío, sujetándome.

—Algo me dice que te gusta esta posición, *Tesorina* —me susurra al oído.

—No me gusta nada de ti —murmuro.

—Eso no es lo que estabas gimiendo en la ducha.

Le piso el dedo del pie y me doy la vuelta para encararlo, clavando mi rodilla en su ingle.

—Eso fue hace mucho tiempo. —Busco la pistola que lleva en el cinturón. Es mi única oportunidad de salir de este infierno.

Gime de dolor y se suelta de mí, empujándome, tirándome de espaldas a la cama. La pistola sigue enfundada. Es más fuerte que yo y más rápido.

—El guardia no te va a dejar ir, así como así —dice Antonio y se endereza. Cualquier dolor residual de mi asalto se me oculta—. ¿Y crees sinceramente que te dejaría coger mi pistola?

Se eleva desde arriba y yo me revuelvo hacia atrás para no quedar atrapado. Salgo disparada del lado del colchón hacia la puerta cerrada.

—¿Hasta dónde crees que puedes llegar? —pregunta—. La puerta está cerrada con llave. Mis hombres no van a dejarte desfilar por el complejo para recuperar a mis hijos y mandarte a paseo.

—No son tus hijos.

—Ya veremos —dice Antonio—. He hecho que Mario mande las pruebas de ADN. No se irán hasta que lleguen los resultados.

No me atrevo a preguntar cuánto tiempo tardará eso o qué pasará cuando descubra que es su padre biológico.

—¿Por eso nos has secuestrado? ¿Porque quieres ser padre? —Parece descabellado incluso para Antonio.

—Como te dije antes, te traje aquí para protegerte. —Antonio se molesta más con mis preguntas—. ¿Prefieres que te entregue a tu hermano y que compartan juntos una celda en el sótano?

Se me cae el estómago ante su admisión.

—¿Tienes a Mikhail aquí?

—Por eso he subido a tu habitación —dice Antonio—. Iba a pedirte que hablaras con él, pero quizá debería encerraros a los dos juntos. ¿Sabe él que soy el padre de los mellizos?

—No eres su padre —digo. Aunque esté relacionado biológicamente, eso no lo convierte en su padre. No está en su vida y no espero que esté cuando crezcan.

Antonio me agarra del brazo y me arrastra con fuerza por la habitación.

—¿Adónde me llevas? —Intento liberarme, pero es demasiado fuerte. Utilizo la otra mano para intentar alcanzar su pistola, pero me golpea la espalda contra la puerta de madera y me obliga a poner las manos por encima de la cabeza.

—*Tesorina* —me susurra al oído.

Su proximidad hace que mi cuerpo se estremezca. Rezo para que no se dé cuenta de mi reacción.

—Sé que me deseas —me susurra al oído, inmovilizándome contra la puerta. Su cuerpo está pegado al mío y no es su arma lo que siento contra mi entrepierna.

—Parece que tú también me deseas —digo, obligando a mis ojos a encontrarse con los suyos cuando él se retira ligeramente para mirarme fijamente.

¿Va a besarme?

Su aliento se mezcla con el mío, burlándose de mí; su proximidad me excita, y por mucho que sea un monstruo, no me ha hecho daño. Antonio no me ha obligado a hacer nada todavía.

—Si te quisiera, te habría tenido —dice—. ¿Crees que no puedo tener a cualquier chica que quiera, o a quien desee?

—No soy tuya para tenerla —digo y me balanceo con fuerza contra él, intentando liberarme, pero lo único que ocurre es que su agarre sobre mí se estrecha contra mis muñecas y su cuerpo se aprieta más contra el mío.

—Tu cuerpo no dice eso, *Tesorina* —dice Antonio con una sonrisa de satisfacción.

CAPÍTULO TRECE

ANTONIO

Tengo a Aleksandra atrapada entre la puerta de su habitación y yo. Es como un infierno feroz que arde a mil grados y yo soy el único capaz de apagar el fuego.

¿Quiero apagarlo?

No, pero tampoco estoy dispuesto a quemarme vivo.

—Suéltame —me gruñe.

—¿Prometes dejar de perseguir mi pistola? —No necesito que se apodere de mi arma y la utilice contra mí o contra cualquiera de mis guardias o invitados.

Ella resopla.

Supongo que eso es un no.

—Prométeme que te comportarás y te acompañaré a ver a tu hermano.

Sus ojos azules son oscuros e intensos y sus mejillas tienen un tono similar al de sus labios de rubí mientras expulsa una suave bocanada de aire.

—Bien.

No estoy seguro de creerle, pero tomo sus palabras al pie de la letra. Dejo de agarrar sus muñecas y doy un paso atrás, asegurándome de que mi arma está fuera de su alcance.

—La próxima vez que decidas ponerte nerviosa, puede que tenga que coger las esposas —la amenazo.

Sus ojos se abren de par en par y no sé si está emocionada por la posibilidad de ser inmovilizada u horrorizada.

Llamo rápidamente a la puerta.

—Ya he terminado —le digo a Mario y espero a que

desbloquee la puerta y me deje salir de la habitación.

Este abre la puerta y yo salgo primero, acompañando a Aleksandra para que me acompañe abajo. La agarro con fuerza por el brazo, sin dejar que se aleje de mi alcance.

—¿Puedo ver a Sophia y a Liam? —pregunta mientras la conduzco por el pasillo hasta la escalera.

—Después de la visita a tu hermano —le digo. Si le doy lo que quiere ahora, es poco probable que me gane su cooperación.

Se queda callada, lo que me hace pensar que está de acuerdo. Bajamos a la planta principal y recorremos el pasillo hasta llegar a otra puerta cerrada. Dejo de agarrarla por el brazo, saco la llave de mi llavero y la introduzco en la puerta, dándole un fuerte empujón.

Aleksandra está justo detrás de mí. Siento su presencia en mi talón.

—Tú primero —digo mientras abro la puerta y le hago un gesto para que baje primero las escaleras del sótano.

—¿Ahora estás siendo caballeroso?

Ella baja las escaleras, de una en una. El sótano tarda un momento, con la escasa iluminación, en adaptarse a nuestros ojos.

Mikhail está en una celda cercana, solo. No hemos capturado a ninguno de sus hombres. Era el único en el piso franco. Nos fuimos después de obtener todo lo que queríamos de los hombres que habíamos interrogado.

Otello vigila la prisión. Está situado a unos metros de la celda, vigilando al prisionero.

—Danos unos minutos —le digo a Otello.

—Claro, jefe —dice Otello y se dirige a las escaleras para descansar.

¿Por qué Mikhail era el único hombre en el piso franco? ¿Sus guardias habían huido? ¿Por qué le habían dejado atrás?

—¿Mikhail? —se le quiebra la voz al acercarse a la celda.

Se sitúa en el lado opuesto, avanzando hacia la puerta.

—¿Estás trabajando con él? —Los ojos oscuros de Mikhail se abren de par en par mientras da un paso atrás y se pasa una mano por el pelo oscuro—. Confié en ti, hermana, y me traicionaste.

Me acerco, poniéndome al lado de Aleksandra.

—Llama a tus hombres y a los otros líderes de la bratva, Mikhail, para acabar con la tiranía de los italianos.

Sus ojos oscuros brillan bajo la luz de la lámpara.

—Preferiría morir antes que ayudar a tus hombres —dice Mikhail y, mirando fijamente a Aleksandra, su labio superior gruñe mientras la mira de arriba abajo—. Traidora.

Ella cruza los brazos sobre el pecho.

—Yo no trabajo con él —dice, señalándome a mí—. Yo también soy una prisionera.

—Claro —Mikhail pone los ojos en blanco—. Parece que eres un prisionero. ¿Dónde te deja quedarte, en su habitación?

—¡Cómo te atreves! —Aleksandra se vuelve hacia mí
—. Déjame entrar ahí. Lo mataré por ti.

Aunque no creo que lo diga en serio, no cabe duda
de que es lo suficientemente luchadora como para
intentarlo, pero no voy a ver cómo se pelea con su
hermano mayor.

—Eso no va a suceder —digo. No puede querer
realmente que la deje entrar en su celda. Tiene que
ser un truco para que ella pueda ayudar a su fuga.
No me extrañaría la idea. Ya ha intentado robarme la
pistola.

Mikhail da un paso atrás y no parece estar en
absoluto inquieto. Se ríe en voz baja y sacude la
cabeza.

—Nunca esperé que un Barinov se tirara a una
Moretti. Ya no eres de los nuestros, hermanita.

—¿Qué? —La voz se le queda atascada en la
garganta, y juro que hay una lágrima brillando en
sus ojos—. No estoy... no estamos juntos —dice
Aleksandra.

—¿Solo estás al otro lado de la celda para
convencerme de que hable? —pregunta Mikhail con

una carcajada—. Estás muerta para mí, Aleksandra. Disfruta jugando a las casitas con tu nueva familia. Y si decides volver al recinto, puedo prometerte que esos mocosos no verán la luz del día.

Se da la vuelta para subir corriendo las escaleras y me planteo detenerla, pero en lugar de eso, la dejo marchar.

—¿Disfrutas atormentando a mujeres y niños? —pregunto mientras me acerco a la celda. No abro las puertas de hierro forjado. Si lo hiciera, podría matarlo con mis propias manos.

Mikhail estira los brazos y entrelaza los dedos detrás de la cabeza. Un momento después, sus brazos caen a un lado.

—Es mejor que estar encerrado en una celda. Cuando salga, Antonio, puedes contar con que iré a por toda tu organización.

—Ya has venido a por nosotros. ¿Por qué crees que estás encerrado en nuestra prisión?

—¿Por deporte? —Mikhail se ríe y se deja caer en el suelo. No hay catre ni cama.

No confío en que no se ahorque con las sábanas si tiene la oportunidad. Y aunque la idea es tentadora, la muerte de Mikhail no ayuda a la situación.

No he oído ningún indicio de que tengan intención de tomar represalias, pero cuanto más tiempo permanezca en nuestra prisión, más posibilidades habrá de que la bratva invada nuestra casa. Y mantener a Aleksandra en las instalaciones no nos va a salvar en lo más mínimo.

Dejo a Mikhail. Hay suficientes mafiosos e interrogadores bajo nuestro techo para manejar a un solo hombre.

Encuentro a Aleksandra en lo alto de la escalera, subiendo las escaleras, con la puerta cerrada. No digo nada, no quiero que su hermano nos escuche. Abro la puerta y la dejo salir al piso principal. Cierro la puerta tras nosotros. No es que Mikhail sea capaz de escapar, pero por si acaso, es un nivel extra de seguridad.

—Antonio. —La voz de Aleksandra es suave y frágil. Tiene los ojos arrugados y está conteniendo los sollozos, al menos en apariencia.

La arrastro contra la pared, fuera del alcance de mis hombres, para tener un poco de intimidad.

Otello está de pie frente a la entrada de la prisión, en el vestíbulo principal, charlando con Mario.

—Nos vemos luego —le dice Otello a Mario mientras me hace un gesto con la cabeza y se apresura a bajar al sótano de la prisión para vigilar a Mikhail.

Su trabajo es asegurarse de que no le pase nada al prisionero a menos que yo lo ordene. Enviaré a Aurielo, uno de los mejores interrogadores de la mafia, que Alessandro ha traído consigo y dejaré que mi interrogador, Jacopo, le acompañe.

Entre los dos hombres, preveo resultados rápidos.

—Estás a salvo aquí. Ninguno de mis hombres pondrá un dedo sobre ti o tus hijos. —¿Es eso lo que le preocupa? Intento calmar sus nervios, pero me preocupa que sea algo que no pueda solucionar rápidamente.

Ella junta los labios y desvía la mirada, su mirada es lejana y distante.

—Por favor, no hagas daño a Mikhail. Sé que es un cabrón, pero es mi hermano. —Su voz se quiebra cuando por fin capta mi mirada. Nuestras miradas se fijan la una en la otra.

—Te aseguro que no le pondré un dedo encima.

No le prometo que mis hombres no lo torturarán para que hable.

Tiene el ceño fruncido y le tiembla el labio inferior.

—Tienes mi palabra de que será tratado con mucha más amabilidad que cualquier hombre que la bratva detenga —digo.

—Eso no es tranquilizador —susurra—. Desollarían a un hombre vivo para sacarle información.

Aunque tenemos otros métodos, no niego que nuestros interrogadores pueden ser brutales.

—Si responde a las preguntas de nuestros interrogadores con sinceridad y divulga información, no tiene nada de qué preocuparse.

—No hablará —dice Aleksandra—. Es demasiado orgulloso para traicionar a la bratva. Preferiría morir.

No estoy de acuerdo. Hemos tenido hombres que divulgan secretos cuando son retenidos contra su voluntad, amenazados y torturados. Y aunque no le importe su propia vida, estaría devastado si destruyéramos toda la organización de la bratva, su legado.

—No te preocupes por Mikhail —le aseguro.

La acompaño al otro lado del pasillo hasta mi despacho para tener un momento a solas con Aurielo y Jacopo. Le pongo la mano en la espalda mientras la conduzco al interior, encendiendo la luz después de abrir la puerta.

—¿Piensas encerrarme aquí?

—No, solo necesito tener un momento a solas con mis hombres.

—¿Puedo ver a mis hijos? —pregunta Aleksandra.

—Te los traeré. Espera aquí. —Le hago un gesto para que se quede mientras me dirijo al salón. Los gemelos están sentados con los otros niños—. Sophia, Liam, ¿quieren ver a su mamá?

Se levantan del suelo y me siguen, dando botes por el pasillo, hasta mi despacho.

Abro la puerta, les hago pasar al interior y la cierro antes de volver a bajar para encontrar un equipo que pueda interrogar a Mikhail con éxito.

Aunque puedo hacerlo, no quiero su sangre en mis manos. No con Aleksandra bajo el mismo techo.

———

—No ha intentado irse, señor —dice Mario cuando me acerco al despacho.

Decidí que no era necesario encerrarla físicamente. La puerta está cerrada y hay un guardia delante de ella.

No va a ir muy lejos, y con dos niños ruidosos, no va a pasar sin ser vista.

—Bien —digo.

—¿Alguna noticia sobre el piso de abajo? —pregunta, comentando lo del prisionero.

—Mis hombres están en ello. —No doy más detalles. No hay nada específico que contar hasta que se complete el interrogatorio y tampoco estoy seguro de que Mario sea un hombre en el que confiaría.

Si bien confío en él haciendo guardia frente a una puerta, no es alguien a quien divulgaría nuestros secretos. Al menos, todavía no. Abro la puerta de mi despacho y me paro en la entrada, aturdido por la cantidad de caos que hay desde hace poco tiempo.

—No estaba seguro de cuánto tiempo pensabas tenerme en tu despacho —dice Aleksandra.

—Bueno, no has tardado mucho en dejar que tus hijos corran por aquí como dos pequeños tornados —bromeo.

Los niños se han metido en prácticamente todo lo que no estaba encerrado en el escritorio. Los papeles están desparramados por el suelo; los clips se tiran libremente; los bolígrafos están apilados como una torre de bloques de madera.

¿Aleksandra les ha permitido desordenar mi despacho?

—Prefiero pensar que son un huracán —dice Aleksandra con una sonrisa socarrona.

—¿Te parece divertido? —Miro mi reloj—. Quince minutos. Ese es el tiempo que estuve fuera.

—Lo sé —dice con una sonrisa de satisfacción—. ¿Crees que han hecho todo esto? La próxima vez, no me ocultarás a mis hijos.

Me está dando dolor de cabeza. Me froto la frente y miro a los dos niños que intentan desmontar los bolígrafos para hacer una pista de carreras para sus vehículos de clips.

Debería castigarla, pero ¿de qué serviría? Ya tiene en mente que la he secuestrado. Y no puedo dejarla ir, no si los niños son míos. No los volvería a ver si fuera por ella.

—¿Prefieres hacer compañía a tu hermano de abajo? —le amenazo.

Los gemelos no tienen ni idea de lo que estoy hablando, pero a Aleksandra se le va el color de la cara.

—Tú no harías eso —asegura.

—Yo no hago eso con los huéspedes, pero tú pareces empeñada en creer que no te mantengo como huésped. Si el alojamiento no es de tu agrado, puedo hacer que te trasladen abajo.

—Por favor, no lo hagas —dice ella. No suplica, pero estoy seguro de que llegaría a eso si la arrastrara por las escaleras del sótano.

Le hago un gesto para que salga un momento del despacho. No quiero que Sophia o Liam escuchen nuestra conversación.

Se levanta de detrás del escritorio y se acerca a la puerta, acompañándome al pasillo.

—Señor —dice Mario.

—Danos un momento —le digo y se dirige al otro lado del pasillo, pero lo suficientemente cerca como para que, en caso de que necesite volver a llamarlo, esté listo en un momento.

—Dime, ¿a dónde irías si te dejara ir? —Su hermano ha dejado claro que ya no es bienvenida con la bratva.

—A casa.

Es tonta si piensa que puede volver y que no hay consecuencias.

Tu hermano puede estar encarcelado, pero los guardias que interrogamos no se tomarán bien tu traición.

—¿Cómo los he traicionado? —pregunta ella.

—Te has quedado como invitada en mi residencia. ¿No crees que no les gustará tu deslealtad?

¿No se da cuenta de que la repudiarán como hermana de Pakhan? La bratva no es un grupo de hombres que perdona.

—Venir aquí no fue mi elección —dice y me señala el pecho, pinchándome—. Me has obligado a venir aquí. Me has retenido contra mi voluntad.

—Eso no es lo que cree tu hermano. Como él dijo, no estás presa.

Ella deja caer sus manos y las cruza sobre su pecho.

—Eso no significa que no me retengan contra mi voluntad.

—Si quieres irte, entonces vete —digo. Tenemos a su hermano. Es lo que queríamos y una de las razones por las que le exigí que viniera conmigo.

—Bien. —Pasa por delante de mí y se dirige a mi despacho.

Le empujo la mano contra la puerta, negándome a que la abra.

—Puedes irte, pero los niños seguirán bajo mi techo hasta que lleguen las pruebas de ADN.

—¿Qué? Antonio, no.

Estoy tan seguro como el amanecer.

—Son mis hijos.

Sus ojos brillan.

—Por favor, no lo hagas. —Me ruega que la deje irse con los mellizos—. No puedes separarlos de su madre.

—Ni se me ocurriría —le digo—. Puedes quedarte, pero los gemelos no se irán a ninguna parte hasta que lleguen las pruebas de ADN.

—¿Y luego qué? —susurra—. ¿Qué pasa si eres su padre? —Sus mejillas están sonrosadas, sus ojos vidriosos. Está al borde de su punto de ruptura.

—Querré la custodia —digo—. No puedo dejar que se vayan. La bratva los perseguirá. En cuanto tu hermano se dé cuenta de que son mis hijos, los utilizará para hacerme daño.

—Él no haría eso —susurra ella—. Mikhail no haría daño a los niños. Todo lo que ha hecho ha sido porque mi hijo, Liam, fue secuestrado por la mafia italiana.

No puede creer que todo lo que ha pasado pueda ser perdonado.

—¿Y ahora, las amenazas que hace? —pregunto—. ¿Crees que son vacías? ¿Que puedes volver a casa y que te dejará vivir con él en su recinto?

Ella guarda silencio y su espalda se apoya en la puerta.

—No creo que nos deje volver a casa.

Aleksandra no es tan tonta como para mentirme.

—Tendré que encontrar un lugar nuevo y seguro. Pero él no me hará daño si te dejo. No necesita protegerme.

No creo que sea tan fácil para Aleksandra como lo hace parecer.

—Mikhail quiere sangre y venganza. En el momento en que descubra que los gemelos son míos, le servirá de palanca para hacerme daño. No le importa quién se interponga en sus sucios planes.

Hay una lucha interna, como una niebla que se asienta sobre sus ojos mientras entorna y lucha con la decisión correcta y qué hacer.

—Por favor, no puedes tenerme encerrada aquí.

—Ni se me ocurriría si puedes mantenerte a raya —le advierto—. No voy a quedar en ridículo delante de mis invitados. ¿Está claro?

Su mirada se posa en mis labios, mirándolos fijamente durante un largo momento.

—Sí —susurra, mirándome a los ojos—. No te decepcionaré.

—Bien. —Doy un paso atrás, dejándola entrar en mi despacho.

Abre la puerta y los niños están haciendo garabatos en mi escritorio con el rotulador permanente que han encontrado.

¡Es una maravilla!

—¿Qué tal si ustedes tres limpian este desorden y luego pueden reunirse con todos en la sala de estar?

Dejo la puerta abierta y le hago un gesto a Mario para que se acerque.

—Vigílalos. Tienen que limpiar el despacho y, cuando terminen, pueden reunirse con los demás invitados —digo.

Mario se asoma al despacho y sus ojos se abren de par en par al ver lo que tiene delante.

—Sí, señor.

————

Le he prometido a Aleksandra que no dañaría personalmente a Mikhail. Pero mis interrogadores harán lo que se les pida y espero tener información que podamos usar contra la bratva.

Con Aleksandra y los gemelos en mi despacho, me apresuro a cruzar el pasillo y a bajar la escalera cerrada hasta la prisión.

Otello se apoya en la pared de hormigón que da a la celda de la prisión con Mikhail dentro; este último tiene las manos atadas por detrás y está sentado en una silla de madera.

Frente a él, Jacopo y Aurielo han colocado varios

instrumentos de tortura en una mesa plegable cercana que han traído a la celda.

Jacopo sostiene un soplete, con el fuego encendido, mientras amenaza a Mikhail. La cara del líder de la bratva está ensangrentada, su ojo ennegrecido. Numerosos moratones cubren su piel y solo acaban de empezar.

—Puedes acabar con esto, Mikhail —digo mientras me acerco a la celda.

Otello abre la puerta y me deja entrar.

—Todo lo que necesitamos es tu cooperación para terminar esta guerra.

—Una guerra que tú empezaste —dice Mikhail con un gruñido—. ¡Esto es culpa tuya, Antonio! Has robado a mi sobrino.

—Roberto ordenó el secuestro de tu sobrino y, por si no te has dado cuenta, ya no manda. Está muerto.

—¿Sabe mi hermana que eres un asesino a sangre fría? —sonríe, y hay una mancha de sangre en sus dientes de su labio cortado.

—No creo que le importe, teniendo en cuenta que le viene de familia. Dinos cómo detener los ataques a las otras familias de la mafia. Si quieres una guerra, la tienes conmigo. Deja a los niños fuera de ella.

Los ojos de Mikhail son gélidos.

—Tenemos la intención de masacrar a sus hijos e hijas. A cada uno de ellos. Y si no informo a mis hombres antes de una hora, el derramamiento de sangre aumentará.

CAPÍTULO CATORCE

ALEKSANDRA

Dos días después...

Después de desayunar, llamo a Antonio a un lado. Ha estado ocupado entreteniendo a las otras familias de la mafia, lo que me ha evitado tratar con él demasiadas veces en las últimas cuarenta y ocho horas.

Los gemelos han estado conmigo en el salón durante el día y en el dormitorio por la noche. Por suerte, Antonio no nos ha vuelto a separar.

Comemos con los demás huéspedes y Sophia y Liam parecen llevarse bien con los demás niños. Yo, por el contrario, me mantengo al margen. Nikki ha sido educada, ofreciendo una cálida sonrisa, pero no puedo evitar preguntarme si está intentando conseguir información para la mafia.

—¿Sí? —pregunta Antonio mientras le agarro del brazo y le conduzco fuera del tumulto con las otras familias.

Los guardias pasan de largo mientras limpian los platos del desayuno, ignorando la conversación entre nosotros dos. Aunque no siento que haya privacidad, tampoco quiero estar lejos de mis hijos.

—Quiero ver a Mikhail —digo.

La mirada de Antonio se encuentra con la mía.

—No es una buena idea, *Tesorina*. —Me pasa un mechón de pelo por detrás de la oreja. El gesto es íntimo y debería apartar su mano, pero no lo hago.

—¿Por qué no? ¿Por qué no puedo ver a mi hermano?

Lleva poco más de dos días bajo su custodia. ¿Qué le han hecho?

—No me gustaría lo que verías —dice.

No debería sorprenderme, pero es un puñetazo en las tripas.

—¿Porque lo han torturado? —Mikhail puede ser un imbécil a veces, pero no le desearía nada malo.

—He cumplido mi promesa, *Tesorina*. Mis manos están limpias —dice Antonio.

—Ordenar la tortura de un hombre no es tener las manos limpias —replico. No se me escapa que tiene interrogadores abajo, haciendo sufrir a Mikhail. La bratva estaría haciendo lo mismo si estuviéramos bajo su techo.

—Precisamente por eso no necesitas ver a Mikhail —dice—. Ve, disfruta de la compañía de tus hijos y de nuestros invitados. Pronto volverán a casa.

—¿Y yo? ¿Cuándo podré volver a casa?

No me importa cuándo se vayan sus invitados. No son prisioneros. Y aunque ha sido generoso al dejarme vagar por su finca, aún estoy cautiva. Que tenga una buena cama y una comida caliente no quita que esté sin mi libertad.

—Escuchaste a Mikhail el otro día. No te invita a volver al recinto de la bratva —recplica.

Me tiro del labio inferior entre los dientes. Le oí, pero no quise creerlo.

—No lo dice en serio —digo—. Soy bienvenida en mi propia casa. —Estoy segura de que era un espectáculo, por el bien de Antonio.

—¿Y si no lo eres? ¿Qué significará eso para tus hijos? —pregunta Antonio.

¿Mikhail o sus hombres me asesinarían porque creen que me he asociado con los italianos? La bratva no toma prisioneros. En cambio, matan a cualquier hombre que se interponga en su camino o interrumpa sus planes.

¿Es un riesgo que estoy dispuesta a correr?

No se trata solo de mi vida, sino de mis dos hijos. No tiene sentido mentirle a Antonio; sospecho que puede ver a través de la fachada.

—No lo sé —digo—. Si no dejas que Mikhail se vaya, supongo que podría volver y mi seguridad estaría garantizada.

—¿Quién ocuparía el lugar de Mikhail como líder de la bratva? —pregunta.

¿Lo pregunta porque quiere información? Siempre hay dos subjefes para el pakán, espías que vigilan al capitán, el brigadier.

Yuri es uno de los subjefes de Mikhail, pero también lo es Dimitri. Y si uno de ellos tuviera que ocupar el lugar de Mikhail, no estoy segura de cuál sería. No estoy al tanto de la política de la bratva. Me mantienen al margen de sus reuniones.

¿Pelearían por el puesto de Pakhan?

—No sé quién sería el próximo jefe —digo. No es una mentira, pero tampoco quiero poner en peligro la vida de más hombres de la bratva. Suponiendo que sigan vivos después de que los italianos atacaran mi casa.

No he oído nada de los Bratva. No ha habido intentos de misiones de rescate. ¿Están dejando a Mikhail atrás y asumiendo que está muerto? ¿No se preocupan por mis hijos o por mí?

Antonio guarda silencio.

—Los resultados de las pruebas estarán esta tarde.

—¿Los resultados de las pruebas?

—Las pruebas de ADN que mandé hacer comparando mi muestra con la de los niños.

Expulso un fuerte suspiro. No hay ninguna posibilidad de que los gemelos no sean suyos. Antonio era el único hombre con el que había estado ese verano.

Y se me ha acabado el tiempo de dar rodeos.

—¿Qué piensas hacer después de tener los resultados? —le pregunto. No lo veo como una cálida figura paterna para Sofía y Liam. Me conformaría con que les enviara regalos y una tarjeta en su cumpleaños, pero sospecho que exigirá más.

Evita responder a mi pregunta.

—¿Qué piensas hacer con tu hermano? Ha dejado claro que no eres bienvenida a su casa. También ha escuchado a los niños de diferentes familias. Es el responsable de los ataques a los otros complejos.

—Le das demasiado crédito.

—Él orquestó los ataques —afirma—. Aunque no haya secuestrado físicamente a ningún niño, es responsable.

—Igual que tú eres responsable del secuestro de Liam. —El círculo vicioso continúa. ¿Habrá alguna vez un final?

Su mandíbula se tensa.

—Y me arrepiento de esa decisión.

—¿Y lo de traerme aquí contra mi voluntad, con mis hijos? ¿También te arrepientes de eso?

Me guía hacia el final del pasillo, lejos de los oídos que escuchan. Estamos solos. No tengo el menor miedo de Antonio, a diferencia de cuando me obligó a subir a su vehículo a punta de pistola. No me ha hecho daño, no físicamente. Y aunque no estoy contenta de estar aquí, tampoco ha hecho daño a mis hijos.

Me pone la mano en la espalda y se detiene ante la puerta de su despacho. No me lleva dentro. En cambio, me apoya contra la puerta de cristal esmerilado. El cristal está frío y me produce un escalofrío involuntario.

—Siento que no hayas podido elegir venir aquí —dice. Su disculpa parece genuina. No es un poco retorcido ni trata de escabullirse con una excusa—. Quería mantenerte a ti y a tus hijos a salvo.

—¿Y?

Debe haber algo más que protegernos. Apenas nos conocíamos.

—Con el infierno que se ha abatido sobre las otras familias de la mafia, necesitaba una moneda de cambio en caso de que Mikhail decidiera atacar nuestro complejo.

—Me utilizaste —digo y cruzo los brazos sobre el pecho—. ¿Cómo te funcionó eso?

—La bratva no atacó el complejo, pero no estoy seguro de que supieran siquiera que estabas en nuestro poder. Sinceramente, toda la operación fue una cagada desde el principio. —Antonio se pasa una mano por el pelo y suelta un suspiro.

Quiero saber qué quiere decir, pero no pregunto. Me limito a esperar y escuchar, esperando que amplíe lo que dice.

—¿Cómo sabía Mikhail que nuestra familia mafiosa iba a volar a Nueva York? Apuntaron al aeropuerto e intentaron destruir uno de los aviones privados del italiano cuando aterrizó.

—No lo sé. Nikita recibió una llamada con órdenes privadas, directamente de Mikhail —digo—. Tenía prisa y me iba a hacer llegar tarde para recoger a los gemelos del preescolar.

—¡Jefe! —Un caballero con camisa de vestir blanca dobla la esquina del pasillo, bastante desaliñado. Al inspeccionar más, hay una mancha de sangre en su manga.

¿Estaba con Mikhail?

Se me seca la boca y quiero salir corriendo por el pasillo, ir al sótano y averiguar qué demonios está pasando.

Antonio se aparta de mí y se gira para prestarle al caballero toda su atención.

—¿Mi despacho? —sugiere.

—Por favor —dice el hombre.

—Podemos continuar esta discusión más tarde —me dice Antonio.

Me hago a un lado, desbloqueando la puerta y Antonio abre la puerta de su despacho, haciendo un gesto al caballero para que entre y la puerta se cierra bruscamente tras él.

El cristal esmerilado impide ver nada. La habitación parece también insonorizada. Incluso estando fuera, no oigo ni una palabra entre los dos hombres. Ni siquiera palabras apagadas.

Recorro el pasillo pasando por la entrada de la prisión del sótano. Aunque quisiera bajar a hurtadillas, necesitaría una llave para entrar en el recinto. Además, siempre hay un guardia de guardia, lo que me impediría hablar con Mikhail a solas. Pero al menos podría saber con seguridad su estado y si está vivo.

La bratva no habría torturado a un hombre durante dos días. Ya lo habrían matado.

No me invitaron a entrar en las celdas y salas de interrogatorio. Pero no era un secreto que los prisioneros eran traídos y no se quedaban mucho tiempo.

—Aleksandra —dice Nikki, viéndome al salir de la sala—. Parece que has visto un fantasma. ¿Está todo bien? —Se acerca a mí y yo no tengo dónde ir, ni dónde escapar de su lluvia de preguntas.

—Solo estaba hablando con Antonio cuando uno de sus hombres lo necesitó —le digo.

—Vamos; haznos compañía. —Nikki me pasa un brazo por el hombro y me acompaña de vuelta al salón con ella y el resto de invitados.

Su charla cesa cuando entro.

¿Estaban hablando de mí? ¿O simplemente se sienten incómodas con mi presencia? A mí tampoco me entusiasma estar cerca de ellos. Sin embargo, Nikki me ofrece un asiento a su lado en el sofá. Hasta ahora, me había mantenido al margen o había pasado el tiempo únicamente con los gemelos.

—Hola —digo y esbozo una sonrisa incómoda mientras me hundo en el sofá.

—Estas son Paige, Karina y Olivia —dice Nikki, presentándolas—. Todas, esta es Aleksandra.

Estoy segura de que ya saben quién soy. Probablemente se ha hablado de mí durante días. He sonreído amablemente pero he evitado conversar con los desconocidos. No tengo intención de quedarme mucho tiempo, pero no puedo evitar preguntarme cuándo podré irme.

—¿Dónde están sus maridos, novios, amos? —No estoy muy segura de lo que son los hombres para estas damas, si están siendo retenidas y retenidos contra su voluntad como yo o están felices de estar con estos hombres.

Si están retenidas contra su voluntad, tal vez tengamos algo en común y estén dispuestas a luchar por su libertad junto a mí.

—Manejando negocios y Aurielo es mi marido —dice Karina—. Aunque no fue exactamente la boda que soñaba de niña, Aurielo me salvó la vida. No puedo culparle por el pasado. Somos felices juntos, pero proteger a nuestro hijo es lo más importante.

—Creo que ninguna de nosotras compartió un romance típico con nuestros maridos —dice Paige—. Conocí a Moreno cuando me contrataron como niñera de su hija.

—¿Nova? —pregunto, sabiendo más de los niños que de sus padres después de haber estado sentada con ellos durante los últimos dos días.

—Así es —dice Paige—. No tenía ni idea de en qué me estaba metiendo en ese momento, pero sinceramente no me arrepiento. Lo haría todo de nuevo.

—Tu marido es un asesino —susurro—. Todos lo son. ¿Eso no te molesta?

Olivia se echa hacia atrás en la butaca, que se balancea mientras habla.

—Tu hermano es un bratva y atacó a nuestras familias. No creo que tenga espacio para hablar. —Hay una dureza detrás de su exterior, y un escalofrío recorre mi cuerpo.

Estas mujeres han visto sin duda tanto como yo, si no más, de la mano de su marido. ¿Han sido testigos de asesinatos, secuestros e interrogatorios?

Aunque he estado al abrigo de las atrocidades en las que se embarca la bratva, no ignoro el sufrimiento que los hombres causan a otros hombres. Solo que nunca imaginé que involucraran a niños.

—Olivia —dice Nikki, regañando a la rubia—. He invitado a Aleksandra a unirse a nosotros como nuestra invitada. Todos hemos estado en su posición, sin saber en quién confiar. Y cuestionando si hemos sido traicionados por alguien que nos importa.

La rubia se burla en voz baja.

—¿Y se supone que debemos confiar en ella? Es la hermana de Mikhail Barinov. Por lo que sabemos, está tomando notas sobre nuestras familias para informar a los rusos.

Me muevo en el sofá y miro fijamente a Olivia.

—Yo no haría eso. Al contrario de lo que has oído, no todos los rusos son monstruos.

—No estaba insinuando que todos los rusos sean monstruos, solo los que son brutos —bromea Olivia—. Y tú, querida, eres una princesa bratva, la hermana del jefe bratva.

—¿Princesa bratva? —No puedo evitar reírme del título, como si llevara una corona y viviera lujosamente por ser quien soy.

Creen que me conocen, que conocen a mi familia y cómo es mi vida. Pero se equivocan.

—Puede que mi hermano sea el pakán, pero no mima a mis hijos con regalos ni nos permite vivir lujosamente bajo su techo. Algunos guardias me acompañan a todas partes, pero eso me protege de hombres como sus maridos —digo—. El enemigo.

—¿Aún crees que nuestra familia es el enemigo? —pregunta Paige—. Te hemos recibido con los brazos abiertos. Incluso Antonio te ha dado alojamiento lejos del resto de los invitados.

Me río de su comentario. ¿Cree ella que somos invitados? Tal vez sí, pero si fuera invitada significaría que pudiera entrar y salir a mi antojo, lo cual no es el caso.

—¿Qué es tan gracioso? —Paige me mira a mí y luego a las otras señoras, esperando una respuesta.

Nikki se aclara la garganta y rompe el incómodo silencio.

—Aleksandra no fue traída por invitación.

—Me obligaron a punta de pistola a entrar en el vehículo de Antonio —digo—. Mis hijos y yo no tuvimos más remedio que seguir sus órdenes.

—Por lo que veo, se preocupa por ti —dice Nikki.

—Se preocupa por Liam y Sophia. —Dudo que piense mucho en lo que pueda pasarme.

—¿Porque son sus hijos? —pregunta Paige y las otras mujeres la miran como si hubiera dejado escapar algo que no debía divulgar—. ¿Qué? Es verdad, ¿no? —Su mirada se fija en la mía.

—Déjala en paz —regaña Nikki a Paige. Es como si las dos se conocieran, más que desde hace unos días.

—¿Qué tal si hablamos de ti y de tus hijos? —desafío, queriendo que el protagonismo se aleje de mí.

—Claro, ¿qué quieres saber? —Los ojos de Nikki se iluminan, con una amplia sonrisa en su rostro—. Pregúntame cualquier cosa.

—¿Cualquier cosa? —repito.

La mujer parece ser un libro abierto, pero dudo que me cuente sus secretos más íntimos. No es que quiera saber sus detalles sucios en el dormitorio con su marido, pero tiene que haber algo que valga la pena aprender.

Paige es la primera en hablar, mirando fijamente a Nikki.

—¿Estás resentida con tu padre por haberte vendido a Dante?

—Estaba dejando que Aleksandra hiciera las preguntas —dice Nikki, mirando a Paige para que cierre la boca.

Este es un tema sensible. Bien, ahora puede sentir que está sudando bajo una lámpara de sol durante un rato.

—Lo que ella dijo —bromeo, queriendo que Nikki responda a la pregunta ya que parece que la está incomodando.

—Bien —dice y se estira, tardando un segundo en contestar—. Odio al viejo. No solo me vendió a Dante. Me habría vendido a cualquiera para quitarme de encima. Me entregó a sus socios para que me subastaran, drogaran y envenenaran. Es un maldito bastardo. Con gusto haría una danza en su tumba y tal vez dejaría un poco de mierda de perro.

No puedo evitar reírme de la imagen en mi cabeza. Quizá los dos podamos ser amigas si ella me ayuda a salir de este lugar.

CAPÍTULO QUINCE

ANTONIO

Subo las escaleras después de visitar al prisionero, Mikhail y de hablar con Aurielo y Jacopo.

Por ahora, tenemos lo que necesitamos: los objetivos de los complejos de la bratva en Chicago, Los Ángeles y las afueras de Breckenridge.

Me apresuro a encontrar a Dante, Alessandro, Jace y sus asociados cercanos, para discutir nuestra ventaja táctica. Tenemos que atacar mientras todavía tenemos el elemento sorpresa.

Excepto que Mikhail ha sido retenido por más de dos días. ¿No estarán esperando un ataque? ¿Han trasladado a todos sus líderes influyentes a otro lugar fuera del sitio? No conocemos todas las ubicaciones de sus casas seguras, solo las afueras de Nueva York, donde encontramos a Mikhail.

Los líderes discuten lo que creen que es el mejor curso de acción. Ya hemos atacado el complejo de la bratva en Nueva York. Dejo la decisión totalmente en sus manos. Son sus hombres los que corren el riesgo de entrar y liderar la carga.

No queremos abrirnos a otro ataque. El mensaje es evidente entre el grupo. Tenemos que acabar con esta tiranía de una vez por todas.

Mario entra en el estudio donde estamos discutiendo la estrategia y una respuesta calculada.

—Esto ha llegado hace unos minutos para ti —dice, mientras me entrega un sobre cerrado.

—Gracias —respondo, despidiéndolo. Su responsabilidad es vigilar de cerca a Aleksandra y asegurarse de que no intente escapar o bajar a conversar con su hermano.

¿Están los resultados del ADN dentro del sobre?

—Permiso —digo y salgo del estudio, dirigiéndome a mi despacho y cerrando la puerta. Aunque la privacidad de mi despacho es ideal para una reunión con una o dos personas, no está preparada para eventos a gran escala como el que estamos celebrando en el complejo.

No me preocupa que los guardias escuchen nuestras conversaciones. Son hombres en los que no tengo más remedio que confiar y si me traicionan, están muertos.

Jugueteo con el sobre en mis manos. No estoy preparada para la verdad, sea cual sea.

Si soy el padre de Sophia y Liam, ¿qué pasará entonces? Aleksandra me odiará si le impongo la custodia.

Pero si son mis hijos, deberían conocer a su padre. Y no soy ni de lejos el monstruo que es su tío Mikhail. Es un jefe de brigada al que le gusta sacar músculo y amenazar a cualquiera que le mire mal.

Cojo el abrecartas de mi cajón superior y rompo el sobre. Deslizando la hoja de papel doblada, la abro para revelar los resultados.

Son mis hijos.

Me desplomo en la silla de mi escritorio, a la vez que el corazón me martillea en el pecho. Pensaba que la noticia me llenaría de alivio, pero en lugar de eso, es una descarga de adrenalina.

Soy un padre.

Soy su padre.

¿Qué sé yo de niños? Y mucho menos de tener dos.

—¡Joder! —maldigo, agradeciendo que nadie más pueda oír mi arrebato dentro del espacio cerrado.

Dejo caer los resultados sobre el escritorio y me pellizco el puente de la nariz.

Sophia y Liam son míos. Debería estar eufórico, emocionado, encantado.

Me tiemblan las manos y me trago la bilis que me sube a la garganta. No puedo ignorarlo por más tiempo y enterrar la cabeza en la arena no servirá de nada. Me pongo en pie y atravieso el despacho y el pasillo, haciendo notar mi presencia al acercarme al salón.

Los niños están en el suelo jugando con un nuevo juego de trenes que me han entregado. Parece que todos se llevan bien, lo cual es una agradable sorpresa.

No es que los niños no hayan jugado bien juntos en los últimos días, pero Sophia y Liam habían sido bastante reservados. No estaba seguro de si era porque son gemelos y prefieren la compañía del otro, o simplemente son un poco torpes socialmente.

Aleksandra está sentada en el sofá junto a Nikki. Olivia, Paige y Karina han acercado las sillas y se sientan en círculo para hablar de quién sabe qué.

Esperemos que no sea sobre mí.

Debería haber puesto a Mario en la habitación con ellas, no solo como vigía, sino para que me devuelva cualquier información que se comparta.

—Aleksandra, una palabra —digo y le hago un gesto para que se levante y se acerque a mí.

Ella mira a las chicas antes de ponerse de pie.

—¿Está todo bien? —pregunta. Su voz se desplaza, probablemente hacia las chicas, mientras la conduzco fuera del salón y por el pasillo.

—Los gemelos son míos —le digo, mostrándole los

resultados del ADN como prueba de que me ha ocultado la verdad.

—Lo sé —acepta. Su comportamiento es tranquilo, ¿y por qué no habría de serlo? Ha tenido más de cuatro años para procesar esta información. Yo solo he tenido unos días para aceptar lo que podría ser un hecho.

Y ahora que es oficial, mi mundo ha dado un vuelco.

—Quizá deberíamos sentarnos en algún sitio y hablar —sugiere.

Asiento con la cabeza. Es todo lo que puedo hacer. Las palabras no parecen formarse y la conduzco por el pasillo privado hasta una de las muchas habitaciones del complejo. Habría sido más sencillo invitarla a mi despacho, pero había leído los resultados del ADN y me había sentido asfixiada en un espacio tan pequeño.

Esta habitación tiene más ventanas, es más luminosa incluso con las nubes grises que cubren el cielo. Hay un surtido de libros repartidos entre las estanterías y un sofá cerca de la ventana. Tomo asiento y dejo espacio para que Aleksandra se una a mí.

Se sienta en el extremo opuesto del sofá y se gira hacia mí.

—No esperaba que te enteraras de esta manera. —Su voz es suave, apenas un susurro.

—¿Cómo pretendías que me enterara? ¿Ibas a decirme que tenía gemelos? —La clavo con mi mirada y sus mejillas arden.

—No, en lo que a mí respecta, tú eras el enemigo.

Siempre hemos estado en dos bandos opuestos, desde el día en que nos conocimos.

—¿Y todavía sientes eso por mí? —No sé por qué me molesto en preguntar. No espero un cambio repentino de opinión después de obligarla a venir a vivir conmigo.

—Para ser sincera, Antonio, estoy confundida. —Desliza las piernas hacia arriba en el sofá, cambiándose para mirarme—. Nunca imaginé que Mikhail hiciera daño a los niños.

Su mirada se estrecha y su labio inferior sobresale ligeramente con un mohín. Yo me quedo en silencio mientras escucho, deseando que se abra a mí.

Ella juguetea con su jersey y se mira los pantalones, hablando pero poniendo distancia entre nosotros al no establecer contacto visual.

—Me hace replantearme todo lo que creía saber sobre mi familia y la bratva. No digo que reniegue de ellos, —Aclara su postura—, pero nunca pensé que tuvieran como objetivo a los niños.

—Si te sirve de algo, quiero formar parte de la vida de nuestros hijos, pero no te voy a tener cautiva.

Se pasa la mano por los pantalones y me mira, llena de esperanza.

—¿Me dejarás ir?

—Sí, pero Liam y Sophia se quedan aquí conmigo.

—No —jadea Aleksandra.

—Me los has ocultado durante cuatro años. Puedes quedarte o irte, pero los niños no se van a ir. —No señalo que es peligroso que se vayan, ya que son fácilmente un objetivo.

Ella sube las piernas contra el pecho y rodea las rodillas con los brazos, protegiéndose. Aleksandra no se levanta. No huye. ¿Es porque se da cuenta de que no hay ningún lugar al que pueda ir y esconderse de mí?

—Eres un monstruo.

—Tal vez lo sea —digo, dándole el insulto, dejando que gane esta batalla—. Tu hermano no es mejor. Estuviste viviendo bajo su techo con mis hijos, poniéndolos en peligro.

—¡Eso no es justo! —Sus ojos se ensanchan y su mandíbula cae—. Nunca puse a los niños en peligro.

—¿Cómo crees que Mikhail habría manejado el descubrir que un miembro de la mafia era el padre de los gemelos?

Su lengua sale para lamerse los labios de rubí.

—Eras un soldado cuando nos conocimos. Le dije la verdad, que estabas en la guerra. Solo omití la parte de que eras un soldado de la mafia.

Aleksandra me dedica la sonrisa más entrañable y se mira las rodillas pegadas al pecho. Le arden las mejillas. ¿Está avergonzada?

—¿Qué pasa? —le pregunto. Mi mano es suave y delicada al tocar su brazo. No quiero que siga habiendo un muro entre nosotros o un vacío helado.

—Puede que le haya mencionado a Mikhail que me casaría con el padre de mis hijos cuando volviera a casa —dice Aleksandra.

Mi corazón se acelera ante su admisión. No me cabe duda de que no quería decir lo que había dicho. Había sido para mantener a raya a su hermano, el líder de la bratva. Y, sin embargo, no puedo evitarlo.

—He vuelto, *Tesorina* —digo con una sonrisa—. No me gustaría pensar que eso es lo que impide una tregua entre rusos e italianos, casarse contigo. ¿Tienes intención de cumplir tu promesa?

Me dedica una sonrisa de medio lado.

—No puedes hablar en serio. No sin una propuesta en toda regla. Espero flores, vino, tal vez incluso un avión en el cielo.

—Oh, ¿eso es todo lo que se necesita? ¿Yo, arrodillado con un gran gesto? —estoy bromeando con ella, pero quiero hacer lo correcto para ella. Es la madre de mis hijos.

—Sí, eso podría funcionar. —Aleksandra se ríe y se tapa la cara.

Me inclino hacia delante para coger su mano y se la quito de la cara.

—Eres sexy y hermosa cuando te ríes. No lo tapes nunca.

Ella tira de su labio inferior entre los dientes.

Podría besarla fácilmente. Y una gran parte de mí anhela probar sus labios, sentir su cuerpo contra el mío, pero no así. No mientras esté aquí contra su voluntad.

—Si no quieres quedarte, puedes irte —susurro.

—¿Puedo irme? Los niños y yo...

—No —digo, cortándola—. Puedes irte. Los niños se quedan aquí conmigo, bajo mi protección.

—No puedo dejar a los gemelos, Antonio —susurra —. Por favor, no me hagas dejarlos. —Sus ojos arden en lágrimas.

¿No se da cuenta de que no quiero que se vaya? Pero me niego a retenerla contra su voluntad. No es una rehén. Estaba aquí para mantenerla a salvo y a las familias de la mafia seguras.

—No tienes que irte a ninguna parte —digo, llevando la palma de la mano a su barbilla para encontrar su mirada—. Te quiero aquí, pero no quiero que te resientas por mantenerte bajo mi techo, en mi casa.

Sus labios se separan y una suave bocanada de aire se escapa.

—No puedo dejar a mis hijos. —Exhala un fuerte suspiro y se aparta de mi contacto—. Nos quedaremos, pero solo bajo ciertas condiciones.

Una sonrisa irónica se me escapa.

—¿Tienes exigencias? —Esto debe ser bueno.

—Si quieres decirlo así, sí, tengo exigencias —dice y endereza la espalda. Quiere parecer que tiene el control, más alta, más fuerte y le doy crédito por intentar negociar con un don.

—Para empezar, nada de sexo entre nosotros. Estamos aquí, juntos, para ser co-padres.

Decir que estoy decepcionado es un eufemismo, pero tampoco pensé que se colaría en mi cama. Hay mucho desprecio en su mirada cuando me observa.

—Sí, ¿qué más? —pregunto.

—Declaro todo el tercer piso como mi ala de la casa. Tus guardias no deben seguirme ni invadir mi espacio personal.

Intento reprimir una risa ante su tono y su sugerencia. Nadie más reside actualmente en la tercera planta. Es una petición fácil.

—¿Qué más?

—Sophia y Liam se inscribirán en el preescolar de la Academia Manhattan y van a tener una vida normal. Necesitan una sala de juegos con juguetes, aire fresco en el exterior y amigos en casa.

—¿Tienen amigos? —Intento no burlarme de los niños, pero tienen cuatro años.

—Podrían tener amigos —contesta Aleksandra—. Cuando sean mayores, tendrán amigos y no voy a mantenerlos bajo llave.

Es un argumento válido.

—¿Alguna otra condición? —pregunto.

—Sí —dice—, exijo mi libertad para ir y venir a mi antojo y, por último, no quiero que Sophia o Liam sepan que eres su padre.

—¿Eso es todo? —me burlo y mis ojos se arrugan con una leve sonrisa—. Puedo colaborar contigo en la mayoría de tus exigencias, pero con el tiempo, los niños descubrirán que soy su padre y no les mentiré si preguntan.

Ella refunfuña en voz baja.

—¿Qué fue eso? —pregunto. Estoy seguro de que ha sido un comentario sarcástico, pero no he entendido bien lo que ha dicho.

Aleksandra aprieta los labios.

—Nada —murmura.

—Bien. Ahora que hemos resuelto eso, debes saber que tengo varias condiciones propias.

Aleksandra gime y sus ojos están vidriosos, pero no de tristeza. Hay una frustración en ciernes, una molestia por tener que seguir mis exigencias.

—Adelante —se resigna con un suspiro, ya que la he derrotado.

Excepto que no lo he hecho, ella ha tenido su opinión y yo la he satisfecho con mi propio conjunto de condiciones.

—Cualquier invitado debe ser aprobado por mí o por mi segundo, Ardian. Eso incluye a los niños o a ti misma.

Ella abre la boca, pero luego la cierra y asiente débilmente.

—Bien.

Sospecho que se está guardando algo, pero no la presiono.

—Esto no hace falta decirlo, pero no debes confabular con la policía, los federales o cualquier otra persona en relación con nuestros negocios y lo que puedas o no escuchar.

—No soy una rata. Si quisiera que su organización fuera destruida, no iría a la policía.

—Es bueno saberlo —digo y la acerco, con las rodillas apoyadas en el sofá y mi mirada clavada en ella—. No debes ver, hablar o comunicarte de ninguna forma con la bratva ni con ninguno de los hombres que se asocian con tu hermano.

—No quiero verlos —dice—. ¿Qué más?

—Cuando tú o los gemelos salgan del complejo, llevarán un guardaespaldas. No confío en que la familia de tu hermano no vaya a por ti o por mis hijos.

Ella inclina la cabeza, apoyándola en la parte superior del sofá de felpa.

—Eso no es nada nuevo. Estoy acostumbrada a tener un guardaespaldas. ¿Y ahora?

Me sorprende que no se resista a mis exigencias, pero quizá haya perdido toda esperanza.

Con delicadeza, le hago pasar las piernas entre el sofá y yo a mi regazo. Al principio se tensa hasta que mis dedos le acarician los pies.

—¿Qué estás haciendo?

—Intentando que te relajes —le digo.

—Antonio. —Su voz tiene un matiz de advertencia.

Pero no me dice que pare.

—La última regla que debes cumplir bajo mi techo, no puedes traer a otro hombre a casa.

—¿Esperas que sea célibe? —Ella hace rodar sus labios entre los dientes, pero no se aparta.

—Nunca he dicho eso. —La observo retorcerse contra el sofá.

¿La he hecho sentir incómoda?

—No voy a tener sexo contigo —tartamudea y retira sus pies de mi agarre, llevando sus rodillas hacia su pecho.

—Por supuesto —digo—, has dejado claras tus reglas. Vamos a ser co-padres.

Su mirada se tensa mientras empuja las piernas fuera del sofá y se levanta.

—¿Y tú? ¿Piensas traer a casa mujeres al azar para follar?

Me río de su comentario. ¿Está celosa?

—¿Quién ha dicho que sean aleatorias?

Los ojos de Aleksandra se abren de par en par, horrorizada.

—Oh, Dios mío. ¿Estás saliendo con alguien? —Se le va el color de la cara y se aleja, recorriendo la habitación.

La luz de la tarde entra en cascada por las ventanas y la ilumina.

—Ven a sentarte —le digo y le doy unas palmaditas en el sofá de al lado.

—¿Lo estás? —vuelve a preguntar. Hay una urgencia en su tono.

¿Por qué le importa si estoy viendo a otra mujer? Ha dejado claro que no va a pasar nada entre nosotros dos. ¿Es por los gemelos?

—No lo hago —digo y me levanto del sofá. Metódicamente, me acerco a ella, lenta y pacientemente, mientras busco su mano—. Siéntate conmigo. —Vuelvo a intentar que se calme.

¿Qué la tiene tan alterada?

Aprieta los labios y un suave suspiro sale de su boca.

—Pareces aliviada de que no esté saliendo con nadie.

Aleksandra evita mi mirada y juguetea con la única pelusa que ha descubierto en sus leggings negros. La hurga como si estuviera desmenuzando una flor, pétalo a pétalo.

—No es eso.

—Mírame —le digo, y espero a que vuelva a fijarse en mí.

Después de un momento, debe darse cuenta de que la estoy mirando y levanta la vista hacia mí.

—¿Sí?

—¿Por qué te molestaría que saliera con otra persona?

—No me molestaría —suelta—. Quiero decir, no me importa. Simplemente me parece injusto que tú puedas pasear mujeres por este lugar y yo no.

Una sonrisa de satisfacción me marca la cara.

—Oh, puedes traer a tu habitación a todas las mujeres que quieras, pero yo tengo el privilegio de mirar.

Las mejillas de Aleksandra arden y pone los ojos en blanco.

—¡No me refería a eso y lo sabes!

Puede que no lo sea, pero un tío puede fantasear.

—Habría pensado que después de tener gemelos, no te importaría llevar a hombres al azar a tu dormitorio.

Su ceño se frunce y cruza los brazos sobre el pecho.

—No tienes derecho a dictar mi vida ni con quién me acuesto, Antonio.

—¿No lo tengo? Estás viviendo bajo mi techo, gratis. Estás comiendo la comida que mi personal cocina para ti. Ellos limpian después de ti. Lavan tu ropa. Si me preguntas, lo tienes muy bien.

—Bueno, yo no te he preguntado —suelta y su labio superior se frunce de indignación—. Y dime cuánto te debo. Pagaré mi parte justa.

La miro de arriba abajo.

—¿Cómo piensas hacerlo?

Nunca ha mencionado un trabajo y, por lo que había deducido, vivía bajo el techo de Mikhail sin ningún gasto.

—Conseguiré un trabajo —dice.

—Prefiero que te quedes en casa con los gemelos y yo te daré alojamiento y comida, además de un estipendio.

Se burla de mi sugerencia.

—¿Qué? —le pregunto.

—Tienen cuatro años. Pronto estarán en la escuela primaria.

—Sí, pero necesitan a alguien en casa que les ayude con los deberes cuando terminen en el colegio. O contrato a una niñera para que los cuide o te dejo hacerlo a ti.

—Porque estás muy ocupada.

—¿Qué crees? —Me pongo a gritar, cansada de sus payasadas. He intentado ser amable, cálida, abierta a sus sugerencias y a lo que quiere.

No es precisamente fácil para mí, mostrar este lado a otra persona. Lo he encerrado toda mi vida y que ella piense otra cosa sería una tontería.

CAPÍTULO DIECISÉIS

ALEKSANDRA

Tres días después...

—¿Se acabó? —le pregunto a Mario. Las familias de la mafia hacen las maletas y salen al garaje para ser trasladadas al aeropuerto regional.

—Pronto se acabará —dice.

Aunque se me permite estar en toda la casa, él ha sido mi guardaespaldas designado si salgo del recinto.

Todavía no me he ido.

No me aventuraré a salir hasta que sienta que es

seguro hacerlo. Tengo entendido que mi hermano sigue retenido abajo.

¿Está vivo? La prisión del sótano está insonorizada, así que no he oído ningún grito, ni un pitido desde el piso de abajo. Lo que debería traer consuelo a mi mente. Pero la mafia no coge a un líder de la bratva y le da un botín. Sin duda está sufriendo, pero no quiero pensar en lo que le han hecho. La bratva sería más cruel en sus castigos e interrogatorios.

Mario ayuda a llevar el equipaje de los invitados a los vehículos, mientras yo espero dentro, cerca de la sala de estar, observando a los gemelos mientras apilan bloques de madera tan altos como ellos.

No debería importarme que los huéspedes se vayan. No es que nos hayamos hecho amigos, pero Nikki había sido cálida y abierta, reconfortante.

Y ahora voy a estar sola con Antonio y sus hombres.

Me paso una mano por el pelo, con el estómago hecho un nudo.

—Los vas a echar de menos —susurra Antonio mientras se acerca por detrás.

No me toca, pero su presencia me hace estremecer. Rezo en silencio para que no se dé cuenta de la reacción que provoca.

—Fue agradable tener a alguien con quien hablar — confieso y me doy la vuelta para mirarle.

—Sabes, *Tesorina*, puedes invitar a tus amigos. Solo que no de la variedad masculina.

—¿Te preocupa que tengas un poco de competencia? —sonrío.

¿Por qué le preocupa que invite a un hombre bajo su techo? A menos que sea del tipo celoso, lo que encaja con ser un don.

Se me revuelve el estómago mientras le miro fijamente a los ojos. Es como si volviera a estar en el instituto, solo que esta vez hay mucho más en juego.

—No, porque respeto las reglas que has puesto — dice Antonio.

Me recorre un tinte de decepción. No debería importarme si sale con otra mujer o con toda la ciudad de Nueva York.

Pero no quiero que se fije en nadie más. Aprieto los labios.

—¿Estás diciendo que no respeto las reglas?

—Ni se me ocurriría, *Tesorina* —dice y su aliento me roza los labios. Está tan cerca que prácticamente puedo sentir su calor contra el mío, su cuerpo rozando mi piel—. Y cuando dije que no entraran hombres en la casa, también quise decir que no te acostaras con uno de mis hombres.

Finjo hacer un mohín.

—Caramba, has descubierto mi gran plan. Iba a invitar a Mario a mi habitación y...

—Te juro que más vale que estés bromeando —arremete Antonio. No le hace ninguna gracia mi sentido del humor.

Ni siquiera se le dibuja una sonrisa en los labios. Dios, es un tipo celoso.

—Relájate —le digo y le doy una palmadita en el brazo—. Mi cuerpo es solo para mi placer. Ningún hombre bajo este techo va a tocarlo.

Juro que Antonio gime ante mi comentario.

—Repite eso, *Tesorina*.

Sus ojos se han oscurecido más profundamente, un chocolate más rico. Me inclino hacia él, queriendo besarlo, saborearlo, explorar su boca con mi lengua. Pero me abstengo de dejar que mis deseos e impulsos ganen. Me deslizo junto a él y me dirijo al salón para ver cómo están los gemelos. No es que necesiten mi atención, pero los necesito ahora mismo, o haría algo de lo que podría arrepentirme.

———

No puedo dormir. No llevo mucho tiempo intentándolo, pero no estoy cansada. Es como si mis pies quisieran moverse, bailar, ser libres.

Y sigo siendo un pájaro enjaulado.

Al menos mi jaula es un poco más grande. Tengo toda la tercera planta, pero aparte de la habitación de los gemelos, justo al lado, el resto de las suites están vacías.

Antonio ha accedido a convertir una de las habitaciones en una sala de juegos para los gemelos y otra, pretende hacer una sorpresa para mí. No sé qué cree que quiero que haga con esa habitación, pero tengo curiosidad por ver el resultado.

Son más de las once y yo debería estar descansando.

Pero estoy muy despierta, como si me hubiera tomado un espresso doble.

Salgo a hurtadillas de mi habitación, cerrando cuidadosamente la puerta tras de mí sin ni siquiera chirriar.

No hay rastro de Mario al otro lado de la puerta, lo cual es un alivio. ¿Hay cámaras de vigilancia en el interior del complejo? No he visto ninguna, pero eso no significa que no estén escondidas, fuera de la vista.

Sé que es mejor no fisgonear. Seguro que me pillan, incluso a altas horas de la noche; algunos guardias están despiertos vigilando la casa toda la noche.

Mis pasos son ligeros y silenciosos mientras me deslizo silenciosamente hacia el piso principal y la cocina. Estoy aburrida y mi mente está poco estimulada, probablemente por eso no puedo dormir. Estar encerrada en el complejo no me ha ayudado lo más mínimo; y el hecho de que esté nevando fuera no me alivia de que pueda salir pronto y disfrutar de un paseo al calor.

No tengo botas de nieve ni un abrigo lo suficientemente cálido para las gélidas temperaturas de fuera.

Al menos el complejo es cálido y confortable. Me acerco a la cocina y echo un vistazo a la nevera. No hay nada que me interese.

No tengo hambre. Las comidas han sido adecuadas.

Vale, si soy sincera, son más que pasables. Han sido bastante sabrosas y odio admitir que el chef de Antonio es mucho mejor que el de Mikhail. No es que vaya a decir tanto. Cierro la nevera y me escabullo por el pasillo. Hay un armario de licores en la esquina de una de las habitaciones que había visto a principios de semana. No había comprobado si estaba cerrado.

La casa está a oscuras y tropiezo sin contemplaciones al intentar encontrar el interruptor de la luz.

Mi mano golpea la pared y finalmente acciona el interruptor.

Antonio está sentado en el sofá, con un vaso de whisky en la mano.

—¿Qué estás haciendo? —pregunta.

—Podría preguntarte lo mismo —digo, pasando de largo mientras me dirijo al armario y me preparo una copa. Vierto mitad de amaretto y mitad de mezcla agria en un vaso.

—Siéntate. —Antonio me invita a quedarme.

Me tomo un sorbo de la bebida, asegurándome de que está a mi gusto, antes de desplomarme en el sofá a su lado.

—¿Cuántas veces has bajado aquí, a hurtadillas, a por mi alcohol?

¿Cree que esto es algo habitual? ¿Me está acusando de robarle? No puedo evitar sentirme ofendida por su acusación.

—Solo esta noche. Hace poco tuviste invitados en tu casa...

—Es una broma —dice y esboza una sonrisa—. Relájate, *Tesorina*.

La posibilidad de que bromee sobre cualquier cosa me resulta extraña.

—Bien —digo y me trago el líquido ámbar. Es dulce y tiene un sabor perfecto. Y por un breve instante, me permito relajar y desconectar mientras me sirvo un segundo vaso.

Tomo asiento junto a él en el sofá con mi segundo vaso. Juro que ya estoy excitada, pero probablemente sea su proximidad y su olor lo que me hace pensar. O quizá sea porque he estado encerrada en su casa y cada día que pasa me siento más frustrada sexualmente.

Algunos días, odio a Antonio, y otros días, quiero arrancarle la ropa y follarlo.

Echo la cabeza hacia atrás y bebo el líquido más rápido de lo que puedo servirlo.

—Más despacio, *Tesorina*.

—No quiero —digo y me pongo de pie, caminando hacia el gabinete de licores para tomar un tercer trago. Siento un cosquilleo en los labios y meneo ligeramente las caderas cuando siento la mirada de Antonio en mi culo.

Tal vez me lo imagino, su deseo por mí.

Paso junto a él con la bebida en la mano cuando me agarra por la muñeca y me sube a su regazo.

—¿Qué estás...?

—Ya has bebido bastante. Te estoy poniendo un límite.

—¿Por qué? —gimoteo y me llevo el vaso a los labios antes de que pueda quitármelo—. No es que tenga que conducir hasta arriba.

—Sí, bueno, no estoy seguro de que puedas subir al tercer piso —dice, sonando más divertido que molesto por la situación.

Me muevo sobre su regazo y mis caderas giran mientras intento alcanzar el gabinete de licores por detrás de él, pero es inútil mientras esté sentada. Y Antonio no va a dejar que me levante.

Sus manos están firmemente plantadas en mis caderas.

—¿Cuánto has bebido? —le pregunto. Se ha sentado aquí mucho antes de que yo entrara, pero ¿se estaba tomando su primer vaso de whisky, o eran varios cuando lo encontré?

—Basta —susurra, mirándome fijamente a los ojos. Puedo sentir el bulto entre nosotros, su polla creciendo por mis movimientos de cadera.

Y debería parar. Levantarme. Pasar al otro lado del sofá.

Pero no lo hago, en su lugar, aprieto los labios, con la mirada clavada en la suya, mientras me pongo a horcajadas sobre sus caderas y me muelo en su polla.

—Deja de hacer eso si no quieres que te folle en el sofá —gruñe.

Es como si yo hubiera pasado de una amenaza menor, de un gesto de burla y él hubiera tenido que subir la apuesta. ¿Quiero que me folle? Dios, sí. Quiero sentir su polla dentro de mí.

¿Qué me lo impide?

No lo recuerdo.

No me importa.

Mi boca aplasta la suya con fuerza y rapidez y mis dedos tiran de su camisa blanca, rompiendo los botones y sacándola de sus pantalones.

Los únicos sonidos que oigo son sus gemidos y mi corazón palpitando salvajemente, el sonido ensordecedor en mis oídos. Su lengua se abre paso en mi boca, tomando el control con avidez mientras me tumba de espaldas en el sofá.

—¿Es esto lo que quieres? —susurra, mirándome fijamente.

—Sí —respondo con entusiasmo, dándole permiso.

Que se jodan las reglas.

Que se jodan todas.

Las reglas están hechas para romperse.

CAPÍTULO DIECISIETE

ANTONIO

Aleksandra sabe a miel y vainilla y hay una dulzura en su suave piel que me hace desear hundir mis dientes en su carne.

Pero no soy un monstruo.

Mis dedos se introducen bajo su camisa y mi palma presiona su estómago, rozando su piel, llegando hasta su pecho; el cual acaricio con pericia, disfrutando de su tersura.

—No deberíamos... —gime contra mis labios, pero

no deja de besarme. Me tira del labio inferior entre los dientes, animándome a seguir.

—Definitivamente, no deberíamos hacer esto —le digo, pero mi otra mano se burla de la cintura de su pijama.

Sigo un suave y cálido camino de besos desde sus labios hasta su cuello y Aleksandra gime y se mueve, dándome mayor acceso a su cuello. Al tiempo que sus piernas me atrapan, envolviéndome, manteniéndome contra ella.

—Dime que pare —le digo, permitiéndole terminar lo que ha empezado. Mi destino de besos acaricia su clavícula mientras mis dedos suben su camiseta para exponer la suave y cremosa complexión de su estómago.

Sin embargo, respira cuando le levanto la camiseta por encima de la cabeza y la dejo caer al suelo. Su mirada se encuentra con la mía, pero las palabras no llegan. No hay súplicas para que se detenga, ni admisión de culpa, solo sonidos de placer cuando mis labios acarician su ombligo.

Le paso la lengua por esa zona de su piel y le doy

suaves besos en el abdomen, bajándole el pantalón lenta y metódicamente.

Aleksandra se suelta de mí para que pueda ayudarla a quitarse los pantalones y de su garganta salen suaves gemidos y quejidos.

—¿Quieres que pare? —pregunto, con el pantalón del pijama a medio camino de sus caderas. Mi aliento es cálido contra sus bragas.

Huele divinamente y quiero descubrir lo mojada que está ya para mí.

—Dios, no. Si te detienes, te mato —me dice refunfuñando.

Me encanta lo ansiosa que está, lo mucho que me desea y de un tirón le quito las bragas y el pijama y las arrojo por la habitación.

—Voy a hacerte gritar mi nombre, *Tesorina*. —La agarro por las caderas y la hago girar para poder arrodillarme en el suelo.

Ella grita su aceptación.

—¿Qué fue eso? —pregunto, rodeando mi cuello con sus piernas. Alargo cada segundo, haciendo que el momento dure y escuchando sus dulces peticiones de más—. Dime que quieres que te lama el coño —la miro fijamente a los ojos.

Se esfuerza por mantener los ojos abiertos y las palabras parecen difíciles de pronunciar.

—Te deseo —suplica Aleksandra y mis dedos no la hacen esperar; recorren sus labios, provocándola, excitándola y excitándose.

—Me gusta cuando hablas sucio, *Tesorina*. Dime qué quieres que te haga.

Un gemido sale del fondo de su garganta. Dejo caer besos suaves y lentos a lo largo del interior de su muslo.

—Eso.

—¿Eso qué? —sonrío tortuosamente, mordisqueando el interior de su muslo mientras me muevo en la dirección opuesta a la que ella desea. Beso un suave camino cerca de la parte posterior de su rodilla, doblando su pierna.

—Joder —murmura.

Está brillando para mí. Ya está mojada y apenas la he tocado como pretendía.

—¿Quieres que te folle, *Tesorina*? —susurro justo por encima de su coño. Me burlo de ella, quiero oírla suplicar y rogar por mi polla.

Aleksandra está inquieta contra el sofá, moviendo las caderas, indicando su respuesta.

—Contéstame —le ordeno. Es mía y hará lo que le pido.

Intenta hablar con dificultad, pero las palabras son ásperas y roncas. Es difícil escuchar lo que me pide.

—Inténtalo de nuevo —digo e intento no sonreír, pero es casi imposible. Me encanta haberla dejado sin palabras.

Respira hondo y jadea cuando encuentra su voz, aunque temblorosa.

—Quiero que me folles con la lengua —dice Aleksandra.

Arrastro mi lengua por su raja y la mantengo firme mientras lamo, chupo y saboreo su dulzura.

Sus gemidos son celestiales y no hace mucho por acallar los gemidos que salen de sus labios. Le doy lo que quiere porque sigue mis reglas y obedece mis órdenes. Es una recompensa por su obediencia.

CAPÍTULO DIECIOCHO

ALEKSANDRA

Juro que intenta matarme de lujuria.

El deseo se acumula entre mis muslos, y su lengua me proporciona todo tipo de placeres. Pero no es suficiente. Con Antonio, nunca es suficiente.

¿Cómo puede un hombre tener tal efecto en mí?

Entrego mi corazón, mi cuerpo y mi alma, dándole todo.

Su lengua hace maravillas, llevándome al borde, provocando y generando una reacción que no estoy preparada para experimentar. Una dulce liberación.

Es hábil con su lengua, sus dedos y sus labios y todo lo que quiero es más. Más con él. Más de esta noche. Solo más.

Estoy cerca, al borde, pero no puedo caer en el olvido y dejarme llevar.

Es el padre de mis hijos, lo que complica las cosas y no nos ha dejado ir libremente precisamente. Incluso cuando no quiero, estoy atrapada en mi mente.

Es todo un peso, como una niebla, espesa y densa. Lo deseo, pero no puedo olvidar lo que hizo.

¿Pero soy tan inocente, ocultando a los gemelos de él?

—Tu mente está lejos de aquí, *Tesorina* —dice Antonio.

No se equivoca.

Tengo dudas, más de las que estoy dispuesta a expresar y él debe percibir la frustración y el miedo; la preocupación que me invade.

Antonio se levanta y me coge la mano.

—Es hora de llevarte a la cama —dice.

Busco mi ropa, pero él me la arrebata antes de que tenga tiempo y me da su camisa de vestir.

—Ponte esto.

—¿Solo esto? —chillo—. ¿Y si me ven los guardias?

Una sonrisa irónica se dibuja en sus labios.

—De eso se trata.

—¿Quiere hacerme desfilar delante de tus hombres? —Me horroriza su sugerencia.

—Quiero que sepan que me perteneces, *Tesorina*. —Me atrae con fuerza contra su pecho, sus labios chocan contra los míos como si me reclamara.

Abro la boca para objetar, pero su lengua se abre paso entre mis labios mientras me sujeta con fuerza y con su brazo alrededor de mi cintura. Mi cuerpo se funde con él.

Maldito sea.

Odio la facilidad con la que me conquista, como si fuera un juguete suyo.

—No pertenezco a nadie —susurro cuando por fin me suelta de sus garras.

—Siento discrepar —susurra, con los ojos brillando de alegría—. Vamos. Es tarde. —Me guía hacia el pasillo, sujetando mi ropa con una mano.

Contengo la respiración, esperando ver a sus hombres de pie, mirando, pero estamos solos.

Un suspiro de alivio sale de mis labios cuando su mano se estrecha en la mía y me lleva al tercer piso. No me invita a unirme a él en su cama. Ni siquiera sé dónde duerme. Supongo que tiene un dormitorio en algún lugar del segundo piso.

No hay guardias delante de mi puerta. La casa está en silencio, como si el mundo estuviera dormido. Estoy segura de que hay guardias en sus puestos, pero ya no estoy secuestrada en el tercer piso ni en mi dormitorio.

Abre la puerta de mi dormitorio y me hace un gesto con la mano para que entre.

—¿No vas a llevarme al otro lado del umbral? —Lo estoy provocando. Ni siquiera sé por qué. No estoy segura de lo que quiero que ocurra. Hemos cruzado una línea abajo que juré que no volvería a hacer con Antonio.

Pero mi corazón y mi cuerpo no están de acuerdo con mi mente.

Levanta una ceja, deja caer mi ropa en sus manos y, con facilidad, me levanta en sus brazos, barriéndome por debajo de las piernas mientras me lleva a la cama.

Se necesita toda la fuerza para no reírse y soltar una carcajada. No voy a despertar a los gemelos. No tienen por qué descubrir a Antonio en mi habitación.

Con cuidado, me coloca en el colchón y se cierne sobre mí, mirándome fijamente, esperando.

¿A qué espera? ¿Quiere que yo dé el primer paso? ¿También tiene algo en mente?

—La puerta —susurro, mirando de él a la puerta contigua. Está agrietada, solo un poco, pero no quiero despertar a los gemelos.

Él hace un gesto afirmativo con la cabeza y se desliza fuera del colchón. Antonio es rápido y silencioso, asegurando la puerta del dormitorio y luego la entrada al pasillo, dándonos privacidad.

¿Es esto lo que tenía pensado para —arroparme en la cama—? No me quejo; no estaba segura de lo que quería hacer. Sin embargo, el piso de abajo había sido un buen indicio de algo íntimo.

Se me llena el estómago de mariposas y me tiro nerviosamente del labio inferior entre los dientes.

¿Por qué estoy nerviosa? ¿Por qué Antonio tiene ese poder sobre mí?

Se acerca a la cama como si yo fuera su presa.

Y yo exhalo una respiración nerviosa, mientras él sigue hacia mí, poniéndose a cuatro patas, a horcajadas, atrapándome.

—Antonio —susurro, mirando fijamente su mirada oscura y de ojos pesados.

Sus labios vuelven a caer sobre los míos. Se siente natural mientras nuestros cuerpos se funden contra el colchón.

La camisa que llevo puesta se levanta a centímetros de mis muslos y sus dedos empujan el material hacia atrás, explorando cada centímetro de mi piel desnuda bajo la camisa blanca de vestir a la que le faltan la mitad de los botones.

Sus manos son ásperas y fuertes, rozando mis caderas por los costados, pero esperando a llegar al destino que más deseo.

Siempre es mi perdición.

Me inquieta, me pone nerviosa. Lo deseo. Un beso da lugar a dos y lo atraigo más cerca, más fuerte, más apretado contra mi cuerpo.

—Más despacio, *Tesorina* —me susurra en la oreja, acercando sus dientes al lóbulo, tirando juguetonamente.

Gimoteo ante su insistencia en provocarme hasta la muerte. Su rodilla se desliza entre mis muslos, presionando cada vez más contra mi núcleo. Estoy ardiendo y él está echando más leña al fuego.

Mis dedos recorren su cintura, tirando de su ropa, queriendo sentir su piel contra la mía.

—Todavía no —dice con más insistencia y me agarra los brazos, inmovilizándolos por encima de mi cabeza.

Antonio es fuerte y contundente, pero no toma lo que yo no le doy.

—No te vas a correr hasta que yo te dé permiso —me susurra al oído.

El dolor crece en mi interior ante su orden.

—No —digo y sacudo la cabeza. No puede hacer eso. Controlarme.

—Sí, *Tesorina*. Si quieres esto, te entregarás a mí.

Gimoteo en señal de protesta y me duelen las entrañas con un calor intenso, mientras la sensación palpitante es abrumadora a la vez que él empuja sus caderas contra las mías.

—Eres una jodida provocación —digo con rudeza, luchando por mirar fijamente a su mirada. Me hace falta toda la fuerza posible para concentrarme y no ceder a lo que quiero.

Me sonríe.

—A mi modo de ver, me has estado provocando con ese culito apretado y ese movimiento de caderas tan sexy cada vez que caminas.

—¿Has estado mirando mi culo? —No puedo evitar reírme.

—Me sorprende que no te hayas dado cuenta —dice Antonio mientras sus labios recorren un cálido camino por mi cuello y la línea de mi mandíbula.

Una mano mantiene mis brazos atados por encima de mi cabeza, pero su agarre es más flojo que antes. Le rodeo con las piernas y nos damos la vuelta, tomando las riendas, a horcajadas sobre él.

—Mi turno —susurro con una sonrisa socarrona mientras me arrastro por su torso y le quito hasta el último centímetro de ropa del cuerpo, mientras él levanta las caderas para que lo desnude.

Es sexy y está bien dotado, más de lo que recuerdo desde la última vez que follamos en la ducha hace años. La sola visión de su polla me moja y excita. No es que quiera revelarle ese pequeño secreto. Pronto lo descubrirá.

Puede dominarme fácilmente si quiere, pero en lugar de eso, se queda tumbado, dejándome explorar su cuerpo. No me atrevo a admitir que podría ganar el corazón de cualquier mujer que desee solo con su aspecto.

Pero su carácter podría ahuyentarlas a todas y el hecho de que sea un mafioso.

Recorro con mis dedos sus abdominales y desciendo por la unión de su estómago hacia mi destino previsto cuando me agarra de la muñeca para detenerme.

—¿Antonio? —susurro, mirándole fijamente.

¿No quiere esto?

¿Ha cambiado de opinión?

Se levanta y me roza la mejilla con una mano, acercando mi boca a la suya. Su agarre contra mí es firme y aunque quiero creer que soy yo quien tiene el control, sé que es porque él me ha dado las riendas. Su otra mano permanece en mi muñeca, haciéndonos girar rápidamente y mi espalda queda al ras del colchón, mientras las sábanas calientes se sienten contra mi piel.

Antonio me baja la mano al colchón y sus manos se entrelazan con las mías mientras nuestros labios se baten en un beso ardiente.

Sus dedos, que estaban en mi mejilla, se deslizan por mi torso, rozando mi pecho y luego hurga entre mis muslos, descubriendo mi humedad.

Tengo la cabeza nublada por el alcohol de antes, pero está más claro que el agua que él es lo que anhelo. Levanto las caderas de la cama, rozando con él, deseando sentirlo enterrado dentro de mí.

Su tacto es firme pero suave, frotando y acariciando, rozando el interior de mis muslos con su polla.

—Condón —digo, rompiendo el silencio momentáneo.

Ya tenemos dos hijos y no creo que ninguno de los dos esté preparado para el siguiente paso. Ni siquiera estoy segura de que estemos preparados para lo que viene después de esto, mañana.

Gruñe y se aparta de mí lo suficiente para alcanzar la mesilla de noche.

Saca una biblia del cajón.

—Eso no va a evitar que me quede embarazada —le digo. No cree que rezar sobre ella vaya a evitar que se produzca un bebé.

—No me digas —dice con una sonrisa de satisfacción y lo abre para revelar un compartimento oculto que contiene un puñado de rarezas, incluidos unos cuantos condones.

—¿Qué? No pensarás sinceramente que esto es un hotel con una biblia en cada habitación, ¿verdad? —pregunta Antonio.

Una pequeña parte de mí quiere abofetearle, pero sacudo la cabeza.

—Su hospitalidad no se parece en nada a la de un hotel —digo. No puedo evitar el tono sarcástico ni la amargura que destilan mis labios.

—¿Mejor? —pregunta, esperanzado.

No puede hablar en serio.

—Los hoteles no suelen implicar que te detengan en tu habitación.

Me mira antes de abrir el paquete de papel de aluminio y no puedo evitar preguntarme si vamos a seguir durmiendo juntos o esto está a punto de desmoronarse, como mi vida en este momento.

—No te habrían detenido si hubieras seguido las normas. —No se disculpa lo más mínimo, en su lugar me mira, con curiosidad por saber si estoy a punto de oponerme a acostarme con él ahora que parece que compartimos un acalorado debate—. ¿Vamos a hacer esto? —pregunta.

—Me dices tú que eres el que manda —murmuro.

Me clava la mirada.

—A mi modo de ver, me has estado ocultando a los gemelos. Tú tampoco eres tan inocente, *Tesorina*.

Cojo el libro del almacén, la supuesta biblia y lo arrojo a la mesita de noche. Pegada al fondo de la biblia está la estúpida tarjeta de visita que el agente federal me dio minutos antes de que Antonio me secuestrara.

La había apartado, preocupada porque si la hubiera tirado a la basura, alguien podría haberla revisado y descubierto.

Se me revuelve el estómago.

La mirada de Antonio se endurece y sus fosas nasales se agitan. Su respiración es más fuerte, más espesa, más enfadada.

¿Está esperando que le diga algo y se lo explique? Debería decirle que los federales vinieron a verme. No les he dicho nada. ¿Cómo iba a hacerlo? Antonio se llevó mi teléfono.

El silencio llena la habitación.

—¿Estás hablando con los federales? —Arranca la tarjeta y la examina para revelar la fecha, la hora, cualquier información pertinente para interrogarme.

—No es lo que crees —susurro. El corazón me martillea en el pecho y podría vomitar el alcohol que he bebido hace un rato.

Su risa es oscura, siniestra y un escalofrío me recorre y no puedo evitar preocuparme por lo que ocurra a continuación. ¿Me meterá en su prisión, me interrogará, me torturará hasta que le diga lo que quiere oír?

—Entonces, dime qué coño haces con la tarjeta de visita de la agente Melinda Malone —dice, leyendo el nombre del anverso.

—Ella se acercó a mí —digo.

No tengo motivos para mentir a Antonio. No he hecho nada malo. No soy la mala. Él lo es.

—¿Y decidiste qué, espiarme por ella? —pregunta, gruñéndome mientras habla—. Tenía que haber sabido que no te propondrías nada bueno.

—¿Yo? —No puedo creer su descaro. Me agarro a las sábanas, sintiéndome desnuda y expuesta delante de él y, aunque él tampoco lleva nada, de repente me siento incómoda—. No voy a hablar con ella. ¿Cómo podría hacerlo? Te llevaste mi teléfono.

Su mandíbula está tensa y su mirada se endurece.

—Eso no significa que el agente del FBI no te haya dado otro teléfono.

—Adelante, pon mi habitación patas arriba si es necesario. No tengo nada que ocultar —digo.

Levanta el mensaje, mi culo golpea el suelo mientras vuelca la cama para asegurarse de que no hay un teléfono escondido entre el somier y el colchón.

—¡Imbécil!

Cuando no se conforma con encontrar nada más que aire, da un pisotón hacia la cómoda, arrancando todas las prendas del cajón.

Mi voz es suave, frágil.

—Vas a despertar a los niños —le digo.

Probablemente despertará a toda la maldita casa con

su diatriba, pero dudo que le importe alguien más que él mismo.

Mira hacia la habitación de los niños y se me revuelve el estómago. ¿Va a despertar a los gemelos y a revolver su habitación?

Hay un momento de tensión y silencio.

Sin palabras, arregla el colchón, pero deja la ropa desordenada y exhala un fuerte suspiro, cogiendo el condón y tirándolo por la habitación.

—Ya está bien de que eso ocurra esta noche —murmura.

—No es mi culpa que hayas arruinado un momento perfecto.

—¿Yo? —se ríe sombríamente—. Tú eres la que tiene todos los secretos, manteniendo tu relación con la agente Malone en secreto.

—Si fuera amiga de ella, ¿crees que seguiría encerrada en tu casa? Quizá los secretos que guardo sean culpa tuya. Si me dejaras libre a mí y a mis hijos, no estaría así —le digo.

Me sacó de la calle a punta de pistola. No puede fingir que eso no ocurrió, que tenemos una relación feliz y sana. Está alucinando si cree que le quiero y que quiero estar aquí con él.

Busca sus calzoncillos y se los vuelve a poner antes de coger su ropa del suelo. No es de extrañar que las encuentre con todas mis cosas tiradas por el suelo.

—Te vas —le digo, estupefacta.

¿Es eso lo que hace siempre Antonio, pelear y huir?

—¿No es eso lo que quieres? —Ae gira para mirarme.

Curiosamente, no es lo que quiero. Lo quiero, pero parece estar fuera de mi alcance, a mil kilómetros de distancia, aunque esté a escasos centímetros de la cama.

Quiero su disculpa. Quiero que su ira pase de ser descontento a ser pasión. Quiero creer que no es un monstruo bajo su gélido exterior.

Abro la boca, pero la cierro rápidamente. ¿Qué sentido tiene declarar algo cuando tiene una mafia que dirigir y yo no soy más que una posesión para él?

—Vete —digo con toda la convicción que puedo reunir.

No lo digo en serio. No quiero que se vaya. La lucha no ha terminado, pero emocionalmente estoy agotada.

Quiero que nos enredemos en las sábanas y que olvidemos esta estúpida discusión. Quiero sentir sus labios contra los míos, diciéndome que lo siente, que se equivoca, que confía en mí porque no he hecho nada para traicionarlo. Pero no se me dan bien las relaciones. Tengo que agradecérselo a mi propia familia de mocosos y ahora he hecho un lío de lo que sea que finalmente estaba transpirando entre nosotros.

Debería haber quemado esa estúpida tarjeta de presentación o, mejor aún, haberla tirado a la calle cuando me la dio.

Antonio, sin duda, me odiará. Llegará a despreciarme, como hizo mi padre con mi madre.

Se inclina, capturando mis labios en un último beso ardiente. Es contundente y áspero. Sus dedos se enredan en mi pelo, tirando de mí con más fuerza y más estrechamente con un descaro que exige control y poder.

Él manda y lo hace saber.

El beso termina tan rápido como empezó.

Me tiro del labio inferior entre los dientes. Todavía sintiéndolo contra mi boca, su aliento se posa en mi mejilla, aunque se está acercando a la puerta. Abro la boca y quiero decirle que no se vaya, que lo siento, que significa para mí más de lo que me gustaría admitir. Estoy loca por tenerlo, incluso después de la pelea que acaba de ocurrir.

Pero no sale nada y en su lugar, me quedo en el frío lecho, sola y con el silencio llenando el vacío.

CAPÍTULO DIECINUEVE

ANTONIO

No puedo seguir haciendo esto, peleando con Aleksandra. No es bueno para los gemelos y ciertamente, no es saludable para mi cordura.

Y si hay alguna posibilidad de que me haya traicionado, la quiero fuera del techo del complejo.

Tengo un negocio que dirigir, una empresa en la que necesito concentrarme y es imposible con los pensamientos fugaces de anoche rebotando en mi mente.

Ella tiene que irse. Y aunque no quiero que salga de mi vida ni que mis hijos nunca conozcan a su padre, ¿qué otra opción tengo? El hecho de que los envenene con pensamientos despiadados, creyendo que los tengo cautivos, solo contribuirá a su ira y a su implacable búsqueda de la huida.

Lo que deseo y lo que debo hacer no son mutuamente excluyentes.

Sentado en mi escritorio, hago un gesto a Ardian para que entre en mi despacho.

—¿Me ha llamado, señor? —Se levanta con los hombros hacia atrás, su postura es perfecta como si estuviera en presencia de la realeza. ¿Y por qué no debería hacerlo? Soy el puto rey mafioso del castillo. Mejor aún, respeta mi autoridad.

—Siéntate —le ordeno y le hago un gesto con la cabeza hacia la silla situada frente a mi escritorio.

Cierra la puerta al entrar en mi despacho y se acomoda en la silla. Se siente más cómodo que la mayoría de los hombres que trabajan para mí.

—¿Se sabe algo de la bratva? —le pregunto. Está a cargo de la vigilancia y el reconocimiento. Necesito saber que no correrán más peligro si dejo que Aleksandra y los gemelos se vayan.

—Mikhail ha vuelto a casa —dice Ardian—. Pero eso ya lo sabías.

Lo dejo ir. No porque quisiera, sino porque era la única manera de asegurar la estabilidad y la paz entre los italianos y los rusos.

Forjamos un acuerdo simple: él y la bratva deben dejar en paz a las otras familias de la mafia. La disputa de Mikhail es conmigo. A cambio, le dheado su libertad. Es el mejor trato que podemos hacer, y poner a las otras familias primero, es lo que hace un buen don, proteger a su gente. Mis hombres se dan cuenta de que estamos en guerra y están preparados para capear el temporal cuando Mikhail venga a tomar represalias.

Y lo hará. Inevitablemente, la guerra no ha terminado.

—¿Alguna charla sobre Aleksandra? —pregunto.

Quiero saber si está a salvo dejando el complejo o si su hermano irá tras ella.

—No estoy seguro de lo que espera encontrar, señor —dice Ardian—. Si está sugiriendo que se vaya, sospecho que volverá a su casa. No tiene otro lugar a donde ir y eso sería una imprudencia.

Me doy cuenta de eso, y la idea de enviarla a una casa de seguridad es considerada brevemente, pero no imagino que vaya a ir allí o que se quede bajo mi protección.

Es difícil borrar la mueca de mi rostro al pensar que algo terrible les ocurra a Aleksandra, Liam o Sophia. Mikhail no haría daño a su familia, ¿verdad? Me paso una mano por el pelo y mi estómago da vueltas. En cualquier otra circunstancia, ocultaría mi angustia, pero no temo que Ardian sepa de mi malestar.

—¿Puedo hacer una sugerencia, señor?

Asiento con la cabeza para que se explaye en lo que sea que desea revelar.

—Tenemos apartamentos en la ciudad que pueden ser vigilados y están fuera del territorio de la bratva. Podría ser prudente ofrecerle un lugar donde alojarse y un estipendio si desea que corte los lazos con su familia.

Aprieto los labios y reflexiono sobre la sugerencia de Ardian. No es la peor idea, de hecho, yo sabría su paradero y me aseguraría de que esté siempre protegida.

———

Llamo con firmeza a la puerta de la habitación de Aleksandra antes de entrar, pero no espero a que ella me de permiso. No tiene por qué dármelo. Esta es mi casa y ella es mi invitada.

Espero un arrebato, un grito para que me diga que me vaya de una vez, pero en lugar de eso, no se la ve por ninguna parte.

La puerta del baño está cerrada, la ducha está abierta.

Asomo la cabeza a la habitación de los gemelos, que están jugando en el suelo con el nuevo juego de trenes que les compré, entre otras docenas de juguetes.

Estudio a Liam y Sophia desde el marco de la puerta. Apenas se fijan en mí, o al menos, no prestan atención al hecho de que los estoy observando.

No tienen ni idea de que soy su padre.

¿Se los digo?

Eso sería romper una de las reglas de Aleksandra.

¿Qué les ha contado Aleksandra a Liam y Sophia sobre su padre? Imagino que les ha contado la misma historia que le ha mentido a Mikhail, que está fuera luchando en una guerra, un héroe que algún día volverá.

Pero nunca esperó que volviera o que descubriera que estaba embarazada.

—Antonio —Su voz es un susurro. Es suave y dulce cuando se pone detrás de mí.

Giro sobre mis talones y la miro de pies a cabeza. Solo lleva puesta una toalla, que aprieta en su puño contra el pecho.

Su pelo gotea contra el suelo, dejando un charco mientras espera que le responda.

—Quiero hablar contigo —le digo y cierro la puerta contigua para que tengamos intimidad.

—¿Puedo vestirme primero?

—No te lo voy a impedir —digo sin poder ocultar la sonrisa que se me dibuja en la cara.

Aleksandra pone los ojos en blanco y me empuja hacia la puerta, saliendo del pasillo.

La dejo creer que tiene algún aspecto de control. Si quisiera dominarla, podría hacerlo fácilmente.

Retrocediendo, me acerco a la puerta, de espaldas a la madera, pero no la abro ni salgo al pasillo. No me voy a ir tan fácilmente.

Su voz es tensa, junto con sus dientes apretados.

—¡Vete! —me suelta.

Este lado de ella es demasiado agradable y entrañable como para alejarse de ella.

—Prefiero no hacerlo —digo y cruzo los brazos sobre el pecho—. Además, tienes algo mío que me gustaría recuperar.

Sinceramente, me importa un bledo la camisa de vestir. Hay docenas más en mi armario, y una camisa puede ser fácilmente reemplazada.

—¿Qué?

—Mi camisa de vestir —digo y la sonrisa se intensifica aún más mientras la miro fijamente.

Se pone nerviosa y se apresura a acercarse a un lado de la cama, agachándose, con la toalla agarrada. Aleksandra recupera mi camisa y me la lanza.

—No sé por qué te importa tanto esa cosa. Además, le faltan la mitad de los botones.

Le faltan bastantes botones por las prisas de la fiesta de anoche.

—Sí, supongo que sí.

—¿Te vas ya? —Aleksandra me hace un gesto con la mano libre para que salga corriendo de su habitación.

Buen intento, *Tesorina*.

—No —digo y dejo que la camisa blanca de vestir caiga al suelo a mis pies.

Ahora sus ojos se abren de par en par, pero intuyo que es más por frustración e irritación hacia mí que por otra cosa.

El sentimiento es mutuo.

Espero no arrepentirme de mi decisión.

Sus ojos se entrecierran como si estuviera a punto de gritarme o lanzarme algo, pero lo único que tiene a su alcance es la toalla asegurada alrededor de su cuerpo. Y es poco probable que la suelte pronto. Su agarre es como la vida o la muerte, y no va a dejar que la vea desnuda de nuevo.

—Eres libre de irte.

—¿Qué? —pregunta.

Mi comentario la coge desprevenida.

—Tú y los gemelos son libres de dejar el complejo si eso es lo que quieres. —No la mantendré cautiva ni en contra de su voluntad. Traerla aquí había sido por su seguridad, aunque no es como si ella lo hubiera visto de esa manera.

—¿Así de fácil? ¿Sin ataduras?

Ella no me cree, ¿y por qué debería hacerlo? No soy el hombre más comunicativo ni honesto de la ciudad de Nueva York.

—Te pondré un apartamento en la ciudad, un lugar propio. Habrá un guardia para asegurar que tu hermano y sus hombres no te causen problemas a ti o a los niños. Pero quiero conocer a mis hijos —digo—. Sin embargo, no los mantendré aquí a expensas de mi egoísmo.

Sus ojos se tensan y su mirada se desvía hacia la puerta contigua.

—¿No es un truco? —pregunta mientras mantiene una mano agarrada a la toalla y abre la puerta del dormitorio contiguo con la otra.

Les echa un vistazo, satisfecha de que estén jugando tranquilamente juntos.

—No puedo prometer que vayamos a compartir la custodia, pero si quieres visitarlos, podemos arreglarlo —dice Aleksandra.

—Te dejo para que te cambies y recojas tus cosas — digo, abriendo la puerta del pasillo.

—Antonio. —Su voz es suave, pensativa.

La miro por encima del hombro.

—¿Sí?

—Gracias.

No digo nada. ¿Qué puedo decir? Lo hago por ella, pero no soy del todo desinteresado. Cierro la puerta y salgo al pasillo.

Ardian me está esperando. Su expresión es sombría. No sé si desaprueba mis métodos o si hay algo más que me oculta.

—¿Está hecho? —le pregunto.

———

Aleksandra no tiene coche ni medio de transporte desde que la secuestramos. Odio ver las cosas desde su perspectiva y darme cuenta de que me considera un monstruo porque podría serlo.

Soy el malo, el hombre de las pesadillas.

Pero no siempre fui así. Roberto me convirtió en lo que soy, despiadado. Tengo que agradecerle que corrompiera mi infancia, que me robara a mis padres biológicos y me criara como si fuera suyo.

Mi infancia fue jodida.

Y no quiero que eso sea lo que experimenten Sophia y Liam.

En cambio, les daré un lugar de santuario, un hogar propio, lejos de la bratva y la mafia. Podrán tener una infancia normal, lejos del miedo, el peligro y el terror.

—¿Eso es todo lo que traes? —pregunto, mirando a los gemelos con lo puesto. Aleksandra no se ha molestado en hacer una maleta para los gemelos ni para ella.

La ropa, los juguetes, todo lo que he comprado, ella ha decidido abandonarlo.

No sé cómo piensa abastecer el apartamento de ropa y juguetes. El estipendio que le he dado cubre la comida y las necesidades, pero no otro armario.

—No necesitamos nada más. Gracias —dice con una sonrisa tensa. Es un acto. Lo mantiene como un espectáculo para los gemelos, como si hubieran elegido quedarse aquí por un tiempo como si esto fuera una cama y desayuno.

Miro a Ardian.

Si no se lleva las maletas, el plan no funcionará; hay un micrófono y un rastreador cosidos en el forro de las maletas, por si acaso se escapa en cuanto llegue al apartamento.

—Me gustaría volver a verte —digo, clavando la mirada en Aleksandra. Este no es el final, ni mucho menos. Sophia y Liam son míos. Dejarlos ir es lo más difícil que he hecho nunca, pero no es sin causa.

—Probablemente no sea una buena idea. —Me mira fijamente, con los labios apretados.

Me acerco más, invadiendo su espacio personal y le rodeo la cintura con los brazos, despidiéndome de ella y dejo que mis labios se detengan junto a su oreja.

—Son mis hijos, *Tesorina*.

Se retira, pero no suelto mi mano de sus caderas. Hay un destello de miedo tras su mirada. ¿Le preocupa que no la deje irse con sus hijos?

—Podemos acordar visitas en vacaciones, cumpleaños, ese tipo de cosas —susurra. Es como si me suplicara en silencio que la dejara libre y estuviera dispuesta a prometerme cualquier cosa para obtener su libertad.

Pero no quiero una promesa vacía.

—Me gustaría —digo, con mi mirada clavada en la suya—. Quédate aquí. —Me desenredo de ella y me retiro al salón para recuperar dos osos de peluche que les regalé a los gemelos y que fueron abandonados por los niños entre la masa de juguetes y niños que se alojan en el complejo.

Los osos de peluche no son un juguete cualquiera. Aunque parecen bonitos y mimosos, los ojos negros y vidriosos albergan una cámara y dos lentes para proporcionar una grabación de vídeo superior. Cada oso lleva un micrófono en la oreja y un rastreador en su interior.

Llevo los dos juguetes a los gemelos, entregando uno a Liam y el otro a Sophia.

—¿Qué tal un peluche para llevar a casa? —digo, ofreciendo a los niños una sonrisa cálida y amistosa. Apenas he pasado tiempo con los tres juntos. No es de extrañar que parezcan tímidos en mi presencia.

Aleksandra abre la boca, pero la cierra rápidamente cuando les entrego los peluches.

—Gracias —dice Liam.

—¿Qué dices, Sophia? —le dice Aleksandra a su hija.

—Gracias. —Sophia abraza el oso de peluche, frotando las narices con el pelaje marrón oscuro, y le da un fuerte apretón.

—De nada —digo y abro la puerta principal, guiándolas hacia el garaje.

Le doy a Aleksandra un papelito con mi número de teléfono móvil.

—Memorízalo por si necesitas algo —le digo. Aunque dudo que me llame, quiero que sepa que estoy disponible en cualquier momento.

—Gracias.

Mario me pisa los talones, coge las llaves y nos sigue hasta el vehículo. Abre la puerta trasera para que los gemelos suban al asiento. El vehículo ya está en marcha y el garaje está abierto, lo que hace que haga frío dentro, pero el coche ya debería estar acondicionado y calentito.

—¿No nos vas a llevar? —pregunta Aleksandra mientras me mira fijamente, con voz suave y tentativa. ¿Se está asegurando de que nadie nos escuche?

—Mario se encargará de que lleguen bien al apartamento —le digo—. Tiene las llaves y se asegurará de que es seguro antes de que entres.

Mira a los gemelos desde el asiento trasero. Son ajenos a los peligros del mundo que les rodea. Pero ella no puede ser ingenua.

—Gracias —susurra, mirándome fijamente.

—Si algo cambia, eres bienvenida a quedarte aquí, con nosotros, a formar parte de la familia. —Le hago una oferta que no le hago a cualquiera.

Una invitación a formar parte de la familia Moretti; pero no espero que acepte la oferta.

Deja escapar un suave suspiro y se inclina ligeramente hacia delante, más cerca. Su lenguaje corporal habla más que ella, como si me deseara, pero se negara el placer de sus deseos.

—No puedo hacerlo —dice.

La aprieto contra mí, con mis dedos en la nuca mientras aplasto mis labios contra los suyos. Quiero que recuerde la sensación de mi cuerpo apretado contra ella, el calor de mis labios sobre los suyos, el calor compartido entre nosotros.

La tensión de su cuerpo se disipa contra mí cuando no se resiste al beso como yo esperaba. Sus brazos me acercan más y más, profundizando el beso. Hay una chispa, un destello de fuego que sigue ardiendo entre nosotros.

Nunca se extinguirá, mientras ambos estemos vivos.

Debería separar el beso, mandarla a paseo y jurar no volver a verla. Pero no estoy preparado para el adiós.

Mi mano en la parte baja de su espalda se desliza por debajo de su chaqueta, apretándola contra mí, queriendo que sienta el deseo que se crea entre nosotros. Arrastro mi lengua contra sus labios y ella separa su boca al instante, concediéndome la entrada al interior.

No es lo único que quiero dentro de ella, pero no puedo follarla en el garaje con Mario y nuestros hijos mirando. Pero por un breve momento, me importan un bledo los gemelos en el coche o que Mario espere órdenes para devolverla a casa.

Quiero a Aleksandra.

El deseo de violarla es insuperable. Como una avalancha, no puedo parar. La verdad es que no quiero. Deseo tomarla, follarla, romperla y hacerla mía. Pero ella ya está rota y es mi culpa.

Arrebatando a Liam.

Secuestrando a los tres.

Es de extrañar que no me haya golpeado con frialdad y me haya deseado la muerte. No la culpo por odiarme, pero quizá algún día encuentre el perdón dentro de ella por lo que he hecho.

Rompo el beso y acabo con el calor chisporroteante que surge entre nosotros.

Ella gime, pero apenas la oigo.

—Adiós, *Tesorina* —digo mientras le hago un gesto para que suba al asiento trasero con los gemelos.

Sus labios están rojos como el rubí, hinchados y brillantes por el acalorado intercambio. No dice nada. Su mirada se dirige al vehículo y se desliza en el asiento trasero sin decir nada.

Cierro la puerta y la dejo marchar, dando a Aleksandra su libertad.

El dolor en mi interior arde y no me atrevo a admitir ante nadie lo que quiere decir. Es una carga sentir, amar, conocer la alegría porque mi mayor enemigo tiene el poder de quitármelo todo.

CAPÍTULO VEINTE

ALEKSANDRA

Nos alejamos del recinto, mientras el motor del vehículo zumba mientras nos alejamos de la ciudad.

Me hundo en el cómodo asiento de cuero e intento relajarme. El tiempo es frío, el cielo es de un gris apagado que se expande hasta donde alcanza la vista. Parece que nieva, un frío que cala los huesos. Es lúgubre.

El tráfico pasa a nuestro lado en la autopista. El conductor se mueve a un ritmo decente, pero tampoco vamos a la cabeza del desfile. Es como si intentara pasar desapercibido. Eso es probablemente típico teniendo en cuenta que es de la mafia. ¿Tiene una docena de órdenes de arresto en su contra y está evadiendo a la policía?

No sé exactamente cómo llegar al apartamento, pero llevamos un rato viajando y parece que nos dirigimos a las afueras de la ciudad. ¿No mencionó Antonio que estaba en Nueva York?

Mi estómago burbujea y me aclaro la garganta, haciendo lo posible por no mostrar ningún signo de miedo.

—¿Adónde nos lleva? —le pregunto al conductor.

Liam y Sophia están abrazados a sus peluches, balbuceando entre ellos, ajenos al peligro potencial que corremos. Están llenos de sonrisas y de vida.

¿El hombre que conduce el vehículo les apagará la luz?

Antonio me dijo que nos dejaba ir. ¿Le dio órdenes diferentes a su colega?

No debería haber aceptado ciegamente la oferta de Antonio de irnos. No es que piense quedarme en el apartamento, pero me da un lugar donde dormir mientras averiguo quién está a cargo del recinto de la bratva.

El conductor no responde a mi pregunta.

Aprieto los labios, intentando recordar el nombre del conductor. Y aunque quiero alcanzar la manilla de la puerta trasera, no puedo abrirla mientras viajamos a gran velocidad. Eso suponiendo que la puerta no esté cerrada con llave para niños, por no hablar de los gemelos.

—Mario —digo, probando su nombre en mi lengua.

Me mira por el espejo retrovisor. Su mirada es fría y dura, como su comportamiento.

Parece que he captado su atención.

—Antonio mencionó que el apartamento estaba en la ciudad —digo más alto y con un poco más de fuerza y convicción.

Me encuentro con el silencio.

No ofrece ninguna excusa, ni una explicación poco convincente sobre por qué está tomando una ruta diferente. Me ha oído, lo que significa que mis hijos y yo estamos en peligro.

—¿Adónde nos llevas? —pregunto, intentando de nuevo que me responda.

—¡Cállate! —suelta y pisa con más fuerza el acelerador. El motor ruge, y atravesamos el tráfico a toda velocidad, sorteando otros vehículos.

—Mami —los ojos de Sophia se abren de par en par y brillan con lágrimas. Me rodea con sus brazos, temblando en mi abrazo.

La atraigo con fuerza, queriendo protegerla. Los ojos de Liam están brillantes y abiertos como los de un ciervo, pero no se acerca. Es como si intentara ser valiente.

¿Lo ha aprendido de Mikhail o de Antonio?

Liam no ha estado muy cerca de ninguno de los dos.

—No pasa nada —les susurro a los gemelos, haciendo todo lo posible para asegurarles que no pasa nada.

Excepto que todo está mal.

Nos dirigimos a las afueras de la ciudad y no tengo ni idea de adónde nos lleva Mario.

———

No reconozco la zona ni la salida que tomamos después de conducir durante varias horas a máxima velocidad por la autopista.

¿Seguimos en Nueva York?

La luz del día ha desaparecido, lo que me permite ver gran parte de nuestros alrededores. Está oscuro. No hay luces cercanas en el exterior, salvo las estrellas. El cielo está despejado, a diferencia de cuando salimos de Nueva York.

El vehículo se detiene bruscamente tras viajar por las carreteras secundarias, a través de un terreno montañoso que desconozco.

Sophia está apoyada contra mi costado, con los ojos cerrados, dormida.

Liam apoya su cabeza contra la puerta; también ha estado descansando durante la última hora después de quejarse de que tenía hambre.

Mario apaga el motor y sale del vehículo. Abre la puerta trasera de un tirón.

—¡Fuera! —exige.

Tiene una pistola en la mano derecha.

—Por favor, no lo hagas —le digo, suplicándole que no me mate. Si estoy muerta, no podré proteger a mis hijos. ¿Es ésta la forma que tiene Antonio de acceder a los gemelos sin que yo lo complique?

Sofía se despierta cuando me sacan del asiento trasero. Suena somnolienta pero temerosa mientras su voz tiembla.

—¿Mami?

Quiero mentirle, decirle que vuelva a dormir y que todo está bien. Pero no lo está. Nada está bien.

Liam se revuelve y, aunque finge estar dormido, puedo ver el temblor de su mano cuando coge el pomo de la puerta del coche. Tira de ella, pero no se abre.

—Eres una complicación que no necesitamos —dice Mario. Me agarra con fuerza del brazo y me levanta para que le siga.

Cierra de golpe la puerta trasera, asegurándose de que los gemelos no salgan del vehículo.

Si corro, abandono a los gemelos. Esa no es una opción.

—¡Suéltame! —grito, pisando su dedo del pie, luchando. Le clavo la rodilla en la ingle, luchando por la pistola.

Su agarre no se afloja lo más mínimo. El frío metal me roza la sien cuando me pone la pistola en la cabeza.

—Me lo estás poniendo fácil —dice Mario con una risita.

Es difícil ver mucho en la oscuridad, pero mis ojos se han adaptado, y el coche sigue en marcha, con los faros apuntando en dirección contraria.

No puedo ver a los gemelos desde el coche, y rezo para que no miren. Si Mario me mata, no quiero que sean testigos de mi muerte.

—¿Por qué matarme?

Todavía no ha apretado el gatillo. Ha tenido muchas oportunidades. ¿Le gusta alargarlo, haciéndome rogar por mi vida?

—Estás nublando el juicio de Antonio.

No sé a qué se refiere. ¿Cómo he interferido en sus asuntos de la mafia?

—¡Ponte de rodillas! —me grita, empujándome al suelo.

El suelo es gélido como el aire.

—¿Es esto lo que quiere Antonio? —no ruego por mi vida, pero estoy de rodillas, con las manos agarrando puñados de tierra. Cualquier cosa que pueda usar para desorientarlo.

Mario se niega a responderme.

Antonio no debe saber lo que Mario está tramando. Lo que significa que hay pocas posibilidades de que sea mi salvador. Estamos en medio de la nada, probablemente para que pueda deshacerse de mi cuerpo, si no de los tres.

Pone el seguro, y el chasquido me produce un escalofrío.

—Antonio te matará —digo.

Mató al último jefe de la mafia. ¿Por qué no iba a vengarse de un hombre que mató a la madre de sus hijos?

CAPÍTULO VEINTIUNO

ANTONIO

Dos horas antes...

—Mario debería haber vuelto ya —digo entre dientes.

Ardian recorre el pasillo con la espalda apoyada en la pared y los brazos cruzados sobre el escritorio.

—¿Tal vez tenía que hacer un recado? —No parece convencido de su sugerencia: tiene el ceño fruncido y se frota la mandíbula—. Les diste a los niños los osos de peluche con la cámara de niñera instalada.

No es exactamente una cámara para niñeras, ya que

también contiene un dispositivo de rastreo, pero lo hice añadir a posteriori.

Me apresuro a entrar en la oficina con Ardian pisándome los talosnes y subo la transmisión en vivo, pero es difícil ver algo. La cámara está oscura y el vídeo está pixelado.

—¿Tal vez podrías aumentar un poco la transmisión? —sugiere Adrian, asumiento que no podría haberlo descubierto por mi cuenta.

Busco la información de rastreo en la web y se me revuelve el estómago al ver que están muy lejos de la zona en la que deberían estar.

—¿Qué demonios están haciendo en Pensilvania? ¿Sabían de esto?

—Por supuesto que no —insiste Ardian—. Llamaré a Mario para ver qué demonios está pasando. —Marca y espera, sacudiendo la cabeza.

No se molesta en dejar un mensaje. Está claro que Mario está intentando desconectarse de la red, pero ¿por qué?

¿Qué propósito tiene, a menos que planee deshacerse de tres cuerpos? Pero entonces podría haber hecho eso en varios otros lugares de Nueva York. No tenía que viajar a través de las fronteras del estado para encontrar un lugar donde tirar los cuerpos.

Me paso una mano por el pelo, con el estómago revuelto. No puedo pensar en lo que Mario podría hacer y me da asco el solo imaginar que podría hacer daño a mis hijos o a Aleksandra.

—Quiero que el helicóptero esté listo en diez minutos y vamos a por mi familia —digo, dando órdenes a Ardian para que se encargue de los detalles.

Tenemos una plataforma para el helicóptero en el patio trasero y Ardian hace los arreglos para que podamos estar en camino.

Me dirijo a la armería y recupero varias armas, munición y un chaleco antibalas que me pongo bajo la chaqueta.

Mario ha demostrado que no es de fiar. Si ha ido a por mi familia, es probable que vaya por mi puesto en el trono. Le lanzo un chaleco extra a Ardian justo cuando termina la llamada y se mete el teléfono en el bolsillo.

—Te vienes conmigo.

—El helicóptero estará aquí en ocho minutos, señor.

—Bien. Necesito saber que alguien me cubre la espalda —murmuro mientras nos apresuramos hacia la parte trasera de la casa. Me aseguro el chaleco y luego mi chaqueta negra por encima, haciendo lo posible por ocultar mi protección. Lo último que quiero es que Mario me apunte a la cabeza porque se dio cuenta de que llevo un chaleco.

Doy órdenes a Gian y a Monte antes de salir del complejo y dirigirme al helicóptero.

—No debería haber enviado a Mario. —¿Por qué no la llevé yo mismo al apartamento para asegurarme de que era seguro y de que estaba contenta? Nos habría dado la oportunidad de una despedida adecuada.

Las aspas del helicóptero hacen mucho ruido y no dejan de apagarse mientras nos apresuramos hacia el helicóptero, manteniendo un perfil bajo.

Nuestro transporte nos está esperando.

Subo a la parte trasera con Ardian y nos aseguramos los auriculares que ayudan a ahogar el sonido ambiente que nos rodea y me permiten comunicarme con el piloto.

Llevo una tableta en el bolsillo de la chaqueta con información en directo sobre la vigilancia y la ubicación del vehículo mientras se dirige al oeste. Transmito la información al piloto mientras intento tranquilizarme, pero no hay nada capaz de ayudarme a relajarme.

Mi pie golpea el suelo del helicóptero, a medida que la ansiedad se apodera de mí y me pica bajo la piel, haciendo que mi corazón se acelere. La cabina está caliente, mis mejillas están enrojecidas y hago todo lo posible para que no cunda el pánico, pero la mera idea de que Mario le haga daño a mis hijos o a Aleksandra me mata.

¿Es por eso que está haciendo esto, para vengarse de mí por haber matado a Roberto? ¿Es esto una venganza?

—¿Cuál es nuestro tiempo estimado de llegada? —le pregunto al piloto.

—Una hora y veinte.

—Eso no es suficiente. ¡Podrían estar muertos para entonces!

———

Vigilo de cerca el dispositivo de rastreo del vehículo y, a medida que nos acercamos, el parpadeo rojo se ralentiza en el mapa.

—Parece que se han detenido —digo, dando las coordenadas exactas al piloto.

Aunque las imágenes de vídeo están pixeladas y son problemáticas, puedo captar trozos de conversación, lo suficiente para saber que Aleksandra sigue viva.

No puedo comunicarme con ella a través del aparato, pero me da la suficiente esperanza de que aún no está muerta, como tampoco lo están mis hijos.

—¿Cuál es el plan? —pregunta Ardian.

Desde fuera de la ventana, la vista es una oscuridad absoluta. No hay pueblo, ni luces, ni ciudades cercanas.

—¿Además de matar a Mario? —Lanzo una mirada a Ardian. El piloto trabaja para la familia, así que no me preocupa que sea testigo de lo que vamos a hacer.

No me importa la excusa que Mario haya ideado para tratar de escabullirse de este fiasco. Es un hombre muerto.

A medida que nos acercamos, se ve el faro de un vehículo, pero es difícil ver mucho más; sin embargo, Ardian me entrega un juego de gafas de visión nocturna, para que pueda visualizar mejor el panorama. Hay dos figuras oscuras en la distancia, una que se eleva sobre la otra, una figura más menuda.

—¡Mierda! Está a punto de matarla —grito y abro la puerta del helicóptero cuando nos acercamos, alineando mi arma para disparar antes de que lo haga Mario.

No somos ni un poco silenciosos ni invisibles en nuestra aproximación. El ensordecedor rugido del motor y la hélice no es lo único que nos delata. Nuestro foco de luz brilla con fuerza debajo, iluminando la escena que tenemos debajo, lo que me permite tener una clara visión de Mario.

No puede oír mis amenazas y advertencias de que baje el arma. No hay ninguna explicación racional, aparte de su traición, que tenga sentido.

· · ·

Al ver que nos acercamos a él, levanta su arma y aprieta el gatillo, rociando el helicóptero con balas.

—Voy a tener que retroceder.

—¡Y una mierda! ¡Bájanos! —le grito al piloto.

Mientras el helicóptero se balancea y se desplaza con los movimientos del piloto, se vislumbra movimiento en el bosque de abajo.

¿Mario tendrá refuerzos?

¿Hay otros trabajando con él y traicionándome?

Los disparos alcanzan el helicóptero desde el arma de Mario y cada bala que desperdicia en atacarme es una menos para matar a Aleksandra, Sophia o Liam.

Puede lanzar todos los ataques que quiera.

El motor del helicóptero chisporrotea mientras la cola gira y el humo llena la cabina.

Es vertiginoso, apuntar el tiro mortal mientras el piloto pierde el control y todavía estamos demasiado altos para saltar sin matarnos.

Alineo el disparo y aprieto el gatillo, dando a Mario en la cabeza. Su cuerpo se desploma en el suelo.

—¡Prepárense para el impacto! —grita el piloto.

No hay mucho tiempo para hacer nada más que sujetarse.

CAPÍTULO VEINTIDÓS

ALEKSANDRA

¿Viene Antonio a rescatarme o a matarme?

Quiero creer que viene a salvarme y el tiroteo parece un buen indicio, pero no puedo evitar preocuparme de que me tenga de nuevo como rehén dentro de su casa.

El helicóptero desciende, patinando contra el suelo. Ya estaba bajo cuando Mario disparó varias veces al motor, haciéndolo caer al suelo.

Una bola de fuego se eleva en el cielo. Por suerte, el helicóptero no está cerca del vehículo.

Con Mario muerto a mis pies, cojo su pistola y me apresuro a ir al coche a por Liam y Sophia.

La puerta del lado del pasajero está abierta y el coche está vacío.

¡Mierda!

—¡Sophia! Liam —grito en el vacío de la oscuridad.

Sin la luz del helicóptero, el único resplandor era el de las llamas y la explosión cuando aterrizó sin contemplaciones en el suelo.

¿Quién estaba en el helicóptero?

¿Antonio y sus hombres o la bratva?

Mi cabeza palpita y mi estómago refunfuña, pero hago caso omiso de todo ello, corriendo alrededor del vehículo, en busca de los gemelos.

—¡Es seguro salir! —No puedo ver casi nada. Es luna nueva y las estrellas no ofrecen suficiente luz en la oscuridad.

No sé si están a tres metros o a un kilómetro de distancia. No hay crujido de hojas ni de ramas, solo un silencio que se extiende frente a mí.

Detrás de mí se oye el crepitar del fuego, el chirrido y el gemido del metal que cruje en el suelo, el peso que se aprieta hacia abajo, aplastando todo lo que está en su camino.

—¡Aleksandra! —La voz de Antonio atraviesa la noche desde atrás, pero no me giro para ver si hay más supervivientes.

No puedo abandonar a los gemelos, pero podrían estar en cualquier parte. Necesito luz, ya sea una linterna o una antorcha, algo que me ayude a ver el bosque que tengo delante.

Detrás de mí, está el claro donde cayó el helicóptero.

Pasos pesados en el suelo, botas que crujen y dos sombras adultas que se acercan a mí.

¿Corro?

La hoguera ofrece suficiente luz para examinar los restos, pero no hay rastro de mis hijos.

Antonio camina con un propósito y uno de sus hombres está a su lado, cojeando, pero disimulando bien el dolor mientras intenta mantener el ritmo.

—¿Dónde están los niños? —grita Antonio.

—No sé... estaban en el coche —digo, señalando el vehículo vacío con la puerta entreabierta.

Aunque no me fío de Antonio, ¿qué otra opción tengo? Necesito su ayuda para localizar a Sophia y a Liam. Hace frío y no están adecuadamente vestidos para estar fuera durante un período prolongado.

Antonio se coloca sus gafas de visión nocturna y me agarra la mano. Es contundente cuando me arrastra hacia la espesura del bosque que nos rodea.

—Quédate aquí —ordena a su compañero.

—¿Qué estás haciendo? —me revuelvo.

¿Cómo puedo confiar en Antonio después de lo ocurrido?

—Llevándote a los gemelos. —No afloja su agarre mientras me arrastra por el bosque—. Puedo ver su firma de calor. Se están moviendo hacia el norte, de vuelta a la carretera principal.

Las ramitas y las hojas crujen bajo mis pies y las ramas bajas me arañan la mejilla mientras le sigo de cerca.

—¿Están juntos? —pregunto, dando un suspiro de alivio.

—Sí, pero no están solos —dice Antonio.

Hay preocupación en su tono. Hay algo que no me dice.

—¿Hay alguien más ahí fuera? —No quiero aferrarme más a su mano, pero lo hago.

—Sí —susurra—. Tenemos que darnos prisa.

Me arrastra junto a él, a través del bosque en la oscuridad y más adelante, podemos escuchar voces y charlas.

—¡Suéltame! —Sophia gime y lucha.

¿Está su hermano con ella? ¿Se están resistiendo los dos? ¿Quién está con ellos?

—Quédate aquí —ordena Antonio y suelta su agarre de mi mano.

No le hago caso. Voy unos pasos detrás de él, manteniéndolo cerca, sin querer perderme en el desierto ni que les pase nada a mis hijos. ¿Cómo puede esperar que me quede de brazos cruzados y espere a que todo acabe?

Sofía y Liam deben estar asustados.

—Alto ahí —grita Antonio.

Aunque está oscuro afuera, mis ojos se han adaptado para ver una figura sombría entre los gemelos. Quienquiera que sea debe tener a cada uno de ellos agarrado de una mano.

—No trabajo para ti. —Su acento ruso impregna el aire.

Reconocería esa voz en cualquier lugar.

Yuri, el consejero de mi hermano, el Sovetnik. ¿Qué hace en medio del bosque con mis hijos? ¿Ha venido a recuperarlos de Mario y, si es así, qué demonios está pasando?

—No, pero tú trabajaste con Mario —dice Antonio mientras se acerca, con su arma levantada hacia Yuri —. Está muerto, y tú eres el siguiente.

—¡Espera! —grito y me apresuro a acercarme, queriendo ver a Yuri por mí misma, necesitando saber qué demonios está pasando.

—¿Qué estás haciendo? —A Antonio no le hace ninguna gracia que no siga sus órdenes.

No soy uno de sus hombres a los que pueda mandar.

No puedo creer que Yuri quiera hacer daño a los gemelos. ¿Está aquí para salvarlos? ¿Sabía de la traición de Mario a los italianos y vino a llevarnos a casa?

—Él no les haría daño a Sophia y a Liam —digo. Estoy segura de ello. Se ha portado bien con los gemelos y conmigo.

—Tiene razón —dice Yuri. Se apresura a responder, tratando de remediar una situación ya tensa.

—¿Por qué debería creerte? —Antonio arremete al acercarse.

—No deberías.

Yuri suelta sus garras de Sophia y Liam y estos se precipitan hacia mí, echándome los brazos a la cintura mientras los atraigo contra mí, abrazándolos y alejándolos del peligro. Me alejo con ellos varios pasos de ambos hombres.

Ninguno de los dos parece digno de confianza, ni la mafia ni la bratva.

Es mejor que cave mi propia tumba, poniendo mi vida en sus manos, en las de cualquiera de ellos.

Antonio empuja el cañón de la pistola bajo la barbilla de Yuri, con el seguro amartillado.

—Dime cuál era el plan. Quiero saberlo todo. ¿Quién más está involucrado en tu pequeño plan para asesinar a Aleksandra? ¿Qué pensabas hacer con los gemelos?

—Yo no trabajo para ti —ladra Yuri.

—Obviamente —dice Antonio e imagino que pone los ojos en blanco, molesto por la respuesta de Yuri. Pero un hombre como este no divulga secretos—. ¿De quién recibes órdenes? ¿Mikhail?

¿Cómo podría recibir órdenes de Mikhail? ¿No está mi hermano muerto o detenido en la prisión de Antonio?

—Déjame adivinar, estás traicionando a tu jefe igual que Mario me traicionó a mí —dice Antonio y golpea con su rodilla la entrepierna de Yuri, que se dobla de dolor. Le da dos golpes más en el pecho y otro en la cara.

Yuri no se defiende.

¿Por qué?

No lo entiendo. Quiero proteger a mis hijos de la violencia, la crueldad y el horror de lo que ya han soportado a manos de hombres que solo quieren sangre.

No hay honor en nada de esto.

Agarro las manos de los niños y me apresuro con ellos a través del bosque, lejos de Antonio y Yuri, pero suena un disparo y me quedo paralizada momentáneamente, aturdida al darme cuenta de que uno de ellos está muerto.

Ninguno de los dos hombres sería tan insensible como para ofrecer un disparo de advertencia.

—Vamos —digo, arrastrando a Sophia y a Liam a través del bosque y la oscuridad, de vuelta hacia la luz en la distancia. La llama ardiente de la explosión del helicóptero ofrece una visión suficiente para guiarme en el camino.

Estamos cerca del coche vacío con los faros encendidos.

Meto a los gemelos en el asiento trasero.

—Quédense aquí —les advierto y cierro la puerta del pasajero que quedó abierta tras su anterior huida y me apresuro a rodear el vehículo en busca del cadáver de Mario.

No se mueve, pero el miedo me recorre.

¿Y si no está muerto?

¿Y si Mario me agarra y me ataca?

Exhalo una respiración temblorosa y me agacho en el suelo, buscando las llaves del coche; el cuerpo de Mario ya no está caliente y el aire frío ha contribuido a enfriarlo. Meto la mano en su bolsillo y recupero las llaves del coche.

No se mueve, no se inmuta. Está muerto.

—¿Qué estás haciendo? —La voz de Antonio hace que me recorra un escalofrío.

Está por encima de mí y podría acabar con todo esto si es lo que quiere hacer.

—¿Planeas matarme? —susurro, poniéndome en pie lentamente mientras me doy la vuelta para mirarle.

No puedo confiar en nadie más que en mí misma.

Con el fuego ardiendo cerca, es fácil ver sus rasgos faciales. Tiene el ceño fruncido y la mandíbula tensa con una mueca.

—No. —Parece perplejo e insultado por mi acusación.

Hay carmesí en su camisa blanca bajo el traje negro en el cuello. Si también hay sangre en el traje, no puedo verla en la oscuridad.

—Tú asesinaste a Yuri —digo, enfrentándome a su mirada. Me niego a acobardarme o a mostrar miedo, aunque estoy temblando por dentro.

—Se lo buscó —dice y se limpia la cara con la mano. Una pringa de sangre que había rozado su mejilla se mancha—. No era inocente, *Tesorina*.

¿La sangre es por disparar a Yuri, o está herido por el accidente del helicóptero?

—¡Eso no lo sabes!

—Sé que él y Mario trabajaron juntos, lo que significa que ambos traicionaron a sus líderes —dice Antonio. No parece disculparse lo más mínimo por lo que ha hecho—. Te estaba dejando libre. ¿Sigue siendo eso lo que quieres?

—Me has mentido. ¿Mikhail está vivo? ¿Está de vuelta en el complejo ruso? —¿Cómo pudo Antonio ocultarme esto? ¿Es porque sabía que yo quería volver a casa?

Antonio mete la mano en el bolsillo y saca su teléfono móvil.

—Quizá deberías llamar a tu hermano y averiguar quién está detrás de las órdenes de Yuri —dice Antonio.

Aprieto los labios. No quiero creer que Mikhail haya ordenado a Yuri que me matase.

—No voy a cumplir tus órdenes —digo.

—*Tesorina*, Mikhail no solo te quiere muerta. Tenía la intención de vender a Sophia y a Liam. Yuri está aquí con órdenes de asegurar a los gemelos y ponerlos en subasta. Mario tenía órdenes de matarte y hacer que pareciera que yo estaba involucrado.

—¡¿Y quién dio esas órdenes!? —grito.

—Te juro por mi vida que no fui yo —dice.

No creo que Mikhail hiciera daño a los gemelos. Y Antonio, tampoco tiene sentido que haya ordenado a Mario que me ejecutara. No cuando podría haberlo hecho en su recinto.

—Entonces, ¿por qué no matarme en la parte trasera del coche? —pregunto—. Mario podría haberme asesinado sin necesidad de conducir durante varias horas.

—Es demasiado sucio. ¿Te das cuenta de lo difícil que es quitar las manchas de sangre del cuero? —bromea Antonio.

No puedo decir si está bromeando o no.

—¿Cómo sabes que Yuri pretendía vender a los gemelos y que Mikhail está involucrado?

—Puede que no fuera Mikhail. Podría ser alguien que quiere tomar el trono de Mikhail. ¿Se te ocurre alguien que pueda querer su muerte? —pregunta Antonio.

—¿Aparte de ti? —bromeo.

Exhala un fuerte suspiro.

—No te quiero muerta, *Tesorina*. Y nunca pondría la vida de nuestros hijos en peligro ni los vendería.

—Pero los secuestrarías —le digo con insistencia.

Su mirada se endurece.

—Eso fue diferente y me disculpo por lo que se hizo, pero está en el pasado.

Es fácil para él decirlo, así que no respondo y miro el coche a su lado. Los gemelos están dentro, mirándonos por la ventana, esperando que los lleve a casa.

—Adiós, Antonio —digo y me dirijo al coche.

—¿De verdad vas a dejarnos aquí fuera? —me pregunta, horrorizado de que le deje tirado—. Ardian necesita atención médica.

Me acerco a la puerta delantera del lado del conductor y levanto la manilla, abriendo la puerta.

Joder.

—Date prisa y sube al vehículo —digo, subiendo al lado del conductor.

Antonio ayuda a soportar el peso de Ardian mientras lo acompaña hasta el coche y el lado del pasajero en la parte delantera.

Al acercarse al coche, es obvio que hay sangre por todas partes. Su cojera era la menor de sus preocupaciones. Es probable que muera desangrado si no llega pronto a un hospital.

Antonio lo guía hasta el asiento delantero, le asegura el cinturón de seguridad en el regazo y cierra la puerta de golpe, acercándose al lado del conductor. Golpea la ventanilla.

—Yo conduzco —dice.

—Y una mierda. Sube al asiento trasero. —No me gusta que se siente con los gemelos, pero no me fío de adónde nos va a llevar.

Cuando Antonio no sigue mis órdenes, aprieto el acelerador y hago avanzar el coche.

—¡Bien! Bien, me pondré detrás —refunfuña.

Freno de golpe y espero a que suba al asiento trasero y cierre la puerta antes de volver a pisar el acelerador, alejándome a toda prisa de la destrucción que hay detrás de nosotros.

Miro por el espejo retrovisor.

Antonio mira su teléfono, la luz de la pantalla ilumina gran parte del asiento trasero.

—¿Dónde está el hospital más cercano? —pregunto, necesitando indicaciones. No tengo teléfono, así que el GPS está descartado.

—No lo vamos a llevar a un hospital —dice.

—Se desangrará hasta morir si no lo hacemos —le digo.

¿Cómo puede dejar morir a su amigo?

—¿Cuál es el plan? ¿Dejar que se desangre y luego llevar su cuerpo muerto y sin vida a tu casa? —Me falta paciencia y Antonio guarda silencio.

Tras varios segundos, su respuesta es escueta.

—Gira a la derecha en la bifurcación.

Sigo sus órdenes, no porque quiera, sino porque no sé a dónde demonios voy y no quiero ser responsable de un moribundo.

A diferencia de Antonio, no soy una asesina.

CAPÍTULO VEINTITRÉS

ANTONIO

Envío un mensaje de texto a uno de mis contactos y consigo la dirección del médico más cercano que está dispuesto a ayudarnos.

No conducimos más de una hora antes de tomar una carretera secundaria cubierta de grava. El trayecto está lleno de baches y sacude el vehículo. Ardian debe estar ocultando su dolor o inconsciente, porque no oigo ni un solo ruido de él en el asiento delantero.

Unos minutos después, le indico a Aleksandra que gire en un camino de entrada sin señalizar.

Aleksandra está callada y tiene los nudillos blancos en el volante. De vez en cuando, mira a Ardian en el asiento delantero y su respiración es débil, agitada, y ha perdido bastante sangre. Odio admitir que Aleksandra tenía razón. Habría sido mejor enviarlo al hospital, pero no es una opción viable.

Los médicos están entrenados para traer a la policía y hacen preguntas. Al menos los profesionales de la medicina que viven fuera de la red se mantienen al margen y el hombre que vamos a ver, ha perdido su licencia médica por matar a un paciente. Su nombre estuvo en todas las noticias y, aunque preferiría no llevar a Ardian a él, ¿qué otras opciones hay?

No podemos entrar en una clínica local sin llamar demasiado la atención.

Cuando llegamos a una remota cabaña en el bosque, mi estómago se revuelve.

—Quédate en el coche —le ordeno a Aleksandra. Espero que no deje a Ardian y a mi culo atrás.

En el momento en que se detiene, el motor está parado y yo salto del asiento trasero, corriendo hacia la puerta principal.

Lo único que espero es que esto no sea una emboscada y que el único hombre que me ha traicionado esta noche esté muerto.

Golpeo agresivamente la puerta principal.

Hay un revuelo detrás de la puerta y la luz interior parpadea detrás de las ventanas cubiertas del interior de la cabina.

Un caballero abre la puerta. Lleva pantalones de chándal y una camisa de franela. Parece más despierto de lo que hubiera creído, dado el tiempo que ha tardado en abrir la puerta. Pero no está blandiendo un arma ni me amenaza por entrar en la casa.

—Me envía Gian —digo para explicar mi aparición en su puerta.

—¿Dónde está el paciente? —pregunta, mirando a mi lado el vehículo en marcha en la entrada.

¿Le avisó Gian de que íbamos a venir y de que estuviera preparado?

—En el asiento delantero —le digo y me sigue fuera en zapatillas para acompañar a Ardian a la cabina.

El aire es gélido y nuestra respiración es visible por el frío.

Hay luces alrededor de la fachada de su propiedad, que ofrecen un ligero resplandor a lo largo del camino de entrada, además de los faros del vehículo que están iluminados.

Aleksandra no dice nada y Sophia y Liam se han quedado dormidos en el asiento trasero.

El doctor mira de Aleksandra a los gemelos dormidos antes de ayudarme a llevar a Ardian al interior.

—Póngalo en la mesa —dice. No menciona a los niños ni pregunta por Aleksandra.

¿Cuánto le ha contado Gian?

Hay una mesa de cocina despejada y en un mostrador cercano, material médico. Estaba esperando nuestra llegada.

Ayudo a Ardian a subir a la mesa, recostándolo, mientras la sangre sigue acumulándose en sus heridas, resbalando por encima de sus ropas desgarradas y hechas jirones.

El médico examina sus heridas, rasgando más los pantalones de Ardian para exponer la lesión. La metralla sobresale de su carne. No soy nada aprensivo, pero ver cómo el médico retira los fragmentos de metal no es mi pasatiempo favorito.

Me dirijo a la ventana y miro el vehículo.

—¿Cuánto tiempo llevará esto, doctor? —pregunto, mirando por encima del hombro mientras atiende las heridas de Ardian. El médico ya tiene una vía intravenosa conectada a la mano de Ardian y está esterilizando las herramientas para extraer los trozos de metralla.

—Podría ser una hora —dice—. Depende de lo grave que sea el daño después de que le quite el metal alojado en la pierna. Ahora mismo, está evitando que se desangre.

Exhalo un fuerte suspiro y recorro la cabaña desde el salón hasta la cocina. El espacio es pequeño, pintoresco.

—¿Tiene algún otro lugar donde estar? —pregunta el médico.

No puedo evitar sentirme inquieto, como un pato sentado que espera el siguiente objetivo para atacar.

Mario no estaba trabajando solo. Eso quedó claro con la presencia de Yuri.

Y si Yuri está trabajando con alguien más que Mikhail, ¿quién es?

El chirrido de los neumáticos levantando grava me obliga a correr hacia la puerta, abriéndola de un tirón, pero es demasiado tarde.

Aleksandra se ha ido.

—¡Mierda! —maldigo, de pie con el viento frío en la cara y el calor de la cabina a mi espalda.

Saco el teléfono del bolsillo y salgo, cerrando la puerta tras de mí para llamar a Gian. Necesito un coche y un par de ojos adicionales para Aleksandra.

—¿Qué pasa, jefe? —responde—. ¿Llegaste a la casa de Doc?

—Sí, Ardian está con el médico ahora mismo. Necesito que me consigas un coche en este lugar. Aleksandra se fue con los niños. —Puedo rastrearla con mi teléfono, al menos.

—¿Ha pensado que tal vez ella no quiere ser encontrada, señor? —sugiere.

—No importa lo que ella quiera. Su vida está en peligro y no quiero que mis hijos acaben en las manos equivocadas.

Me resulta difícil confiar en nadie en este momento, después de la traición de Mario, pero todo el tiempo me preocupó su lealtad hacia mí después de la muerte de Roberto. Había estado jugando conmigo, haciéndome creer que podía confiar en él.

¿Hay otros miembros de la mafia buscando apuñalarme por la espalda cuando menos lo espere?

—Consígueme un vehículo —digo, ignorando su comentario. Termino la llamada y saco el software de rastreo para localizar a Aleksandra y a los gemelos.

No han ido muy lejos y no sé cómo piensan llegar a ninguna parte sin un mapa o un GPS que los guíe.

¿Tiene Aleksandra siquiera dinero para parar a repostar? ¿Y una tarjeta de crédito para un hotel? ¿O volverá a casa de Mikhail después de todo lo que ha pasado ahora que sabe que está libre?

Haría cualquier cosa por Sophia y Liam, pero volver a casa de Mikhail es la peor opción que podría tomar.

El rastreador parpadea con su movimiento por la vía principal a la que llegamos y se detiene, o el rastreador tiene dificultades para encontrar la señal, ya que parpadea en el mismo lugar durante varios segundos. No parece estar en movimiento.

¿Cuánto tiempo falta para que Gian pueda asegurar un vehículo en mi ubicación actual? Probablemente se pondrá en contacto con un concesionario local de segunda mano y hará que me traigan un coche. Pero eso lleva tiempo y yo no soy el hombre más paciente.

Vuelvo a entrar en la cabina.

El doctor está trabajando incansablemente para salvar la vida de Ardian.

—Necesito que me preste su vehículo —le digo al médico.

Él gruñe y murmura algo ininteligible en voz baja.

—Te compraré un coche nuevo y te pagaré el doble de tus honorarios por cuidar de mi soldado —le digo. No es que no me lo pueda permitir. Y aunque Ardian es más que un simple soldado, no quiero arriesgar su vida dejando que el médico que apenas conozco conozca su posición y su valor para mí.

Me mira fijamente y luego asiente hacia la puerta principal.

—Las llaves están colgadas en la pared.

—Gracias —digo. No es que no tenga a Ardian como garantía también.

Detesto dejar a mi hombre atrás, pero no está en condiciones de viajar y necesita estabilizarse antes de que lo lleve a casa.

Las amenazas tienen un tiempo y un lugar; ahora no lo es.

Necesito ir tras Aleksandra, Sophia y Liam antes de que haga algo estúpido.

———

En cuestión de minutos, estoy siguiendo el dispositivo de rastreo de mi teléfono, que me señala el norte en una carretera secundaria.

Dos juegos de vías férreas cruzan la vía principal. Y justo antes de acercarme, las luces rojas se encienden. Piso el acelerador, pero es imposible que llegue antes que el tren.

Al acercarme a las vías, pego un fuerte frenazo y el vehículo se tambalea un poco.

—¡Maldita sea! —golpeo con el puño el volante.

Tengo la suerte de que me pare no solo un tren, sino dos. El primero pasa a la velocidad del rayo. El otro, en la segunda vía, se arrastra a paso de tortuga.

Examino los mapas del GPS, pero no hay otras carreteras que no crucen las vías y cualquier otra ruta añadirá al menos una hora más al viaje.

Paso de la aplicación GPS de mi teléfono al dispositivo de seguimiento con el paradero de Aleksandra. No hay señales de movimiento, lo que significa que ha descubierto el dispositivo de seguimiento o que están esperando algo.

O a alguien.

Estoy impaciente, pero no puedo hacer mucho más que esperar.

Finalmente, las vías se despejan y aprieto el acelerador, apurando al máximo. Pero ella ya tiene una buena ventaja.

Más adelante, mientras me acerco a los últimos 800 metros hasta el destino, el sol ya ha salido. Hay una pequeña gasolinera a la derecha y reconozco el coche en el que estuvimos antes parado en el aparcamiento.

Me apresuro a entrar en el aparcamiento y apago el motor antes de saltar del vehículo. Cierro las puertas y me meto las llaves en el bolsillo mientras me dirijo al coche abandonado.

Está vacío.

Me apresuro a entrar en la gasolinera y abro la puerta de cristal; el timbre de la puerta tintinea para anunciar mi presencia. El lugar es pequeño y, a menos que estén en el baño o se escondan intencionadamente de mí, no me resultará difícil detectarlas, especialmente a Aleksandra.

—Mi mujer y mis hijos acaban de pasar por aquí, no hace más que unos minutos —le digo al hombre que está detrás del mostrador.

—No he visto nada —dice.

Está mintiendo.

Parece nervioso y sus ojos van de un lado a otro, evitándome. Mira brevemente la basura.

Me acerco a la papelera y me fijo en los peluches hechos jirones. Se me seca la boca al ver la destrucción de los osos de Sophia y Liam. Ella sabe que la estaba siguiendo, observando sus movimientos.

El encargado de turno debe saber algo.

—Seguro que ha hablado con usted —digo y me acerco al mostrador. Enseño mi arma enfundada en la cadera para hacerle saber que no estoy bromeando.

Su mirada se posa en el teléfono que está cerca del mostrador.

—¿Ha pedido usar el teléfono? —pregunto, cogiendo el teléfono fijo antes de que pueda detenerme. Pulso el botón de rellamada, sospechando ya que se ha puesto en contacto con Mikhail.

—¿Aleksandra? —contesta una voz rusa. Suena como Mikhail, pero podría ser cualquiera de sus compañeros.

No tengo que preguntar para saber a dónde la llevan.

CAPÍTULO VEINTICUATRO

ALEKSANDRA

Treinta minutos antes...

Un todoterreno negro se acerca a la gasolinera y baja la ventanilla del lado del pasajero. Salgo con los gemelos. Están lloriqueando e inquietos. No puedo culparles por estar cansados.

—Entra —dice Luka.

—Pensé que Mikhail venía a buscarnos. —El sol comienza a salir, arrojando luz sobre las montañas y a través del bosque.

Aunque siempre he confiado en Luka, pensaba lo mismo de Yuri.

—A Mikhail le llevaría horas de su ocupado día venir a buscarte. Digamos que estaba en el barrio. Entra —dice.

Abro la puerta trasera y dejo que los gemelos entren en el vehículo. Me aseguro de que el pestillo de seguridad para niños no esté activado y luego cierro la puerta, abriendo el lado del pasajero para sentarme delante junto a Luka.

—¿Por qué estabas en el barrio? —le pregunto.

—Mikhail quería que hiciera seguir a Yuri. —Mira por el espejo retrovisor a los gemelos—. ¿De dónde han sacado esos osos?

—Antonio —digo y frunzo el ceño—. ¿Por qué?

Se da la vuelta y les arranca los juguetes de las manos.

—¿Qué estás haciendo? —regaño a Luka. ¿Acaso no sabe nada de los niños? No puede robarles los juguetes y no esperar un estallido.

El labio inferior de Sophia hace un mohín y moquea, ocultando sus lágrimas.

Liam cruza los brazos sobre el pecho y su nariz se mueve con un gruñido.

—¡Eso era mío! —brama antes de que el agua salga con toda su fuerza—. ¡Devuélvelo!

Luka saca una navaja y rasga la columna vertebral del oso.

—¿Qué demonios estás haciendo? —No hay manera de que los gemelos se calmen ahora que ha destruido sus regalos.

Busca en el relleno y saca una baliza roja parpadeante.

—Los regalos son rastreadores. Posiblemente también equipos de vigilancia. —Luka entra corriendo en la gasolinera y tira los osos de peluche a la basura.

Le dice algo al empleado de turno, pero no puedo oír el intercambio. Luka no parece nada tranquilo ni educado. Probablemente esté amenazando al hombre. Eso no me sorprendería lo más mínimo.

Se apresura a volver al vehículo.

—¿Cómo demonios sabías que había un rastreador en los peluches? —pregunto.

¿Es así como Antonio había podido localizarnos anoche? Quizá debería sentirme aliviada, pero la ira resuena en todo mi cuerpo. ¿Qué más había visto? ¿Testigos?

¿Cuánto tiempo llevaba vigilándonos a mis hijos y a mí?

—He visto algo similar que era una cámara de niñera. Parece que has pasado por un infierno —dice, echándome un vistazo.

Cierra la puerta de golpe y sale disparado, sacándonos del aparcamiento.

———

Intento mantenerme despierta durante el viaje de vuelta a la ciudad, pero estoy agotada después de haber pasado toda la noche en vela. Por no hablar del subidón de adrenalina del día anterior.

Me cuesta mucho mantener los ojos abiertos.

Es difícil confiar en Luka después de lo que pasó con Yuri. Quiero preguntarle a Luka, pero estoy demasiado cansada y me cuesta mantener los ojos abiertos. Aunque no sé dónde estamos, él utiliza el GPS de su teléfono para llevarnos de vuelta a la ciudad, lo que me reconforta un poco.

El viaje es silencioso y largo y me cuesta mucho mantenerme despierta. Al final, me duermo sin querer dejar que el cansancio se apodere de mí.

El coche se detiene bruscamente y mis ojos se abren de golpe para ver que estamos justo delante de la entrada de nuestra casa.

Los guardias abren las puertas metálicas y nos permiten entrar en el recinto.

Hogar, dulce hogar.

Mikhail espera frente a la puerta principal, con la mandíbula apretada y las manos cerradas en un puño. No parece alegrarse de verme.

Pensé que me sentiría aliviada al verlo vivo, pero mi estómago burbujea de ansiedad.

Luka acerca el vehículo a la entrada principal y cierra el todoterreno. Salgo y abro la puerta trasera para que los gemelos me sigan.

—¿El príncipe italiano te ha roto el corazoncito? —bromea Mikhail. Su comentario es descarado, con los ojos entrecerrados y llenos de algo que no reconozco.

Me da una fuerte bofetada en la cara, que seguramente me dejará una marca roja en la piel, pero protejo a Sophia y a Liam de él.

—No seas estúpida, Aleksandra. Si quieres venir a casa, entonces seguirás mis reglas. Entra —ladra y señala la puerta.

Acompaño a los gemelos al interior del recinto y él me pisa los talones justo detrás de mí.

—Niños, suban a su habitación —dice—. Tengo que hablar con su madre.

—Sí, tío Mikhail —dice Sophia. Se agarra a la mano de Liam y se apresuran a subir la elegante escalera hasta su dormitorio.

Yo los observo, agradeciendo que estén fuera de la vista antes de que Mikhail diga o haga algo que pueda asustarlos. No tengo miedo de lo que me haga a mí, sino de lo que les pueda pasar a los gemelos.

—Déjame adivinar. Has decidido que has terminado de jugar a las casitas con Antonio —gruñe con disgusto.

Exhalando una respiración nerviosa, ignoro su comentario. Tal vez debería haber hecho caso a su advertencia en casa de Antonio y no haber vuelto a casa.

Levanto la vista y me encuentro con la fría mirada de Mikhail.

—Deberías saber que Yuri traicionó a la familia —digo.

Lo único que puedo hacer es esperar que Mikhail no estuviera involucrado y no tuviera conocimiento de lo sucedido. Que haya estado en la oscuridad, igual que Antonio.

—No sabes nada —gruñe y su mano se levanta por segunda vez para golpearme en la cara, pero esta vez me retiro más rápido que su golpe y sus ojos se abren de par en par, sorprendidos—. ¿Me estás desafiando, hermanita?

—Uno de los hombres de Antonio intentó asesinarme y se asoció con Yuri para vender a los gemelos.

Mikhail resopla ante mi comentario.

—¿Vender a los gemelos? ¿Quieres decir que alguien quiere a esos pestilentes mocosos?

—¡No hables así de mis hijos! —le digo, sin miedo a enfrentarme a él. Es muy posible que vuelva a abofetearme por mi desobediencia.

Mikhail pone los ojos en blanco e ignora mi comentario.

—No creas que todo es un sol y una mierda con tu llegada a casa. Vas a estar secuestrada en tu habitación. Podrás salir a comer, pero no asistirás a ninguna fiesta lujosa, ni tendrás invitados y, desde luego no saldrás del recinto. Tampoco creas que puedrás vagar libremente sin un guardia. No confío en ti, hermanita. Y da un paso en falso y te dejaré dormir en el calabozo.

—Hogar, dulce hogar —murmuro—. ¿Alguno de los guardias acompañará a Sophia y a Liam al preescolar? —Por lo general, yo los acompaño, pero si Mikhail me prohíbe salir, alguien más tendrá que asegurarse de que los cuiden cuando los gemelos no estén en el recinto.

—Luka se encargará de ello. Ahora, sube —gruñe.

Nikita solía encargarse de acompañar a los gemelos al preescolar, y yo le acompañaba. Probablemente

Luka pueda encargarse de la tarea, pero nunca lo he visto con los gemelos solo.

Subo en silencio las escaleras de madera y bajo el pasillo hacia mi dormitorio. Es temprano y estoy agotada.

Los gemelos están al otro lado del pasillo en su habitación compartida, con las literas de madera contra la pared. Abro la puerta y veo que están sentados en la litera de abajo, tirando de las sábanas, haciendo un fuerte.

Debería regañarles porque es demasiado pronto, no han dormido lo suficiente y deberían meterse bajo las sábanas unas horas más.

Pero no lo hago.

Son felices, alegres y no tienen ninguna preocupación en el mundo. No quiero quitarles esa inocencia. Sophia y Liam ya han pasado por muchas cosas. Si están llenos de alegría en casa, ¿quién soy yo para quitarles eso?

Están tranquilos y parece que no se meten en líos, así que les dejo jugar juntos. Cierro la puerta de su habitación y me alejo por el pasillo, retirándome a mi dormitorio.

.   .   .

Abro la puerta y una ráfaga de jazmín me llena las fosas nasales. Hay un frasco de perfume roto tirado en el suelo. El contenido se ha derramado y ha manchado la madera. Mi habitación está desordenada y no como la dejé.

Los cajones están abiertos; mi ropa está esparcida como si alguien estuviera buscando algo. ¿Los guardias pensaron que yo estaba involucrado en el secuestro de Mikhail? ¿Por eso saquearon mi habitación y revolvieron mis cosas por todas partes?

¿O el alboroto había sido cuando los hombres de Antonio habían destrozado el lugar, buscando a Mikhail?

No me molesto en limpiar el desorden, no ahora. Cierro las cortinas y apago las luces. Me meto debajo de las sábanas y dejo que mi cabeza golpee la almohada.

Debería sentirme tranquila, aliviada de estar en casa. Pero se me hace un nudo en el estómago. Doy vueltas en la cama, intentando dormir un par de horas para evitar el inminente dolor de cabeza que ya siento.

Pero poco sirve.

Solo puedo pensar en él.

En Antonio.

¿Por qué nos dejó ir?

¿Por qué Mario me quería muerta?

¿Hay otros que aún persiguen a mis hijos?

Me tumbo boca arriba y miro el techo. Apartando las mantas, me siento en la cama. Quiero respuestas. No, necesito respuestas, y aunque no creo que Antonio sea la persona a la que preguntar, quizá Mikhail o Luka puedan arrojar algo de luz sobre lo ocurrido. Pero no puedo confiar en que mi hermano divulgue nada más que lo que quiere que yo sepa. No es un hombre que cometa un desliz o que suelte algo que no está destinado a ser contado.

Me escabullo de la cama y cojo una muda de ropa del suelo antes de dirigirme al baño para darme una ducha caliente. Estoy cubierta de suciedad, tanto física como emocional. Me lavo todo por el desagüe y me pongo bajo el chorro caliente hasta que el agua se enfría.

Me retiro a mi habitación, me visto y limpio el desorden que queda en el suelo, guardando mi ropa. No tengo mucho más que hacer encerrada en mi habitación. La biblioteca está en el piso de abajo con una plétora de libros para esperar el momento. No hay ordenador, ni teléfono, ni televisión en mi habitación.

Salgo a hurtadillas de mi cuarto y voy en silencio por el pasillo, mis pasos son silenciosos. Recuerdo qué tabla del suelo chirría y gime con los años de vivir bajo el mismo techo, así que las evito mientras bajo las escaleras, con cuidado de que no me vean.

En mi adolescencia, a menudo me escabullía en contra de las órdenes de mi padre. Probablemente Mikhail se acuerda de mi vena rebelde, pero no es lo suficientemente inteligente como para poner un guardia en la puerta de mi habitación.

¿Por qué?

¿Cree que he vuelto arrastrándome y que le estoy pidiendo perdón? Me niego a acobardarme ante él o ante Antonio.

Bajo las escaleras y me quedo en el pasillo cerca del

vestíbulo, esperando a que no haya moros en la costa antes de pasar corriendo por una puerta abierta.

Un hombre detrás de mí se aclara la garganta.

Si fuera Mikhail, me habría agarrado por el cuello y me habría empujado. Aprieto los labios y me doy la vuelta, con las manos cruzadas delante de mí.

Luka enarca una ceja mientras me mira.

—Tienes órdenes de permanecer en tu habitación.

—A menos que me acompañe un guardia —digo, dejando que me ayude a salir.

Resopla en voz baja.

—¿Adónde vas? —pregunta. No habla en voz alta, para no despertar sospechas de los hombres que están en la oficina, a pocos metros de distancia.

Aunque no estaba espiando, no habría sido difícil hacerlo si no me hubieran pillado.

—A la biblioteca —digo.

No tengo un destino en mente. Solo quiero salir de mi habitación. Llevo demasiado tiempo encerrada y quiero sentirme como en casa, como si nada hubiera cambiado y todo estuviera bien.

Excepto que no lo está.

Todo ha cambiado.

Mikhail ha descubierto que soy una mentirosa.

El padre de los gemelos no es un héroe militar que lucha en el extranjero y no tengo intención de casarme con él. No es que crea que Mikhail quiera que me case con Antonio, probablemente me haría ejecutar antes de permitir que me case con un líder de la mafia italiana.

—Mikhail está buscando una razón para castigarte, no le des una —advierte Luka.

Odio que no se equivoque.

—¿Quieres decir que encerrarme en mi habitación no es suficiente castigo? —Exhalo una fuerte bocanada de aire y él me agarra del brazo, empujándome rápidamente más allá de la oficina abierta con los soldados rusos dentro.

Mikhail está celebrando una reunión, pero no sé de qué están hablando, probablemente tratando de vengarse de Antonio.

¿Terminará alguna vez?

—No pongas a prueba la paciencia de tu hermano —me advierte Luka y me lleva a la biblioteca y cierra la puerta tras nosotros.

Hay suficiente luz de las ventanas que entran en la biblioteca y no me molesto en encender una lámpara o el interruptor del techo.

—No le he dicho nada a Antonio sobre la familia —digo y cruzo los brazos sobre el pecho.

Luka me mira de pies a cabeza.

—Si lo hubieras hecho, Mikhail te habría matado.

Se me seca la boca y aprieto los labios.

—Alguien quiere matarme. Yuri formaba parte de la operación, intentando vender a mis hijos. —Me acerco a Luka—. Dime lo que sabes.

Sus hombros se relajan y, aunque yo estoy tensa, él no transmite el más mínimo temor o ansiedad.

—No me sorprende. Has cabreado a mucha gente. Tu hermano sugirió que nos casáramos cuando volvieras a casa.

—¿Qué? —Me rio ante lo absurdo de su sugerencia

—. De ninguna manera. No nos haría eso ni a ti ni a mí.

—Te quiere fuera de su vista y de los problemas, lejos de Antonio.

No me voy a casar con Antonio. ¿No se dan cuenta de que solo porque hayamos compartido una noche apasionada y dos hijos, no estoy atada a ese hombre?

—No le pediría a uno de sus hombres que se casara conmigo —digo, sin querer creerlo.

—Lo ha planteado varias veces desde que te fuiste y descubrió que el padre de los niños es italiano.

—¡Es una estupidez lo mucho que los rusos odian a los italianos! —gimoteo y me alejo de Luka, mirando por la ventana—. No me voy a casar contigo.

—Sí, nunca pensé que estarías de acuerdo —dice y hay una pizca de humor en su tono, como si le complaciera que no me sometiera a los caprichos de mi hermano mayor—. Pero Mikhail no acepta precisamente la palabra —no— como respuesta.

Dime algo que no sepa.

—Bueno, no puede obligarme a casarme con un hombre al que no quiero.

—Sí puede —dice Luka, mirándome con desaprobación—. Sabes que puede obligarte a hacer todo lo que quiera y si le desobedeces, le da más placer.

Refunfuño en voz baja.

—Mikhail es un sádico imbécil.

—No te equivocas —susurra, asegurándose de que nadie pueda oírnos. Hay una ligera sonrisa en su rostro.

Aunque imagino que nadie está escuchando y la puerta de la biblioteca está cerrada.

—¿Pero? —espero que defienda a su jefe.

—Es tu hermano y quiere que estés protegida y que tus hijos crezcan con un padre.

Aprieto la mirada.

—¿Y estás de acuerdo con él? ¿Que mis hijos necesitan un padre? —Ya puedo sentir el fastidio que me produce su comentario, como si fuera un premio que se puede comprar y vender a un hombre que quiere una familia.

Luka se aclara la garganta.

—Nunca he dicho eso. Esas son sus palabras. Simplemente creo que podría ser bueno para ti estar fuera de su techo, criar a los gemelos en algún lugar fuera de la ciudad.

—¿Pensé que no tenías intención de casarte conmigo? —No puedo evitar preguntarme si está intentando hacer psicología inversa conmigo.

—Oh, no es así. Solo estoy exponiendo los hechos de que Mikhail siempre te controlará a menos que te vayas lejos de aquí, lejos del complejo.

Odio que tenga razón. Frunzo los labios y arrastro los pies.

—¿Dónde se supone que debo ir? —No es que tenga un dólar a mi nombre. Mi dinero está inmovilizado y solo se libera en pequeñas cantidades con la aprobación de Mikhail.

Mi padre no me hizo ningún favor cuando murió.

—Si fuera yo, le habría pedido al padre de los gemelos la manutención. Exige una suma global y luego vete tan lejos de Nueva York como puedas.

Esta ciudad es el único hogar que he conocido, irme sin un trabajo, sin un lugar al que ir, es aterrador.

—¿Y por qué Antonio me daría un centavo?

—Podrías chantajearle —dice y se mete las manos en los bolsillos.

¿En serio acaba de sugerir que chantajee a un mafioso?

—Estás más loco que Mikhail.

¿Está intentando que me maten? Pensé que Luka y yo éramos amigos. Al menos, siempre ha mirado por mí y por mis mejores intereses.

—¿Qué? Él te secuestró a ti y a tus hijos. Podrías amenazar con ir a la policía si no te da cincuenta mil dólares.

—Eso es extorsión. —No soy la persona más inocente, pero no voy a amenazar a Antonio ni a su familia. Es más que probable que acabe muerta o con mis hijos apartados de mí.

CAPÍTULO VEINTICINCO

ANTONIO

Tres semanas después...

Ardian está descansando en el complejo, con los mejores médicos y doctores cuidando de él desde el accidente del helicóptero.

He estado esperando mi momento, vigilando de cerca a los rusos. No ha habido amenazas recientes a mi familia o a mis hermanos italianos.

Todo está tranquilo.

Casi demasiado tranquilo.

No he visto ni oído una palabra de Aleksandra. No es que esperara que siguiéramos siendo cercanos, pero es la madre de mis hijos y quiero ver a Liam y Sophia.

Pero aparecer en el complejo ruso podría ser más estúpido que cuando la secuestré. Podría iniciar la próxima guerra entre nuestras familias enemistadas y ahora mismo, hemos negociado la paz. Al menos entre las facciones de la zona de Nueva York.

No puede durar, pero no seré la razón de su destrucción. No con mis hijos bajo el techo de Mikhail. Hay demasiado riesgo.

—¿A dónde vas? —pregunta Ardian. Está encerrado en el sofá del salón, estirado, supuestamente curándose.

A mí me parece que está bien, pero camina con un poco de cojera que intenta ocultar. Seguro que le duele mucho, pero todos tenemos cicatrices de la batalla.

—¿Quién dijo que iba a ir a alguna parte?

El hombre puede leerme mejor que cualquier otra persona bajo mi techo. Al menos en Ardian confío. He desconfiado de los otros desde la traición de Mario. Pero todo el tiempo, sospeché que podría volverse contra mí, traicionarme y seguir siendo leal al hombre que maté, su jefe.

—Vas más elegante que de costumbre —comenta.

Levanto una ceja.

—Me estás prestando demasiada atención a mí y no suficiente a nada más.

—Déjeme volver al campo. Déjeme trabajar, jefe.

No puedo hacer eso, sería ir en contra de las órdenes del médico. Tiene al menos otra semana para recuperarse, si no más. Aunque puede encargarse de algunos trámites menores, de la vigilancia, el tipo de trabajo que puede hacerse desde su culo sentado en el sofá, no es eso lo que me ocupa hoy.

—Necesito información sobre Aleksandra —digo.

Se pasa una mano por la cara. Ardian murmura algo en voz baja, probablemente sobre que soy un idiota por amar a una mujer que puede hacer que me maten y no se equivoca.

—No hay nada que pueda encontrar desde este sofá —dice Ardian.

—Lo sé, así que voy a salir. —Trato de permanecer críptico sobre el lugar al que me dirijo. Aunque confío en Ardian, cualquier otra persona podría estar escuchando y no necesito problemas para seguirme. Ya tengo suficientes de eso a diario.

Últimamente, los federales han estado husmeando en la propiedad, patrullando el barrio más de lo habitual. Como si estuvieran buscando algo, pero son demasiado obvios para su propio bien.

Probablemente son novatos. Temerarios, pensando que pueden avanzar en su carrera con un golpe masivo a la mafia.

Buena puta suerte.

¿Podría Aleksandra haber delatado a ese agente federal?

Lo dudo. Si lo hubiera hecho, los federales estarían por todas partes con una orden judicial, derribando la puerta principal. Como mínimo, me habrían arrestado y acusado de secuestro. Y como eso no ha ocurrido, significa que no está hablando.

Lo cual es un alivio.

Tal vez me equivoqué y ella no estaba yendo a mis espaldas con el agente Malone.

—Volveré en una hora, tal vez dos. —No planeo estar fuera mucho tiempo. Quiero ver a Aleksandra y a los gemelos. Necesito saber que están bien.

Me dirijo al pasillo y al garaje, cogiendo un juego de llaves colgado. Arranco el motor mientras abro la puerta del garaje.

El arranque automático es una buena característica, pero no le doy el tiempo suficiente para calentar el coche antes de subir al asiento delantero y salir. De vez en cuando, miro el reloj. Los mellizos van a salir pronto del preescolar. Conozco su rutina y es el momento perfecto para ver cómo está Aleksandra.

Dependiendo de si va acompañada de un guardia y de quién sea, determinará si intervengo o vigilo, pero, en cualquier caso, necesito verla y saber que está bien.

Me apresuro a cruzar la ciudad y me detengo en un espacio cerca de la parte trasera del preescolar, donde se encuentra el parque infantil. No hay ningún niño jugando fuera. Hace un frío de mil demonios. El invierno es brutal y la nieve empieza a caer y a cubrir las calles.

La nieve cubre el parabrisas.

Me pongo un gorro y unos guantes y salgo al aire frío. Está muy por debajo del punto de congelación y la nieve es ligera y esponjosa. El sol se asoma por el cielo. Pronto anochecerá y las carreteras estarán heladas y resbaladizas.

Al salir, las botas negras me ayudan a mantener los pies calientes. Cierro la puerta del coche y meto las manos en los bolsillos del abrigo.

Una barredora se precipita por la calle, levantando nieve y lodo. Me apresuro a alejarme antes de que la nieve golpee mis pantalones de vestir, pero no soy lo suficientemente rápido.

Odio el maldito invierno.

El gruñido de incomodidad desaparece cuando veo a Aleksandra con un abrigo rojo intenso. Es largo y grueso. Lleva la amplia capucha puesta sobre la cabeza y botas de invierno a juego.

Se apresura a cruzar la calle y luego camina por la acera resbaladiza para entrar en el preescolar.

—Aleksandra —le digo, llamándola.

Ella mira hacia mí desde su destino y sus ojos se abren de par en par.

¿Me tiene miedo?

Niega con la cabeza y mira por encima del hombro. El vehículo de enfrente está iluminado, con los faros encendidos y los limpiaparabrisas limpiando la nieve de la ventanilla mientras el todoterreno está aparcado con un conductor al volante.

La están observando. Me dirijo lentamente hacia ella y tomo asiento en el banco cercano. Está espolvoreado de nieve, lo que no me ayuda a mantenerme seco, pero está justo al lado de la entrada de la acera del colegio.

Ya no puedo ver el vehículo, lo que significa que ellos no pueden verme a mí. Con suerte, no se dan cuenta de quién soy. Si lo hacen, ambos estamos jodidos.

Se acerca a mí y pone el pie en el banco como si se estuviera atando las botas de invierno.

—No tengo mucho tiempo —dice—. Los hombres de Mikhail me están vigilando. ¿Qué pasa?

—Solo necesitaba verte, saber que estás bien. —Quiero atraerla contra mí, rodearla con mis brazos y aplastarla en un abrazo. Es una estupidez y una locura, pero ella hace aflorar algo dentro de mí que es extraño y desconocido, pero cálido.

Me atrevo a decir que podría amarla. Amo a Sophia y a Liam. Es imposible no amarlos. Son perfectos. Y el hecho de que haya llevado a mis hijos, es mi debilidad, Aleksandra.

Sus ojos están vidriosos y rojos. Tiene círculos oscuros debajo de ellos. ¿Ha dormido lo suficiente? Sus mejillas están sonrosadas, pero probablemente sea por el frío. Tiene un rasguño en el cuello, pero se levanta el abrigo y ya no lo veo.

—Es complicado —dice—. Mikhail va a organizar una fiesta de compromiso para mí dentro de dos semanas.

Me trago el nudo que se me forma en la garganta. ¿Es esto lo que quiere?

—¿Te vas a casar? —Desearía haberla escuchado mal, pero sé lo que he oído y es inquietante.

¿Acaso ama al hombre con el que se va a casar?

Baja el pie del banco y luego levanta la otra bota para hacer lo mismo, volviendo a atar los cordones. Son largos y se atan desde el talón hasta la mitad de la rodilla, lo que le permite pasar unos momentos conmigo.

No es suficiente.

Quiero ver a los gemelos, abrazarlos, decirles que pueden volver a casa conmigo. Pero no estoy seguro de que eso sea lo que quieren, y supongo que tampoco es lo que desea Aleksandra.

—No quiero, pero Mikhail no me da opción.

—¿Por qué me dices esto? —pregunto. Si aparezco en la fiesta, destruiré todo lo que he trabajado para conseguir. La paz entre los rusos y los italianos se romperá.

Hace una pausa para respirar. Casi creo que es porque me quiere, pero no soy tonto para creer que querrá estar conmigo después de una noche y de obligarla a vivir bajo mi techo.

—Porque eres el padre de mis hijos y no estaré en Nueva York después de casarme. Me enviará a Rusia.

Se me cae el estómago al mencionar que se va del país. No volveré a ver a mis hijos si se va a Rusia.

—No, no puede hacer eso.

Pone su bota en el suelo. Se le ha acabado el tiempo. En cualquier momento, el guardia que la vigila saldrá del vehículo si pierde más tiempo conmigo.

—Tengo que irme. La fiesta es dentro de dos semanas en el recinto. Es a las siete. Por favor, necesito tu ayuda.

—¿Cómo se supone que voy a entrar? —pregunto.

Todos los rusos me reconocerán.

—Le sugeriré a mi prometido que hagamos una fiesta de disfraces —dice Aleksandra—. Mikhail le hará caso. —Se apresura a la entrada del preescolar y pulsa el timbre, esperando que la dejen entrar para recoger a los gemelos.

El banco está frío y el aire de fuera es aún más frío, pero me siento y espero. Quiero ver a Liam y a Sophia, aunque sea de lejos.

La nieve sigue cayendo, más gruesa y más rápida.

Pasan varios minutos antes de que Aleksandra salga a la nieve. A cada lado de ella están los gemelos, agarrados de sus manos mientras camina con ellos por la acera y luego espera a que el tráfico se despeje antes de cruzar la calle.

Sophia y Liam no parecen darse cuenta de mi presencia. Probablemente sea lo mejor. No es que ninguno de ellos pueda guardar un secreto, y no quiero que Mikhail o sus hombres sospechen que vengo por mi familia.

CAPÍTULO VEINTISÉIS

ALEKSANDRA

En el momento en que vuelvo con los niños del colegio, Mikhail se me echa encima como si acabara de atracar un banco y tomar rehenes.

—¿Has salido del recinto sin mi permiso?

Me quito la chaqueta y luego los guantes. Las prendas se secaron en el vehículo en el camino de vuelta del preescolar y aparcar en el garaje me ayudó a evitar que se me llenara la ropa de polvo.

Mis botas todavía están empapadas y si sigo el rastro de la suciedad por el recinto, nunca me enteraré del final.

Ayudo a Sophia y a Liam a quitarse la ropa de invierno mojada antes de que suban juntos las escaleras para jugar en su dormitorio. Después de que los niños están fuera del alcance del oído, finalmente respondo a Mikhail.

Está de pie, golpeando el suelo de madera con el pie, esperando mi respuesta. Tiene los brazos cruzados sobre el pecho y se muestra tenso y enfadado, peor que Antonio.

—He traído un guardia conmigo —digo, como si eso no rompiera las reglas—. No puedes tenerme encerrado para siempre.

Puede y lo hará, si quiere, pero no creo que eso sea lo que desea, o me echarían a la calle. Me cuida a su extraña manera, pero eso no significa que tenga que someterme a su voluntad y hacer lo que me ordena.

Gruñe y sacude la cabeza.

—Esa fiesta de compromiso que había planeado, puedes apostar tu culo a que va a ser una boda. Y no vas a salir de casa hasta que haya un anillo en tu dedo.

—¿Qué? —No puedo creerle—. Mikhail, no, eso no es justo.

—Estoy harto de tus payasadas infantiles. Huyendo, negándote a seguir mis órdenes directas. Tu marido tendrá el privilegio de disciplinarte y créeme cuando te digo que no será lo suficientemente pronto.

Tengo la boca seca, me tiemblan las manos, pero las cierro en puños, sin querer que Mikhail sea testigo de mi disgusto y malestar por sus amenazas.

—¿Vas a obligarme a casarme con Luka? —No es la peor opción. Hay hombres que desprecio que trabajan para mi hermano, pero tampoco es el hombre más cálido y considerado. Tampoco es particularmente bueno con los niños.

—Eso no es una sorpresa, hermanita. Sí, te casarás con Luka y te reunirás con él y tus hijos en Rusia.

No puedo. No lo haré.

—No, por favor, no lo hagas —le suplico que cambie de opinión. Un compromiso me dio tiempo para demorarme, para idear un plan para salir y alejarme de Mikhail. Había pensado que pasarían meses hasta el día de la boda y la mudanza fuera del país.

—Ya está hecho. Lo decidí mientras estabas de paseo con tus hijos. Los arreglos están hechos.

Frunzo los labios y necesito idear un plan rápido. Le dije a Antonio que intentaría que la fiesta de compromiso fuera un baile de disfraces.

—Si es mi boda, ¿puedo opinar sobre el vestido, el atuendo de los invitados, la temática? Me encantaría hacer un tema del viejo mundo con invitados con trajes elegantes.

Mikhail se ríe y sacude la cabeza.

—Hermana, esta boda es para ti. Me alegro de que te subas a bordo, pero no, tu prometido y mis hombres se encargarán de todo lo necesario. No tienes que preocuparte por nada —dice y su mirada se endurece—. Y de ninguna manera mis hombres se vestirán con otra cosa que no sea un esmoquin. Lo último que necesito es que intentes vestir a una de las doncellas para casarse con Luka.

—Yo no haría eso. Quiero ayudar a planear mi boda —digo. Si no está de acuerdo con la fiesta de disfraces, ¿cómo se colará Antonio en el recinto?

—¡No! —Mikhail se muestra firme y autoritario, dejando claro que es él quien manda—. Dejarás que Luka y mis hombres se encarguen de los preparativos. Si escucho una palabra de que estás involucrado en algo, te encerraré en el calabozo hasta que te cases. ¿Está claro?

—Como el cristal —me quejo entre dientes apretados.

CAPÍTULO VEINTISIETE

ANTONIO

La noche antes de la fiesta...

Todavía no puedo entender el hecho de que Aleksandra se vaya a casar, y no parece que haya sido consentido por ella.

Su hermano bastardo la está vendiendo a uno de sus hombres.

Al menos esa es mi opinión sobre todo el escenario.

Tal vez me equivoque. Podría estar cuidando a su hermana pequeña, pero obligarla a casarse con un hombre al que no ama y enviar a su nueva familia a

Rusia suena más a un regalo para Mikhail que para la nueva familia.

¿Con quién se va a casar?

Quiero detalles. Todavía tengo que idear un plan, y no puedo hacerlo sin saber un poco más de la fiesta de compromiso.

Así la llamó ella, pero mi instinto me dice que es algo más que una fiesta de compromiso. Si fuera yo quien obligara a alguien a casarse, utilizaría la fiesta de compromiso como tapadera y pretendería que la pareja se casara de inmediato.

Mikhail no es ingenuo. Debe darse cuenta de que ella quiere salir, y cuanto más espere, más tiempo tendrá ella para escapar.

Todo lo que sé por ser un jefe de la mafia me dice que la boda es mañana. La fiesta es una treta para que Aleksandra cumpla; pero necesito más detalles. Si es una boda, es poco probable que los invitados vayan vestidos con trajes de gala. Dudo que su prometido o Mikhail acepten esa sugerencia.

Ardian y yo tropezamos con un club de mala muerte al otro lado de la ciudad. Está en territorio ruso, y no es un secreto que hacen negocios en el club de striptease. No es el más mínimo detalle de lujo o de esplendor, el lugar parece una fachada para el lavado de dinero y probablemente lo sea entre otros actos ilegales.

No es que me importe.

Ardian se ha estado recuperando y aunque no está a la altura de la bebida esta noche, puede ayudar a ser mis ojos y oídos. Además, aprecio su compañía y que me cuide la espalda.

Y estoy seguro de que está encantado de pasar una noche admirando el baile de las damas.

Adentrarse en territorio ruso es peligroso, pero parece la única opción si planeo conseguir información antes de la fiesta. Como sospecho, tanto si se trata de una fiesta de compromiso como de una boda, necesito detalles.

El club está a oscuras, y pago la entrada para los dos al entrar. No reconozco al portero ni al camarero cuando entramos. No es que venga aquí tan a menudo.

No me gusta tirar mi dinero a los rusos y sus socios. Pero el lugar sirve bebidas decentes y las mujeres ofrecen una bonita vista. Además, siempre hay una oportunidad para bailar y, aunque no necesito pagar por la atención de una mujer, es agradable disfrutar del entretenimiento de vez en cuando.

La iluminación es tenue, lo que nos ayuda a pasar desapercibidos al entrar. Nadie nos presta atención, ¿y por qué iban a hacerlo cuando hay muchas mujeres bailando para captarla?

Nos dirigimos a una esquina del fondo y nos sentamos. La camarera se acerca y se ofrece a tomar nuestros pedidos de bebidas. Yo pido un whisky con hielo y Ardian pide un ginger ale.

Normalmente, me bebería por debajo de la mesa, pero entre los analgésicos y el hecho de que nos lleve de vuelta al complejo cuando hayamos terminado, su culo seguirá sobrio.

—Todavía no reconozco a nadie —dice, echando un largo vistazo al lugar.

—¿Eso incluye a las chicas? —pregunto con una sonrisa de complicidad. He oído que ha salido con una de las bailarinas. No estoy seguro de que sea cierto, pero los rumores suelen empezar con algún mérito de verdad.

—Sí —dice y se ríe, desviando la mirada, es entonces que sus orejas se enrojecen.

Ardian se ha acostado con una de las bailarinas. Aunque supongo que no está aquí, o su atención estaría en ella y no en nuestra misión.

—De todos modos, ¿cómo quieres hacer esto? ¿Pagar un par de bailes eróticos y ver si las chicas hablan? ¿O esperar a los compinches de Mikhail?

—Todavía es temprano. Podemos pagar un baile, pero no esperaría que las chicas supieran mucho —agito la mano con desprecio—. Dale tiempo. —Tengo buena información de que los bratva frecuentan este lugar, concretamente varios de los hombres de Mikhail. Aunque normalmente no viajaría a su territorio para obtener información, me estoy topando con un muro y necesito un avance.

No puedo presentarme en su complejo sin un plan para sacar a Aleksandra y a los gemelos. Lo último que quiero es poner sus vidas en peligro.

———

Después de tomar copas, bailes eróticos y recibir

información durante más de una hora y media, el gerente del club visita nuestra mesa.

—Espero que hayan disfrutado del entretenimiento, pero esta noche cerramos temprano.

—¿Por qué? —pregunto, ofreciendo una sonrisa amistosa. Un lugar como éste no cierra temprano por casualidad cuando aún no es tarde.

—Tenemos una fiesta privada —dice el gerente—. Un amigo de la familia ha alquilado el club esta noche para una despedida de soltero. Desgraciadamente, es solo con invitación.

Es decir, que nos van a echar a patadas.

—¿Seguro que no podemos pagar un par de horas más? Seremos discretos y nos mantendremos al margen. —Saco mi cartera y descubro varios billetes crujientes de cien dólares.

No me preocupa que los hombres de Mikhail me reconozcan.

Quizá debería preocuparme, pero estamos en una cabina del fondo, con las luces apuntando hacia el escenario. En un rincón oscuro del club, solo somos dos hombres disfrutando del espectáculo.

CAPÍTULO VEINTIOCHO

ALEKSANDRA

El día de la boda...

No tengo forma de contactar con Antonio de nuevo. Todavía no tengo teléfono. El mío fue abandonado en casa de Antonio y Mikhail me ha prohibido contactar con el mundo exterior.

La fiesta de compromiso ha sido un revuelo.

Me voy a casar con Luka esta noche.

Y, por si fuera poco, mañana nos vamos a Rusia. Un país que no he visitado desde que era una niña. No es mi hogar y sospecho que tampoco es el de Luka. Pero Mikhail ha hecho los preparativos y nos ha dado un lugar para vivir, documentos de viaje y transporte.

Además, Luka sabe que no debe desafiar a Mikhail.

A diferencia de Antonio, que se niega a inclinarse ante mi hermano o cualquier otro, Luka nunca traicionaría a su jefe.

Para Luka, siempre estaré en segundo lugar.

Nunca se ha tratado de lo que yo quiero. Siempre se ha tratado de lo que es mejor para Mikhail, y sacarnos del país y alejarnos de él es su prioridad. Pero no es lo mejor para los gemelos o para mí.

El personal de la casa se afana en prepararse para la boda. Intento no vomitar.

¿Le miento a Luka y le digo que estoy embarazada de Antonio?

Dudo que eso sirva de algo. Luka ya ha aceptado ser el padre de Sophia y Liam. Aunque no es especialmente cariñoso o amistoso con los niños, tampoco tiene el corazón frío.

Pero no es su padre y yo no quiero a Luka.

¿Antonio aparecerá esta noche, y si lo hace, llegará antes de la boda? Le dije que a las siete, pero la boda se ha adelantado a dos horas.

Hay un vestido de novia en mi habitación, colgado en la parte trasera de la puerta.

El sol se está poniendo y lo único en lo que puedo pensar es en coger a los niños y salir corriendo. Pero no llegaríamos lejos sin ayuda.

Y Luka no va a ayudarme a huir.

Aunque no me quiera, no traicionará a Mikhail.

————

El día se convierte en noche y me pongo el vestido requerido, no porque quiera, sino porque hay pocas opciones. Tanto si me pongo un vestido de novia, como si me pongo un pantalón de chándal o no me pongo nada, seguiré viéndome obligada a soportar una boda en contra de mi voluntad.

El vestido me queda bien, teniendo en cuenta que no he podido elegirlo ni probármelo previamente. Hay un montón de vestidos en el armario de mi habitación que probablemente usaron para determinar mi talla.

Necesito ayuda para subir la cremallera de la espalda, pero me niego a esforzarme e intentar hacer la tarea por mi cuenta.

—¡Mamá! —grita Sophia mientras golpea la puerta con el puño y esta se abre de golpe. La niña sabe que hay que llamar, pero no entiende el principio de esperar a que la dejen entrar. Y mi puerta no tiene cerradura por dentro.

Cualquiera puede entrar y salir a su antojo, lo que me irrita sobremanera.

Sophia está vestida con un vestido amarillo margarita. Es elegante y con volantes y se gira para mostrarme el nuevo vestido que le han regalado para esta noche.

—Parezco una princesa —dice riendo.

Liam entra en la habitación unos instantes después. Está increíblemente elegante con su traje negro y su camisa blanca. Tiene el ceño fruncido y las mejillas rojas.

Pisa el suelo de madera y me entrega su corbata amarilla a juego.

—Ayuda —dice, empujando la pajarita hacia mí.

Liam no parece nada contento de vestirse para esta noche y no estoy segura de que entienda siquiera lo que está pasando, que su madre está siendo obligada a casarse con un hombre al que no ama.

He intentado proteger a mis hijos, pero no les he hablado largo y tendido sobre la boda o sobre Luka.

Deben tener preguntas.

—Los dos están increíbles —digo y me arrodillo a la altura de Liam, asegurando la pajarita para terminar su conjunto de forma impecable. Si no me estuvieran obligando a casarme, me empaparía un poco más de la experiencia, pero lo único que puedo hacer es echar un vistazo al reloj.

¿Aparecerá Antonio cuando sea demasiado tarde y esté casada con Luka?

¿Qué pasará entonces? ¿Luchará Antonio por mí o me dejará ir?

Unas pesadas botas pisan el pasillo. Levanto la vista

hacia la inminente figura en la puerta. Casi espero ver a Luka, pero no es él.

Mikhail siempre va vestido con su traje negro, su camisa de vestir blanca y sus brillantes zapatos negros.

—Hermana —dice con su marcado acento ruso. Es más marcado que el mío. Llevo años intentando no sonar como la familia y mezclarme con los de la ciudad.

Aprieto los labios y me pongo en pie.

Sophia se apresura detrás de mí ante la presencia de Mikhail. ¿Puede sentir el peligro que se cierne sobre él? En su lugar, Liam mira fijamente a Mikhail, sin el menor temor o intimidación.

—¿Por qué tengo que vestirme como tú? pregunta Liam.

Aunque imagino que no es intencionado, Mikhail mira a Liam con un gruñido. Es su forma de ser. No es nada bueno con los niños. No sé cómo Liam no está aterrorizado por el tío Mikhail.

—¿No te gusta mi forma de vestir? —pregunta

Mikhail. Hay una pizca de diversión en su tono y me preocupa la respuesta de Liam.

Si insulta a su tío, es muy posible que lo castiguen, y no quiero que eso le ocurra a mi hijo. Pero si intervengo, el castigo será diez veces más severo para ambos.

—Hace calor —dice Liam y se contonea en su traje. Se quita la pajarita y se desabrocha la chaqueta del traje.

—¿Oyes a este chico? —Mikhail le lanza una pulla a Liam—. Algún día se espera que lleves traje y te vistas como la familia cuando te hagas cargo del negocio.

No quiero que mi hijo se convierta en alguien como su tío o su padre, el jefe de la bratva o de la mafia. Pero me contengo la lengua. Sé que no debo iniciar una guerra con mi hermano. Al menos no quiero que sepa que estoy a punto de traicionar sus planes de casarme con Luka.

Lo menos que puedo hacer es agachar la cabeza hasta que aparezca Antonio. Si es que viene a ayudar. No hay garantía de que entre por la puerta principal y mucho menos que pueda ayudarme.

—Quiero ser astronauta —dice Liam, mirando fijamente a Mikhail—. Tu trabajo es aburrido.

Francamente, Liam no tiene ni idea de a qué se dedica Mikhail.

Estoy agradecida de haber podido proteger a Liam todo lo posible mientras vivía bajo el techo de Mikhail. Los bratva no tienen el menor secreto sobre sus órdenes o lo que hacen a los prisioneros.

Al final, Liam y Sophia no estarán ciegos ante la violencia. Otra razón por la que tengo que salir mientras pueda y mudarme a Rusia solo sería peor.

Quizá Luka no reciba órdenes directamente de Mikhail, pero hay otros jefes en Rusia. La bratva no solo hace negocios en Nueva York.

Nikita se pasea por el pasillo.

—Jefe —dice, asomando la cabeza en mi habitación.

—¿Oyes a este tipo? —Mikhail señala con el pulgar en dirección a Liam. Él suelta una carcajada como si no se sintiera ofendido. No sé si es un espectáculo que está montando para sus hombres, como Nikita, o si no le molesta lo más mínimo el comentario de Liam.

Espero que sea esto último, pero no estoy seguro.

—¿Qué pasa? —pregunta Mikhail, mirando a su empleado.

—Hay un huésped no invitado en el piso de abajo —dice Nikita, mirándome fijamente.

¿Podría ser Antonio? No se presentaría en la puerta de entrada y esperaría un saludo cálido.

A menos que esté tratando de planear una distracción.

CAPÍTULO VEINTINUEVE

ANTONIO

No he venido solo a la fiesta, no es que Mikhail y sus matones sepan que he traído compañía.

Dos de mis hombres están en el maletero. Pueden tirar de la palanca en la parte trasera para salir cuando nadie está mirando.

En cuanto entro por las puertas abiertas, un enjambre de hombres armados rodea el vehículo.

Uno de los guardias me grita, con el arma levantada en la ventanilla lateral.

—¡Salga, despacio!

Sonrío, complacido por la facilidad con que los guardias muerden el anzuelo. Soy un hombre buscado por la bratva y los soldados de Mikhail son demasiado crédulos.

Mientras no registren el vehículo. Pero me tienen a mí, lo que quieren y no voy a oponer resistencia.

—No estoy armado —digo y mantengo las manos en alto para que no me disparen sin querer. Son el tipo de hombres que disparan primero y luego limpian el desastre después de enterrar el cuerpo.

—No me importa. Vete —dice el ruso. Gruñe su respuesta, con la barba espesa y el ceño fruncido. No parece alegrarse lo más mínimo de verme, como si hubiera arruinado la fiesta.

Bien.

No tienen ni idea de lo que hay en el orden del día. Tengo la intención de arruinarles el día.

No estaba seguro de llegar a tiempo. Aleksandra había dejado claro que debía llegar a las siete, pero no hacía falta mucho para escuchar los murmullos de los hombres rusos presumiendo de boda y enviando a los niños al internado.

Mis hijos.

Luka, su prometido, disfrutó de su última noche de libertad en el club.

Pero algo me dice que un hombre como Luka no va a dejar de tener a la mujer que quiera, casada o no.

¿Por qué se va a casar con Aleksandra?

Ella ha dejado claro que no le ama, pero ¿qué gana él con el acuerdo?

Me sacan del vehículo y me tiran a la hierba, de cara.

Escupo el trozo de tierra que me llega a la boca. Agradezco que no haya nieve ni hielo en la hierba.

El ruso me palpa, asegurándose de que no llevo ningún arma, antes de ponerme en pie y empujarme hacia la puerta principal.

—¡Aleksandra! —grito, esperando llamar su atención. Quiero que sepa que estoy aquí y que el plan está en marcha.

—¡Cállate! —El ruso me agarra del pelo y me tira de la cabeza hacia atrás. Su pistola está metida debajo de mi barbilla.

Uno de los soldados se apresura a subir las escaleras con una misión, si es que alguna vez he visto una.

¿Está asegurando a Aleksandra para que no pueda llegar a ella, o recuperando a Mikhail?

—De rodillas. —El ruso con la pistola me empuja de nuevo al suelo.

No soy un hombre que se arrodille, ni ante los rusos ni ante nadie.

Pero me obliga a ponerme en el suelo de madera y mis piernas se doblan. Si acabo disparado, o peor, muerto, no le sirvo a Aleksandra

—He estado esperando este día —dice Mikhail mientras sus ojos brillan bajo la iluminación colgante del vestíbulo, mientras baja las escaleras como un hombre con una misión.

¿Es esa misión casar a su hermana o asesinarme? Tal vez esté contento porque cree que tiene la oportunidad de hacer ambas cosas.

¿Habrán conseguido mis hombres escabullirse del maletero del coche sin ser descubiertos?

—¿Esperando qué? ¿A que me maten? —pregunto. Intento ponerme en pie, pero el ruso me derriba de nuevo, clavando su puño en mi estómago y pasando su pierna por debajo de la mía.

—¡No le hagas daño! —Aleksandra se apresura a bajar las escaleras y pasa por delante de uno de los rusos, que refunfuña algo en voz baja.

Mikhail ni siquiera la mira por encima del hombro.

—¡Se supone que estás arriba!

—¡Lo amo! —Aleksandra se apresura a bajar las escaleras y se libera cuando otro guardia la agarra por el brazo—. Suéltame.

Es una mujer luchadora y vibrante, una fuerza a tener en cuenta.

Intento no sonreír al verla con un precioso vestido de novia, las mejillas sonrosadas y el ceño fruncido.

Es hermosa.

Y tengo la intención de hacerla mía.

—¿Amas a este tonto? —Mikhail levanta una ceja y me señala con el pulgar como si no pudiera creer las palabras pronunciadas.

Tampoco estoy seguro de que las diga en serio, pero

está claro que está dispuesta a decir cualquier cosa para no casarse con Luka y mudarse a Rusia.

No la culpo. Yo haría lo mismo.

—Es el padre de mis hijos, lo cual ya sabes —dice y mira al alto matón ruso que no deja de agarrarla por el brazo, intentando silenciarla y ponerla en su sitio.

Pero la chica no escucha.

Es feroz. Ardiente.

Exactamente la mujer que quiero reclamar.

La expresión de Mikhail es sombría y su nariz se tuerce con un gruñido.

—¿Prefieres casarte con la escoria italiana y ser repudiada por la familia que aceptar la mano de Luka?

—No se va a mudar a Rusia —digo. Que se case o no conmigo no es lo importante. No voy a dejar que mis hijos se suban a un avión y se trasladen al otro lado del mundo.

—Habrá una boda —dice Mikhail y antes de que pueda decir algo más, le interrumpo.

—Aleksandra se casará conmigo.

—¿Qué? —dice ella, mirándome con ojos muy abiertos, como los de un ratón.

—Sí, ¿perdón? —Mikhail inclina ligeramente la cabeza mientras reflexiona sobre la idea. Mira a su hermana pequeña y de nuevo a mí—. ¿Esperas mi bendición?

—Espero que no nos mates.

Se ríe como si hubiera hecho una broma y cruza los brazos sobre el pecho. Acaricia su larga y espesa barba mientras considera mi petición.

—¿Qué podría obtener a cambio de que te cases con mi hermanita? —pregunta.

Está claro que quiere algo, pero no estoy seguro de lo que implica. Nunca me enteré de lo que Luka obtenía del acuerdo, aparte de una familia y un nuevo hogar lejano.

No voy a renunciar a nada de mi territorio. Si eso es lo que espera conquistar, antes empezaremos una guerra entre nuestras familias, otra vez. Pero intento ser civilizado, mantener la calma y aunque no parece que tenga la sartén por el mango con mis rodillas en el suelo y mi mirada fija en Mikhail, mis hombres deben estar ya arriba rescatando a mis hijos.

Estoy ganando tiempo para ellos.

Y me casaría con Aleksandra sin dudarlo.

Mikhail espera mi respuesta.

—Dos cabras y un buey —digo.

Resopla y pone los ojos en blanco ante mi comentario. Mikhail no tiene sentido del humor.

—No estoy en venta —dice Aleksandra. Se siente insultada.

Bien, entonces mi oferta era creíble.

—Al contrario —dice Mikhail con una sonrisa malvada—. Le estaba pagando a Luka para que me la quitara de encima.

—¿Qué? —Los ojos de Aleksandra se abren de par en par.

¿Cómo no se dio cuenta de que el acuerdo matrimonial tenía algún tipo de valor monetario?

Luka no se casaba con ella porque la amaba o porque intentaba salvarla de su hermano mayor. No podía ser tan ingenua para pensar que el matrimonio era algo más que una herramienta de negociación.

—¿Crees que disfruto manteniéndote a ti y a tus revoltosos mocosos bajo mi techo? Os he tolerado porque sois de la familia. Pero después de huir y traicionar a los de tu sangre, he tenido suficiente.

A Aleksandra se le cae la mandíbula.

—¡Eso no es justo! Eso no es lo que pasó —dice, apresurándose a aclarar que ella no traicionó a su hermano. ¿Es porque quiere reparar el desgarro entre ellos o por otra cosa?

Mikhail hace un gesto de desprecio a Aleksandra.

—No me importan tus excusas. Te casarás con Luka a menos que Antonio quiera entregar el control de su reino.

—¡Él nunca hará eso! —Aleksandra se acerca más a su hermano, llegando a mirar fijamente su mirada fría como la piedra.

Tiene razón y no voy a entregar el control de mi imperio a la bratva rusa. Pero tengo que esperar. Estoy esperando a que mi reloj inteligente suene con un mensaje codificado, un texto que me haga saber que mis hijos están a salvo.

Todavía no ha habido ninguna alerta ni ningún mensaje, así que intento retrasar lo inevitable. Además, cuanto más tiempo esté en el vestíbulo, no me detendrán en su prisión, o peor, moriré.

—Seguro que te vendría bien más dinero —digo.

—¿Quieres comprar a mi hermana? —pregunta Mikhail con una carcajada—. Nunca te tomé por el tipo de hombre que pagaría por sexo.

—No estoy pagando por una noche con Aleksandra. Estoy pagando por cada noche con ella por el resto de mi vida.

Aleksandra se estremece y sus ojos se tensan, pero no puedo leer sus emociones. ¿Está enfadada por mi sugerencia?

—¿Cuánto? —pregunta Mikhail. Hace un gesto con la cabeza para que su hombre me ponga de pie—. No hago negocios con hombres que mendigan.

No estaba rogando ni suplicando por mi vida, pero no vale la pena la discusión ni el desperdicio de aliento.

—Cien mil. Es suficiente dinero para financiar tus actividades extracurriculares —digo. No es ningún secreto que la bratva se dedica al tráfico ilegal de armas.

Mikhail acerca a Aleksandra y sus dedos se enredan en su pelo.

—Es mi única hermana. Vas a tener que hacerlo mejor que eso —se ríe.

—Lo doblaré.

Deja de sujetar a Aleksandra y se acaricia la mandíbula, considerando la oferta.

—Doscientos mil. Además, quiero un diez por ciento de los activos brutos de tu negocio y una disculpa por secuestrar a mi familia.

Está loco, pidiendo un porcentaje de mi negocio. Ignoro su petición de disculpa. Los Don no se disculpan ni se arrastran, incluso cuando están jodidamente equivocados.

—Doscientos mil y nos vamos sin empezar la próxima guerra mundial —amenazo.

El jefe ruso resopla ante mi sugerencia.

—¿Guerra? No se puede ganar una guerra con la bratva. ¿No recuerdas lo que pasó la última vez, lo que le hicimos a tus familias? —Hay una mueca en su cara, un brillo de regocijo en sus ojos.

Es evidente que disfruta torturando a mujeres y niños, víctimas indefensas. Haría todo lo posible por herir a los más cercanos a mí y no me extrañaría que hiciera lo mismo con Sophia y Liam.

Pero si sobrevivir significa ignorar su comentario y rescatar a mis hijos de la bratva, entonces tendré que perder esta batalla para ganar la guerra.

—¿Tenemos un trato? —pregunto secamente. Detrás de él, en la parte superior de la escalera, hay un poco de movimiento. Son Sophia y Liam, estoy seguro.

¿Están con Ardian y Monte? Si puedo ver fácilmente a los gemelos, cualquier hombre de Mikhail también podría verlos.

—¡Mamá! —Sophia chilla y se apresura a bajar las escaleras con su hermano justo detrás de ella. Lleva un vestido amarillo brillante y el pelo un poco revuelto, con un lazo amarillo a juego en la mano.

Mis hombres no están a la vista.

No pudieron ser atrapados, o Mikhail habría sido informado.

¿Siguen buscando a Sophia y a Liam en la propiedad?

Liam se apresura a acercarse a la cadera de Aleksandra, asegurándose a su lado cuando el humo comienza a salir del hueco de la escalera.

La alarma de incendios suena con una molestia aguda que resulta ensordecedora.

—Dmitri y Nikita, averigüen qué demonios está pasando. Todos los demás, fuera —grita Mikhail por encima de la alarma que pica en los oídos.

Aleksandra agarra a Liam, sujetando su pierna y yo cojo a Sophia y la levanto en mis brazos mientras salimos por la puerta principal con Mikhail y la mayoría de sus hombres a la cabeza.

Dos de sus guardias suben las escaleras hacia el humo, tosiendo, con las armas en alto al unísono.

¿Ardian y Monte provocaron un incendio arriba? ¿Por eso enviaron a los gemelos abajo para protegerlos de más peligro?

¿Hay un incendio, o es solo un señuelo?

Mis hombres pueden manejar fácilmente a dos de sus soldados, pero ¿por qué desafiar una orden directa de recuperar a los gemelos y salir del edificio?

—¿Tú has hecho esto? —Mikhail gruñe y me señala con el dedo mientras nos apresuramos a salir.

El aire es gélido y Sophia tiembla en mis brazos. Me quito la chaqueta negra y la deslizo sobre sus hombros para ayudarla a entrar en calor.

Liam tiene su cara enterrada en el pecho de Aleksandra y sus manos están metidas contra el vestido de ella, haciendo todo lo posible para mantener el calor.

—Déjanos ir —digo—. Los niños se están congelando. Déjame meterlos en el coche y llevarlos a casa.

—¿A casa? —Mikhail se ríe con su marcado acento ruso—. ¿Y crees que es contigo?

Aleksandra se acerca a su hermano y apoya una mano en su brazo.

—Déjame ir con él.

—Le prometí a nuestro padre que me encargaría de cuidarte. Eso significa que te vas a casar, hermanita.

A Mikhail se le ha metido en la cabeza la idea de que Aleksandra sea una novia, quiera o no casarse.

Sophia se estremece en mis brazos. Mi chaqueta no es suficiente para mantenerla caliente con la puesta de sol. Lo último que quiero es que mis hijos se pongan enfermos por estar a la intemperie.

—Deja que me case con tu hermana. Ya te he hecho una generosa oferta —le digo.

¿Qué hace falta para convencerle de que Aleksandra y los niños están mejor conmigo?

—Por favor, Mikhail. Es el padre de los niños —le suplica Aleksandra.

—¡Mikhail! —llama Nikita, saliendo a toda prisa.

Mikhail refunfuña, se suelta de Aleksandra y sube las escaleras hacia su soldado.

—¿Qué has encontrado? —pregunta. Es ruidoso, abrasivo, y no puedo evitar preguntarme si mis hombres ya han salido. Tal vez el fuego fue una distracción para que se escabulleran hacia el vehículo.

Pero ese no era el plan. Algo debe haber salido mal.

—Una vela fue derribada en la habitación de Aleksandra. Dimitri y yo apagamos el fuego, pero su habitación tiene importantes daños por humo —dice Nikita. Su camisa blanca está sucia, cubierta de humo y suciedad del incendio de arriba.

—Límpiense —ordena Mikhail—. Que todo el mundo vuelva a entrar. Hace un frío de mil demonios aquí fuera.

No sigo su orden. No soy uno de sus hombres.

—Me llevo a Aleksandra, Sophia y Liam a casa. — Estoy harto de ganar tiempo e intentar negociar con un hombre que quiere sangre.

Mis hombres deben haber prendido fuego a la habitación de Aleksandra en su propio intento de escapar.

Mikhail mira de mí a su hermana.

—¿Es esto lo que quieres? Una vez que te vas, no hay vuelta atrás, Aleksandra.

Se acerca a mí, rozando su cuerpo con el mío.

—Lo amo y los niños merecen la oportunidad de conocer a su padre.

Las mejillas de Sophia están rojas. Se aparta ligeramente para mirarme a la cara.

—¿Conoces a mi papi? —pregunta.

—Soy tu padre —le digo, mirándola fijamente a sus pálidos ojos azules. Ella tiene la misma mirada de Aleksandra.

Las mejillas de Sophia están rojas y se estremece en mi abrazo. No espero a que Mikhail responda. Aprieto a la pequeña contra mí y agarro el brazo de Aleksandra, tirando de ella para que me siga hasta el coche. La puerta trasera no está cerrada con llave y me apresuro a abrir la puerta, metiendo a Sophia dentro mientras Aleksandra ayuda a guiar a Liam al otro lado.

El dobladillo de la bata de Aleksandra está sucio, la cremallera trasera se ha desabrochado hasta la mitad de la espalda. Tiene el pelo desordenado y el maquillaje corrido. Es hermosa, y es mía.

CAPÍTULO TREINTA

ALEKSANDRA

¿Le he dicho a Antonio que le quiero?

Él lleva a Sofía al coche y yo guío a Liam al asiento trasero antes de subir al lado del pasajero.

En la parte trasera, hay dos asientos elevados. Antonio se ha preparado para llevar a los gemelos a casa. ¿Sabe en qué se está metiendo al tener una familia? ¿Está preparado para ser el padre de mis hijos?

No puedo dejar de temblar por el frío que hay en el aire. Mi vestido no es nada práctico para llevar en invierno. Por no hablar de mi falta de calzado.

Antonio arranca el motor cuando está en el asiento del conductor y el aire frío sale a borbotones por las rejillas de ventilación. Empujo las rejillas de ventilación, apuntando a cualquier parte menos a mí.

—Pronto se calentará —dice.

El calor no puede llegar lo suficientemente rápido. Me estoy congelando y tengo las manos rojas y entumecidas. Miro a los gemelos mientras se abrochan los cinturones de seguridad. Conocen la rutina. Aunque no estoy segura de que entiendan lo que está pasando, algún día podré explicárselo cuando sean mayores.

—¿Eres mi papi? —pregunta Sophia.

Antonio pisa el acelerador y el motor ruge.

—Espero que hayan vuelto, chicos —dice.

¿Qué chicos? ¿Ha traído a sus hombres?

Se oye una respuesta apagada y miro a mi alrededor, preguntándome de dónde demonios ha salido eso.

¿El maletero?

Antonio mira su reloj mientras suena un mensaje de texto. No puedo leerlo desde mi asiento, pero imagino que es algún tipo de indicación de que es hora de irse.

Mikhail acaba de dejarnos ir. Hay algo que no cuadra. Ningún guardia nos persigue con las armas desenfundadas y cuando Antonio hace avanzar el coche hacia la verja, el guardia del extremo opuesto abre la puerta metálica y nos deja salir.

Pasamos a toda velocidad por la puerta y miro por el retrovisor lateral.

Mikhail no aparece por ninguna parte.

—Ha sido demasiado fácil —susurro.

—De acuerdo —dice Antonio mientras agarra el volante con los nudillos blancos. De vez en cuando mira por el espejo retrovisor, como si buscara a Mikhail o a sus hombres que nos siguen.

Pero ellos saben dónde vive.

No les será difícil encontrarnos. Y esto no ha terminado; conozco a mi hermano. No va a dejar las cosas sin resolver.

———

Llegamos de nuevo al recinto. La casa está tal y como la dejamos, excepto que mi cama está hecha, mi ropa guardada y las sábanas cambiadas. Nunca pensé que me aliviaría estar aquí bajo su techo. Pero tal vez me equivoqué y Antonio no es tan malo.

—Gracias —susurro, mirándolo fijamente mientras me detengo en la entrada de mi habitación.

Está en el pasillo acompañándome al piso de arriba, pero no sé por qué. ¿Pretende encerrarme o tiene algo que quiere decirme en privado?

Sophia y Liam están jugando en su habitación, preparándose para un concurso de talentos. Aunque no tengo la menor idea de qué talentos tienen. Es muy dulce que quieran actuar para nosotros y que hayan cerrado la puerta, haciéndonos prometer que no entraremos porque quieren que sea una sorpresa.

—¿Puedo entrar? —pregunta Antonio.

Doy un mero encogimiento de hombros y una leve sonrisa.

—Es tu casa —le digo. Si quiere entrar en mi habitación, nada se lo impedirá.

—Escucha, sé que puedes haber dicho lo que has hecho para librarte del agarre de tu hermano. Puedes quedarte aquí todo el tiempo que quieras, pero no te voy a obligar a mudarte a Rusia —dice.

Doy un suspiro de alivio.

—Bien, porque tendría que abofetearte si planeas que nos mudemos a cualquier lugar fuera del país.

—¿Incluso a Italia?

—Dime que estás de broma. —No tengo ganas de bromear con mudarme a un país extranjero después de la mierda que me hicieron pasar Luka y Mikhail recientemente.

Antonio me ofrece una cálida sonrisa.

—¿Puedo entrar? —vuelve a preguntar.

—Sí, claro —digo y me adentro en mi habitación, arrastrando los pies hacia la cama.

Antonio me sigue y cierra la puerta.

—Escucha, lo que le dije a tu hermano iba en serio. Me gustaría que fuéramos una familia de verdad.

—¿Como Dios manda? ¿Quién eres tú y qué has hecho con el hombre que me secuestró?

Ni siquiera esboza una sonrisa.

—¿Un chiste malo? —digo y me muerdo el labio inferior. Me dejo caer en el borde del colchón del fondo de la cama. La rabia que albergaba por Antonio ha empezado a desvanecerse. No hay resentimiento por lo que hizo, secuestrarnos.

Antonio se acerca y viene a situarse sobre mí, revoloteando, asomándose. Tiene la extraña habilidad de hacer que se me revuelva el estómago.

Respiro con nerviosismo y rezo para que no se dé cuenta. El corazón me martillea en el pecho. Es el único que tiene la capacidad de dejarme sin palabras.

—Traerte aquí la primera vez fue para protegerte —dice y se acerca más, al tiempo que su mano guía mi barbilla hacia arriba para que le mire fijamente—. Siento si te he hecho sentir incómoda.

Eso es lo menos que ha hecho y abro la boca para contraatacar, pero sus labios están sobre los míos en el momento en que lo hago.

El beso es caliente, apasionado y feroz.

Antonio es fuerte y el magnetismo entre nosotros es contundente.

Un beso lleva a dos y lo aprieto contra mí, tirando de él hacia la cama. Nunca me he sentido tan necesitada o desesperada en mi vida.

¿Quizá lo amo? Ciertamente lo deseo y me encantan los sentimientos que despierta en mi interior. Incluso cuando está enfadado, hay una intensidad acalorada que nunca se apaga.

—No debería haberme ido —digo. No soy una idiota. Sabía que volver al recinto de la bratva conllevaba riesgos. Había sido ingenua al esperar que mi hermano dejara que el pasado se olvidara.

Y lo que es peor, había puesto la vida de Antonio en peligro.

Apoya su frente contra la mía, capturando mis labios en otro beso abrasador antes de tumbarme de espaldas. Con facilidad, me guía hasta la cabecera de la cama antes de sentarse a horcajadas sobre mí, inmovilizándome bajo él.

Ya siento el bulto en sus pantalones y su deseo ardiente por mí. Sus ojos son oscuros: un tono más profundo y rico de chocolate que me derrite las entrañas mientras me penetra.

Joder.

Va a dejarme morir de forma lenta y sensual.

Quiero sentirlo, tocarlo, saborear cada centímetro de su cuerpo. Mis dedos recorren sus brazos y él me agarra las muñecas, inmovilizándome con fuerza sobre el colchón.

—Eres mía —gruñe—. Puedo hacer lo que quiera contigo.

Un escalofrío recorre mi cuerpo.

La única noche que compartimos hace años no fue exactamente así, pero odio admitir que me muero por dentro, deseando explorar su cuerpo. La forma en que habla sucio hace que me deshaga fácilmente.

No me derrumbaré bajo su fuerza, su poder.

—Nadie es mi dueño —digo, mirándolo fijamente, desafiándolo. No hay ira ni resentimiento. No hay hostilidad, salvo que él es más fuerte que yo y que estoy luchando por el control sexual.

Se inclina y me muerde juguetonamente el labio inferior, tirando de él entre los dientes.

¿Se da cuenta de lo fácil que es hacer que una chica se estremezca?

Mi respiración es entrecortada mientras balanceo mis caderas contra las suyas. Su rodilla me roza entre los muslos, con el vestido incómodamente colocado con la espalda aún medio desabrochada y la falda subida hasta las rodillas.

—Todavía no, *Tesorina* —susurra y me sonríe, satisfecho de sí mismo.

—Por favor —sueno necesitada, sin aliento, y mi deseo se ve alimentado por el hecho de que hace demasiado tiempo que no tengo un hombre en mi cama.

Mi cuerpo palpita y tiembla mientras él choca contra mis caderas, con una sonrisa cómplice por la satisfacción de lo que puede hacer.

—Quiero ver cómo te corres —dice y sus palabras son mi perdición; los dedos de mis pies se curvan y mis entrañas se aprietan, queriendo sentirlo dentro de mí. Totalmente vestida, me estremezco y tengo espasmos, mi cuerpo se hace cargo, encontrando la liberación mientras arqueo mi espalda hacia él.

Me abraza con fuerza y no puedo negar la atracción física, el deseo que fluye a través de mí. Tampoco es que quiera hacerlo.

Quiero esto con Antonio.

Lo quiero a él.

Mi corazón se acelera cuando mi cuerpo finalmente se calma. Se aparta de mí el tiempo suficiente para ayudarme a quitarme el vestido, despojándome de la indeseada bata, pero dejándome las bragas puestas.

Antonio me besa a lo largo del vientre, inhalando mi aroma mientras su nariz roza mis bragas.

—Estás empapada para mí —susurra con una sonrisa de complicidad.

—¿Contento contigo mismo?

—Lo considero un logro, hacer que una mujer hermosa se corra en mis brazos, con la ropa puesta —comento y eso hace que mis mejillas se enciendan.

—No es nada de lo que avergonzarse —dice y se aparta de mí lo suficiente como para tirar su ropa al suelo junto con mi bata—. Aunque debería sugerir que esperemos hasta nuestra noche de bodas.

Gimoteo ante la mención de que nos vamos a casar. Estoy harta de hablar de bodas. ¿Por qué tengo que atarme a alguien para el resto de mi vida?

—Eres cruel —me quejo. ¿Está jugando, tratando de irritarme de nuevo? Porque está funcionando.

Hay un brillo de complicidad en sus ojos.

—¿Por qué? Ya has tenido tu primer orgasmo de la noche —dice—. En todo caso, estaría deteniendo mi placer. Pero lo entiendo. Quieres más de mí.

—Quiero cada centímetro de ti —susurro, mirando fijamente su oscura mirada.

—¿Dónde lo quieres? —pregunta y se inclina, recorriendo mi labio superior con su lenga, sin ceder todavía. Me cuesta todo lo que hay en mí para no deshacerme, solo por sentirlo burlarse de mí, con su cuerpo sobre el mío.

Gimoteo en señal de protesta. Este hombre me va a matar.

—Me estás matando —gimo, acercándolo y apretándolo más, queriendo sentir su polla dentro de mí.

Me sonríe, dejando caer suaves y ligeros besos sobre mis labios.

—Estás exagerando.

—Nunca pensé que fueras tan jodidamente provocador —refunfuño.

Sus labios se cierran, pero una sonrisa de satisfacción adorna su rostro.

—Y te gusta —me susurra por lo bajo—. Tu cuerpo no miente.

Me inclino para capturar sus labios y girar sobre nosotros, desesperada por tomar el control, por dominarlo. Pero él no lo permite. En el momento en que intento dominarlo, me inmoviliza, recordándome que él manda.

—Tu desesperación es sexy, *Tesorina* —dice—. El rubor se extiende por tus pechos. Apuesto a que te duele por dentro por mí. ¿No es así?

Le gruño, pero él se ríe antes de inclinarse y chuparme el cuello.

—Te juro que si dejas una marca —refunfuño, pero mi determinación se desmorona. Me ha hecho flaquear y la sensación palpitante entre mis muslos ha aumentado hasta un deseo que no recuerdo haber experimentado antes.

—De eso se trata. Te estoy marcando, reclamándote —dice—. Que todos los hombres vean que me perteneces.

Sus palabras encienden un fuego que crece dentro de mí.

—No te corras todavía —me advierte—. No hasta que te dé permiso.

Un gemido sale de mis labios porque ya estoy al borde del abismo, pero él no me deja caer en el olvido, al menos no todavía.

—Por favor. —Ya no me importa suplicar lo que quiero. ¿Es eso lo que le gusta oír?

—Quiero sentirte dentro de mí.

—Buena chica —susurra y siento cómo se burla de mi entrada—. Ahora, ¿era tan difícil de decir?

Cierro los ojos de golpe y doblo las piernas, dejándole un amplio espacio para que me llene. Me duele, pero es un dolor bueno. Me estira para acomodar su tamaño.

Había olvidado lo grande que era y cómo se siente su polla dentro de mí.

La última vez que estuvimos en la ducha, fue rápido y duro.

Esta vez no es menos duro, pero también está atento a mis necesidades. Sin embargo, quiero centrarme en él. Esta noche me ha salvado, me ha rescatado, incluso se ha ofrecido a casarse conmigo.

Me muevo en la cama y le rodeo con las piernas, arrastrándolo más adentro de mí.

—Joder —gruñe. Tiene la cara roja y empuja más rápido, más fuerte, metiendo su polla más adentro.

—Quiero ver cómo te corres —digo, mirándole fijamente. Guío mis dedos a lo largo de su espalda y mis uñas bajan arañando su piel hasta su culo, marcándolo como él me marcó a mí.

—Ven conmigo —gruñe.

Cada empujón me acerca más al límite.

Mi espalda se arquea y los dedos de mis pies se curvan mientras él me penetra más profundamente que nunca. Me estremezco y me aferro a su polla. Mis entrañas tiemblan y se estremecen cuando se derrama dentro de mí.

—Mierda —maldigo, dándome cuenta de que hemos olvidado usar protección.

Antonio tarda un minuto en darse cuenta de que he dicho algo.

—¿Qué pasa? —pregunta, apartándose de mi cuerpo.

Salgo de la cama y me dirijo al baño para limpiarme. No es que sirva de mucho para evitar otro embarazo, pero no puede hacer daño.

—No usamos condón —digo por encima del hombro mientras cierro la puerta del baño.

CAPÍTULO TREINTA Y UNO

ANTONIO

Un condón. ¿Eso es lo que le preocupa?

Probablemente es el hecho de que podría terminar embarazada de nuevo. Pero ya le he dicho que me casaré con ella y quiero estar en la vida de Sophia y Liam.

Abre la puerta del baño cuando termina. Aleksandra es impresionante. Hay un brillo en ella y el hecho de que esté desnuda me la pone dura. No puedo apartar la mirada de su cuerpo.

—¿Sería el fin del mundo? —le pregunto—, ¿si te quedaras embarazada otra vez? —No es que estemos intentando tener otro hijo, pero me perdí todas las primicias con los gemelos. No me lo perdería otra vez.

Me bajo del colchón y la atraigo hacia mí, rodeándola con mis brazos.

—¿Otra vez? —se ríe, mirando mi polla.

—Es culpa tuya; estás tan condenadamente guapa. —Hay una brusquedad, un calor que chisporrotea entre nosotros, incluso ahora.

—¿Y qué quieres que haga diferente? —pregunta.

La empujo hacia la cama y la tiro sobre mi regazo.

—Absolutamente nada —digo y aplasto sus labios con los míos. Quiero devorarla de pies a cabeza, descubrir cada peca e imperfección que la hace realmente única.

Y eso es lo que pretendo hacer.

—¡Mamá! —Sophia golpea la puerta contigua.

La pequeña tigresa irrumpe sin esperar y nos mira con ojos amplios y confusos. No estamos lo más mínimo vestidos ni decentes.

—¡Fuera! —grito señalando la puerta.

Los ojos de Sophia se convierten en dos cascadas mientras vuelve a entrar en su habitación.

—Mira lo que has hecho —me regaña Aleksandra mientras me empuja y cruza el dormitorio hacia el tocador. No se pone el vestido de novia. Está tirado en el suelo.

Cojo la ropa que está esparcida por el suelo y me pongo primero los bóxers.

—¿Yo? —pregunto—. Se metió sin esperar el permiso.

—Es una niña —dice Aleksandra y pone los ojos en blanco. Ya vestida con el sujetador y las bragas, se sube los pantalones por las caderas.

Es imposible no mirar a la mujer tan sexy que está a unos metros de mí.

—Relájate. No es que tenga ni idea de lo que ha visto —le digo.

Me pongo los pantalones y luego la camisa de vestir.

—¿Estás seguro de eso? —Me paso la mano por el pelo. Lo último que necesito es traumatizar a la chiquilla.

—Déjalo. Si empieza a hacer preguntas, ya me encargaré yo —dice Aleksandra.

—Bien, porque no estoy preparado para la charla sobre sexo con los gemelos.

—¿Y crees que yo lo estoy? —Ella emite un fuerte suspiro—. Por suerte, tenemos unos cuantos años hasta que se produzca esa discusión.

Mientras me abrocho la camisa de vestir, Aleksandra se pone la blusa por encima de la cabeza. Me hace falta toda mi fuerza para no acechar y arrancarle la ropa.

Abre la puerta contigua y desaparece en el dormitorio de los niños.

Exhalo una fuerte bocanada de aire y espero un momento antes de seguirla. No puedo evitar el malhumor y la irritación que emanan de mi interior. No estoy acostumbrado a estar rodeado de niños y mucho menos de los míos.

Todo esto es todavía nuevo para mí, extraño.

Me acerco a la puerta abierta y me apoyo en la jamba, asomando la cabeza a la habitación.

Aleksandra está arrodillada en el suelo junto a Sophia. Su voz es suave y, aunque no puedo oír lo que le dice a nuestra hija, parece que ayuda a calmar a la pequeña tigresa.

¿Estoy realmente hecho para ser padre? ¿O estoy empeorando las cosas al tenerlas aquí bajo mi techo?

—Me ha gritado —dice Sophia, con las mejillas sonrosadas y el mayor de los pucheros en la cara.

—Y tu papi está increíblemente arrepentido de haberte gritado —dice Aleksandra, mirándome por encima del hombro.

Se me seca la boca al oír el nombre de papi en sus labios.

Me quedo de pie, asombrado, al darme cuenta de que tengo dos hijos. Son de mi sangre. Claro, hace tiempo que sé que he tenido hijos, que los mellizos son míos, pero aún no he asimilado el hecho de que me van a admirar, de que puedo moldear e influir en su futuro.

Es mucho para asimilar y aceptar.

—No lo siento —digo entre dientes apretados.

Los ojos de Sophia brillan con lágrimas. Joder. Estoy a punto de hacer llorar a la niña otra vez.

Aleksandra se levanta y gira sobre sus pies.

—Voy a hablar con tu padre —dice. Se mueve a la velocidad del rayo hacia mí y me agarra del brazo antes de empujarme a su habitación.

Cierra la puerta con el pie, asegurándose de que la conversación quede entre nosotros.

Bien. Me parece bien.

—¿Se supone que debo tener miedo de ti? —pregunto. Prácticamente sale vapor de ella y la pasión en sus ojos me hace querer inmovilizarla contra la pared y demostrarle quién coño manda.

Ella gime. Tengo la extraña habilidad de frustrarla o tal vez de ponerla nerviosa. Probablemente un poco de ambas cosas.

—Los niños no están acostumbrados a tu descaro. Tienes que bajar el tono, o nunca conectarán contigo.

Intento ser amable, pero no soy la persona más amable y considerada del mindo, dirigir la mafia no me permite ser dulce y cálido.

—¿Crees que no me doy cuenta? —pregunto, con la voz más alta de lo que pretendo.

Está arrinconada contra la puerta y me inclino hacia delante, empujando mi mano contra el material de madera, atrapándola.

—Lo hago lo mejor que puedo —digo.

—Pues hazlo mejor —bromea Aleksandra y sus ojos se clavan en los míos—. Ahora que saben que eres su padre, vas a tener que ser un hombre y actuar como un padre con esos dos niños de ahí.

—¿Qué crees que he estado haciendo desde el día en que te mudaste? —la cuestiono. Hice que mis hombres aseguraran los juguetes de los gemelos, la ropa, cualquier cosa que quisieran fue llevada al complejo.

—¿El día que me mudé? —se ríe en voz baja y se da cuenta de que no estoy sonriendo—. Tienes una forma de pensar curiosa, Antonio.

Me inclino más cerca, mi aliento se mezcla con el suyo. Pero no la beso.

—Solo quiero lo mejor para mis hijos —digo.

—Nuestros hijos —me corrige y me empuja con fuerza la mano contra el pecho, haciéndome retroceder varios metros—. Tienes que aprender a bajar el tono de tu ira, de tu agresividad, de lo que sea que te mantiene al frente de la mafia. Los gemelos no tienen por qué formar parte de esa hostilidad.

Doy un paso atrás, fuera de su alcance.

—Tienes razón.

Me quema la razón que tiene y la rabia me desgarra por dentro. Mataría por proteger a mis hijos y a Aleksandra. El mero hecho de haber hecho llorar a Sophia hace que mi corazón se acelere y mi estómago dé un vuelco.

Me dirijo a la puerta principal para salir del dormitorio al pasillo.

—Antonio —dice, llamando tras de mí.

Me acerco a la puerta, con la mano en el pomo. No me doy la vuelta, pero espero. Le doy tiempo para que diga lo que tenga que decir.

¿Ridiculizará la forma en que traté a Sophia?

—¿Siempre vas a huir de mí? —pregunta.

Me burlo de su sugerencia y no puedo dejarla pasar. Me doy la vuelta para mirarla y me apoyo con la espalda en la puerta.

—¿Cuándo he huido yo? Si no recuerdo mal, me apartaste. Mantuviste en secreto el hecho de que estabas embarazada. Dime, Aleksandra, ¿cuándo he huido de ti?

Se detiene un segundo.

Hubo una ocasión en la que me fui después de encontrar la tarjeta de visita de aquel agente del FBI, pero ella me dijo que me fuera.

Su lengua sale y se pasa por el labio superior.

—Tienes razón, pero ahora estás huyendo. Tener hijos no es fácil. No te vayas porque metiste la pata y le gritaste a nuestra hija. Acepta la responsabilidad.

Suena como una madre, regañando a un adolescente. Pero no soy su hijo y no estoy en la adolescencia.

—Vas a cometer errores —dice, su voz es más suave, más gentil y más tranquila. Si uno de nosotros es racional, es Aleksandra. Se acerca a mí y desenreda mis brazos cruzados contra el pecho.

—Yo no cometo errores —gruño.

Espero que ponga los ojos en blanco, pero es mucho más paciente de lo que esperaba. Es difícil discutir con ella cuando no se enfrenta a mí. Esta conducta tranquila me desconcierta.

—Claro que no —dice y levanta una ceja. Su mirada se fija en la mía, esperando que diga algo.

Probablemente quiere que me disculpe.

Maldita sea.

Yo no me disculpo. Es un signo de debilidad entre la familia, mi familia mafiosa. Pero Aleksandra también es parte de mi familia ahora... y Sophia y Liam.

Suspirando, aprieto la mano de Aleksandra y entierro la ira, silenciándola dentro de mí. Nadie podrá saber nunca el poder secreto que ella tiene sobre mí. Mis hombres no me mostrarían el debido respeto que me he ganado. Pero que mi hija me tema es lo último que quiero que ocurra.

CAPÍTULO TREINTA Y DOS

ANTONIO

Dos semanas después...

Situado detrás de mi escritorio, Ardian entra en mi oficina.

—Señor, tenemos compañía.

Antes de que pueda dar más explicaciones, Mikhail le empuja y entra en mi despacho a grandes zancadas. Su guardaespaldas lo acompaña, bloqueando la puerta.

Ardian se apresura por el pasillo y solo puedo suponer que para recoger refuerzos y armas.

—¿Cómo has entrado por la puerta? —pregunto.

¿Alguno de mis hombres accedió a dejarle entrar? No puedo evitar preguntarme si alguien más me ha traicionado desde lo sucedido con Mario.

Hay una sonrisa malvada en su rostro.

—No te preocupes por asuntos tan poco importantes, Antonio. —Mikhail se acerca a mi escritorio y finalmente se sienta frente a mí. Sube las piernas sobre el mueble de madera, con las botas sucias y llenas de nieve que deja sobre los papeles esparcidos.

Aparto mi portátil, fuera de su camino y cierro la tapa.

—¿Qué quieres? —me enfurezco. No está aquí para una visita agradable. Eso no existe entre nosotros y nunca existirá.

—He venido a cobrar lo que es mío por derecho. Te di a mi hermana y a sus hijos. Todavía no me has pagado los doscientos mil y mucho menos un porcentaje de tu imperio.

Me burlo de su idea de un trato. Soy un hombre que

cumple su palabra, pero tengo la sensación de que no está aquí solo por el dinero.

—En cuanto me des el número de ruta y de cuenta, te transferiré los fondos que hemos acordado —digo. Haría cualquier cosa para proteger a mi familia, incluidos Aleksandra, Sophia y Liam.

—Bien, porque no me gustaría hacer nada drástico —dice y se ríe—. Tengo a dos hombres vigilando a los gemelos en su preescolar y otro tiene un arma apuntando a tu novia. No hagas ninguna tontería.

Luego mete la mano en el bolsillo.

—No voy a por un arma —me asegura y revela una tableta de mano, la cual gira para mostrarme la pantalla.

Hay imágenes de vigilancia de los gemelos en el patio de recreo del preescolar y sus hombres son visibles justo fuera de la puerta. Mueve la pantalla con la mano y me muestra la segunda serie de imágenes, con una pistola apuntando a Aleksandra.

Ella está en la parte trasera de un vehículo. Está oscuro. Tiene cinta adhesiva en los labios y sus manos aparecen atadas a la espalda.

—¡Déjala ir!

—En cuanto tengamos el dinero, hasta el último céntimo —dice y me entrega un papel con sus números de ruta y de cuenta para realizar la transferencia.

Exhalo un fuerte suspiro. ¿Esto es lo que me espera cada mes?

Extorsión y amenazas a mi familia.

Me niego a doblegarme o acobardarme ante hombres como Mikhail. Pero tengo que ir con cuidado para asegurarme de que Aleksandra y mis hijos están ilesos.

—¿Te importa? —digo, señalando sus botas empapadas sobre mi escritorio.

Mikhail se ríe y retira los pies de la madera, sentándose erguido.

—Nunca pensé que fuera tan fácil extorsionarte —dice. Ni siquiera intenta ocultar el hecho de que se regodea debajo de su apariencia tranquila.

Abro mi portátil y me conecto al ordenador. Un momento después abro el navegados para transferir los fondos a su cuenta bancaria. Probablemente sea una cuenta en el extranjero, imposible de rastrear.

—No volverás a acercarte a mi familia —le advierto.

Ha sido demasiado fácil para Mikhail llegar a los gemelos, a Aleksandra y entrar en mi despacho. ¿Cuántos de mis hombres me han traicionado? Siento que la traición arde dentro de mí como un infierno. Mikhail está haciendo la guerra, y mis hombres han demostrado ser desleales.

—No debes preocuparte, Antonio. Si continúas con los pagos mensuales, no volverás a verme —dice.

Exhalo una fuerte bocanada de aire.

—¿De cuánto estamos hablando? —Había pedido el diez por ciento bruto, pero no es que tenga acceso directo a mis registros financieros ni a los recibos de las transacciones. No hay rastro de papel en el negocio en el que estoy, y él lo sabe.

—Veinte por ciento —dice—. ¿Eso va a ser un problema?

Su guardaespaldas se para en la puerta y mira desde el pasillo hacia su jefe y luego hacia mí. Se aclara la garganta ante Mikhail. Solo puedo suponer que es una señal, pero ¿de qué?

El arma de su guardaespaldas está apuntando a su cadera y el reflejo del metal me llama la atención. No la tiene en la mano, lo que significa que podría coger mi pistola de repuesto bajo el escritorio y eliminar a Mikhail o al guardaespaldas. Es poco probable que haga los dos disparos antes de recibir yo mismo una o dos balas.

Y estoy más preocupado por Aleksandra y los gemelos. Si doy un paso en falso, podrían morir.

Aprieto los labios. No me gustan los chantajes. Aunque soy un hombre de la mafia, también soy un hombre de palabra.

—Acordamos el diez por ciento —digo. Técnicamente, no estaba contento con ese acuerdo, pero habría dicho cualquier cosa para alejar a Aleksandra y a los niños del mafioso ruso.

Mikhail se echa hacia atrás en la silla estirando los brazos y pone las manos detrás de la cabeza.

—Bueno, el precio ha subido.

—¿Perdón?

Que está diciendo que no va a subir el precio de nuevo en un mes. Es tan malo como el proveedor de cable que me da una puta manguera. Al menos con el cable, tengo un servicio. ¿Qué obtengo de Mikhail? Ciertamente no que nos deje en paz.

—Te fuiste con mi hermana y no pagaste.

Se cree mi dueño.

—¡Eres hombre muerto! —amenazo, con el corazón golpeando mi caja torácica.

—Recuerda quién empezó esta guerra —dice—. Tú trajiste la muerte a tu puerta y a las casas de tus hermanos de la mafia. ¿Estás seguro de que quieres volver a hacerlo?

Mi labio superior se mueve con un gruñido.

—Eres un monstruo.

—No es peor que si secuestras a mi sobrino y trabajas para Roberto. —Mikhail no puede dejar pasar eso.

—¿Ves a Roberto dirigiendo la mafia por aquí? —No voy a confesar el asesinato de Roberto. No puedo arriesgarme a que Mikhail haya entrado aquí con otra agenda, llevando un micrófono y tratando de incriminarme.

Mira alrededor de mi oficina desde su posición en la silla.

—Parece que te ha ido bien. Déjame darte un consejo, hermano. —Hay desdén en su tono, arrogancia, y la ira hierve a fuego lento en la superficie.

—No quiero tu consejo —le digo.

—Pero deberías aceptarlo —dice. Su comportamiento es tranquilo, ¿y por qué no debería serlo? Está consiguiendo todo lo que quiere, joder—. No jodas con la bratva a menos que estés preparado para la guerra. Tu predecesor fue un insensato al creer que podía vender a Liam, y por cuánto, ¿un par de cientos de miles a una familia rica que quería un hijo caucásico? Casi destruyes a tu propia familia, y ni siquiera lo sabías.

Tiene razón, la cagué, empecé una guerra, pero lo dejamos todo atrás. ¿No es así? Hicimos una tregua, un alto el fuego y el acuerdo había sido dejar que Mikhail volviera a la bratva con la condición de que él y sus hombres dejaran en paz a las otras familias de la mafia. Su guerra era con nosotros.

—Te he pagado tu dinero —digo, girando la pantalla del ordenador para que pueda ver el recibo de la transferencia de fondos—. Quiero que liberen a Aleksandra y que dejen en paz a mis hijos.

CAPÍTULO TREINTA Y TRES

ALEKSANDRA

Tengo la boca cubierta con cinta adhesiva y las manos atadas con una cremallera a la espalda.

—Lo siento, Aleksandra, pero te vas a casar conmigo y nos vamos a mudar a Rusia —dice Luka.

Nunca he sabido que fuera un monstruo, pero trabaja para Mikhail.

Intento gritar, suplicar a Luka que no lo haga, pero la cinta adhesiva me impide decir algo inteligible. Todas las palabras son amortiguadas y murmuradas. Podría silenciarme fácilmente con su pistola, pero no parece querer que muera.

Estamos en la parte trasera de un todoterreno, aparcado enfrente de la escuela infantil. Dos de los matones de Mikhail están viendo a mis hijos jugar fuera de la puerta.

Pateo y me defiendo con mi cuerpo, sin dejar que Luka me controle.

Ya han matado a un hombre, Gian, mi guardaespaldas que me había acompañado a recoger a los gemelos del preescolar.

Está muerto en el vehículo detrás de nosotros.

Después de que Luka disparara a Gian en la cabeza, me sacó del todoterreno y me metió en la parte trasera de su vehículo. Debería haber opuesto más resistencia, pero los otros dos hombres que estaban con él, Dmitri y Nikita, dejaron claro que matarían a Sophia y a Liam.

Con Dimitri y Nikita al otro lado de la calle, aprovecho la oportunidad para golpear con todo el peso de mi cuerpo a Luka. Él maldice en ruso y me gruñe, agarrándome por el cuello.

—Intento protegerte.

Luka es un mentiroso.

Si quisiera protegernos a mis hijos y a mí, nos dejaría en paz.

Deja de agarrarme por el cuello el tiempo suficiente para que use mis piernas para golpearle en el pecho. Mi objetivo es su entrepierna, pero es un blanco móvil, lo que hace difícil asestar un golpe cada vez que lo ataco.

—Antonio te va a hacer daño —dice, como si pudiera razonar conmigo y no me hiciera daño físicamente. Quiero gritarle, pero la cinta adhesiva hace difícil decir algo en voz alta.

Me apoyo en la puerta del coche y golpeo con fuerza mis piernas en el asiento trasero hacia Luka. Intento alcanzar el pomo de la puerta y consigo abrirla de un tirón. Casi puedo llegar a la acera si consigo empujar mi cuerpo fuera del coche.

En cuanto me levante sobre mis piernas, podré correr.

Pero Luka tiene otras ideas: me agarra de las piernas y me empuja hacia la puerta opuesta, con la espalda apoyada en el asiento mientras él se eleva sobre mí. Sus manos me rodean el cuello y me ahogan.

Grito y suplico contra la cinta adhesiva, pero él no puede entender nada de lo que digo y nadie más puede salvarme tampoco.

La puerta de atrás está ligeramente entreabierta y lucho por escapar, pero sin mis manos no puedo luchar, y su cuerpo inmovilizado contra el mío me impide moverme.

—Vas a morir, Aleksandra, y luego vamos a masacrar a tus hijos —amenaza. Ahora tiene la cara roja y los ojos negros como la noche. Hay una oscuridad detrás de ellos que nunca había visto antes.

Las lágrimas me queman los ojos y mi visión se vuelve borrosa y luego negra.

Por un segundo, pienso que podría estar muerta, que todo ha terminado; pero hay una conmoción, un ruido, unas voces que no reconozco y lo único que oigo es un zumbido en los oídos, y no puedo concentrarme en el sonido.

Luka ya no me sujeta. Alguien lo saca del vehículo.

¿Es Antonio? ¿Ha venido a salvarnos?

—Aleksandra —la voz de la agente Melinda Malone se abre paso entre la niebla. Me quita la cinta adhesiva de la boca y me ayuda a sentarme, desatando mis manos—. Es bueno que hayamos puesto un equipo de vigilancia en el preescolar.

¿Van detrás de Antonio o de Mikhail?

Jadeo y miro más allá de la agente del FBI mientras un equipo de sus hombres tiene esposados a los miembros rusos de la bratva: Luka, Dmitri y Nikita.

—¿Sophia y Liam? —Necesito saber que están a salvo.

—Están dentro del preescolar con todos los demás niños —dice—. Puedes relajarte. Todo ha terminado.

¿Se ha acabado? ¿Qué pasa con Antonio?

Necesito saber que Mikhail no lo tiene como rehén, ni que le hace daño. Si fueron a por mis hijos y a por mí, ¿por qué no iban a ir a por él?

Pero no puedo llevar a los agentes federales a su recinto sin traicionar su confianza. Me muerdo el labio inferior y salgo del vehículo.

—¿Puedo ver a los gemelos? —pregunto.

—Por supuesto. —Me lleva al otro lado de la calle y toco el timbre, entrando en el edificio. El agente Malone me espera fuera. Habla con otro agente mientras yo entro en el preescolar.

Cierro la puerta tras de mí y me siento aliviada cuando me conceden la entrada al interior y los gemelos son ajenos al drama que acaba de desarrollarse. Me abrazan y me cuentan su emocionante día, cómo han pintado árboles con los dedos y cómo han aprendido a cultivar verduras.

Es un alivio que estén a salvo.

—Denme un segundo —les digo a los gemelos y me acerco a Kira, la directora del preescolar.

—¿Sabes lo que está pasando? —pregunta—. Nos han comentado algunos padres que hay una redada del FBI fuera. Tienen miedo de salir con sus hijos.

Es fácil mentir.

—No sé nada —digo y espero que no haya pruebas de la cinta adhesiva que tenía en la cara. Mis muñecas están doloridas y magulladas, pero ella no puede ver las marcas que me han dejado con el abrigo de invierno puesto—. ¿Me prestas tu teléfono? Me he dejado el mío en casa —le digo.

Necesito localizar a Antonio y asegurarme de que Mikhail no está dentro del recinto.

—Por supuesto —dice y saca su móvil, en seguida marco el número de Antonio. Agradezco que me lo haya dado y me haya dicho que lo memorizara.

Suena y oigo un ruso malhumorado

—¿Hola?

Se me cae el estómago y me tiemblan las manos al oír su voz.

Es Mikhail.

Hago girar los labios y termino la llamada. Rápidamente bloqueo el número al que acabo de llamar y le devuelvo el teléfono a la directora. Si Mikhail intenta volver a llamar, espero que no lo consiga.

—Gracias —digo y ofrezco una débil sonrisa.

Acompaño a los gemelos al exterior y el agente Malone se encuentra a unos metros de la entrada conversando con otro agente del FBI.

—Agente Malone —digo y traigo a los niños conmigo. No quiero decir mucho delante de Liam y

Sophia, pero necesitamos que nos lleven a casa de Antonio y necesito su ayuda.

———

Antonio me va a odiar. Puede que nunca me perdone, pero tal y como yo lo veo, su seguridad y su vida valen más que cualquier cantidad de ira que me pueda otorgar.

Los gemelos están sentados en la parte trasera del coche patrulla del FBI. Me sitúo con ellos y, cuando doblamos la esquina del recinto y nos acercamos a la entrada vigilada, me inclino hacia delante.

—Abre la ventanilla y déjame hablar a mí —digo.

Por lo que sé, no tienen una orden judicial. Están aquí porque los he invitado y les he pedido ayuda.

La ventanilla automática se baja mientras reducimos la velocidad y nos ponemos a gatas.

—¿Aleksandra? ¿Dónde está Gian? —pregunta uno de los guardias, confundido porque no estoy con su compañero.

—Los rusos lo han matado —digo—. Mikhail está

respondiendo al teléfono de Antonio. ¿Dejaste que Mikhail y sus hombres entraran en el recinto?

—¡Claro que no! —bromea el guardia, consternado por mi sugerencia. Se lleva una mano y coge el teléfono para conectar con el recinto. Cuando nadie responde, nos hace pasar.

—Quédate en el coche —dice el agente Malone mientras se acercan a la entrada principal.

—Voy a entrar con ustedes. —Me niego a dejar que los federales me obliguen a sentarme en la parte trasera de su coche—. Antonio no sabrá confiar en ti, y Mikhail es mi hermano. Soy el mejor negociador que tienen y conozco la disposición del edificio. Me necesitan —digo, insistiendo en que me dejen acompañarlos al interior.

Se detiene un segundo, considerando mi petición.

—Tus hijos se quedan en el vehículo —dice el agente Malone y sale del coche y abre la puerta trasera, dejándome salir.

—Quédate aquí —digo, dándoles un rápido beso a los niños antes de saltar del asiento trasero y cerrar la puerta—. Cierren el coche. —No quiero correr el riesgo de que Mikhail se escape y me secuestre a mis hijos.

—Ya está hecho. ¿Crees que no sabemos hacer nuestro trabajo? —pregunta. Blandiendo su arma y me hace un gesto para que me ponga detrás de ella mientras subimos las escaleras—. Deberías estar esperando en el coche. Esto va contra el protocolo.

Resoplo ante su comentario.

—No estarías entrando si no fuera por mí —le recuerdo con tono de protesta.

—Estamos en el mismo bando —dice el agente Malone—. Pero no puedo hacerme responsable de ti si te disparan.

—No te culparé ni te demandaré si eso es lo que te preocupa —le digo bruscamente.

¿Está tratando de disipar la tensión que se está gestando entre nosotros porque no está funcionando?

Espera a que Antonio descubra que la dejé entrar por la puerta principal.

CAPÍTULO TREINTA Y CUATRO

ANTONIO

—¿Crees que una mísera paga cada mes que te permitirá mantener a tu familia? —Mikhail se ríe—. Gracias por la pequeña paga de hoy, pero Luka se casará con Aleksandra y se mudarán a Rusia —dice.

—¡Fuera de mi casa!

—Aquí ya no mandas tú —dice. Se levanta y me hace un gesto para que me levante del escritorio.

—Estás jodidamente loco si crees que te vas a hacer cargo de la mafia —digo—. Deja que Aleksandra y los gemelos se vayan.

—¡Arriba! —brama y me apunta con su pistola a la cara.

Me meto debajo del escritorio y recupero mi arma, blandiendo el metal hacia él, quitando el seguro.

De poco sirve. Su guardaespaldas me apunta con una pistola y ahora tengo dos armas apuntando a mi cabeza.

—Luka enviará a tus mocosos a un internado en cuanto el avión aterrice en Rusia. Tienes suerte de que haya sido su idea. Le dije que debería matarlos —dice.

—¡Nadie tocará a mis hijos, o te quemaré a ti y a tus hombres hasta los cimientos!

Mikhail sonríe ante mi amenaza, sin sentirse intimidado por mis palabras.

—Promesas, promesas. Ahora, ¡arriba! —grita la orden para que me levante de la silla.

Gruño mientras me alejo del escritorio.

¿Dónde diablos está Ardian? ¿Dónde están mis hombres?

Mikhail se sube a la silla de cuero, fingiendo ser el jefe de la mafia.

Eso es todo lo que sabe hacer, fingir. Mis hombres nunca se inclinarán ante él ni aceptarán sus órdenes.

Los disparos estallan en el pasillo y salgo de mi despacho a toda prisa, con una ráfaga de balas rociando el pasillo.

Los cuerpos yacen en el extremo opuesto, muertos. Parecen ser los hombres de Mikhail.

Ardian se pone a cubierto en la entrada del estudio, junto con Monte y Otello.

—¿Qué demonios está pasando? —ladro mientras me coloco junto a ellos en la pared opuesta del estudio.

—Mikhail ha traído a todo su puto ejército —dice Ardian.

Miro hacia abajo y me doy cuenta de que hay sangre en el suelo y cuatro cuerpos más. Agarro un arma de uno de los individuos fallecidos. No es que vaya a echarlo de menos.

—¿Quién demonios les ha dejado entrar en el complejo?

—Treparon por la valla, apagaron las imágenes de seguridad el tiempo suficiente para que sus hombres escalaran el perímetro —dice Monte.

—Joder —refunfuño. Nos estaban esperando—. ¿Se sabe algo de Aleksandra o de los niños? —Necesito saber que están a salvo y vivos.

Disparo varias veces a los hombres rusos que invaden mi casa.

Si Luka quiere casarse con Aleksandra, al menos no la ha matado. ¿Qué pasa con Sophia y Liam?

—Nada. Gian no ha respondido a su teléfono —dice Ardian.

—Eso es porque han tomado a Aleksandra como rehén. —Repaso la poca información que tengo y hago varios disparos más mientras el asalto al complejo sigue lloviendo sobre nosotros.

Hay movimiento en la puerta principal.

—¿Más refuerzos? —No son mis hombres. Están metidos dentro del complejo, luchando por sus vidas.

¿Desde cuándo los rusos han hecho crecer su imperio hasta tal magnitud?

—¡FBI! —grita una mujer, con su arma desenfundada mientras entra en mi despacho con un equipo detrás.

¿Los malditos rusos han traído a los federales a mi casa?

—No voy a ir a la cárcel —digo, mirando fijamente a mis hombres.

—No seas estúpido. Tienes una familia —me advierte Ardian—. Si matas a un federal, te meterán en la cárcel federal.

Ardian no debería dar las órdenes, pero tiene razón. Es sensato y tiene la cabeza fría. No puedo pensar con claridad ahora.

—Tienes razón —digo y bajo mi arma, levantando las manos—. Nos rendimos y resolvemos esto juntos.

Los agentes federales pululan por el complejo. Llegan varios equipos más, que arrasan con el edificio.

Nos obligan a tirarnos al suelo, con las manos atadas a la espalda hasta que los agentes federales determinan a quién persiguen.

No estoy seguro de qué lado han venido a proteger, si a los rusos o a los italianos.

Uno de los agentes del FBI me pone en pie. Es joven y probablemente aún esté en los inicios de su carrera.

—¡Antonio! —Aleksandra se precipita entre los agentes del FBI.

La agente me echa un vistazo.

—¿Es él? ¿Antonio Moretti? —pregunta.

—Sí, agente Malone —dice Aleksandra.

La ira me quema.

—¿Agente Melinda Malone? —repito el nombre, recordándolo de la tarjeta de visita que encontré arriba.

—Así es —dice ella—. Es un hombre difícil de encontrar. Date la vuelta.

Hago lo que me indica y me quita las esposas.

¿Aleksandra trajo a los federales a mi casa?

Quiero enfadarme, regañarla por haber puesto en peligro nuestras vidas, pero los agentes no están

arrestando a mis hombres. Se están llevando a los rusos esposados, a cada uno de ellos.

—¿Dónde están Sophia y Liam? —Me alivia que Aleksandra esté a salvo, pero necesito ver a mis hijos. Necesito saber que están vivos y bien, ilesos, sin duda.

—Te llevaré con ellos —dice el agente Malone, acompañándonos a Aleksandra y a mí al exterior.

Hace mucho frío y ninguno de los dos lleva abrigo. Me quito la chaqueta y la pongo sobre los hombros de Aleksandra mientras nos acompañan hasta el vehículo del agente del FBI.

Varios vehículos se alinean en el jardín delantero. Desde el asiento trasero de cada coche, el ruso Bratva ha sido detenido. Me alivia ver a Mikhail esposado, pero ¿cuánto tiempo permanecerá entre rejas en la cárcel?

Sophia tiene la nariz pegada al cristal, observando la conmoción. Liam está de rodillas, observando desde la ventana trasera.

El agente Malone abre el coche y yo abro la puerta trasera.

Aleksandra está a mi lado y yo no puedo evitar dar un suspiro de alivio.

Sophia y Liam salen del asiento trasero con los ojos muy abiertos y curiosos.

—¿Qué ha pasado? —pregunta Liam.

—Esa es una historia para cuando seas mayor —digo.

EPÍLOGO

ALEKSANDRA

Los agentes federales quieren que testifique contra mi hermano, Mikhail, y mi familia rusa. Me han dicho que mi testimonio les mantendrá a él y a sus hombres entre rejas durante mucho tiempo con cargos tanto de secuestro en primer grado como de privación ilegal de libertad.

¿Pongo a mi hermano mayor entre rejas?

Quiero sentirme aliviada. Quiero librarme de Mikhail, Luka y los demás miembros de la bratva y no tener que mirar constantemente por encima del hombro, preocupada de que vengan a por mí, o de que mi tiempo con Antonio haya terminado.

Pero también se siente como una traición a la familia en la que nací.

Antonio y yo nos parecemos en que la única familia que tenemos ahora es la del otro. Ha pasado tiempo investigando su herencia y descubriendo a sus padres biológicos, solo para descubrir que murieron hace diez años en un accidente de coche. No tiene hermanos y aunque hay tíos y tías por ahí, no parece dispuesto a acercarse a ninguno de ellos.

No le culpo. Especialmente cuando descubrió que el linaje de su madre era italiano, pero su padre era ruso.

No es una historia que comparte o habla, ni siquiera con sus hombres.

—¿Estás lista? —pregunta Antonio, asomando la cabeza en la biblioteca de mi nueva casa.

En el tercer piso, me ha dado no solo una sala de juegos para los niños, sino una habitación para mí, una biblioteca, repleta de piso a techo, donde puedo estar sola siempre que lo desee. Me ha dejado elegir la pintura, los muebles, los cuadros de la pared y, por supuesto, todos los libros.

Exhalo una respiración nerviosa y me aferro a la última novela que estoy leyendo, un dulce romance que me permite escapar de la dura realidad de mi oscura vida. Mi historia no es una que nadie quiera leer. Pero un mundo diferente al mío es algo en lo que puedo sumergirme de verdad.

Espera junto a la puerta, inclinando la cabeza hacia mí. Antonio está vestido con un traje de negocios formal, como siempre, profesional.

Yo llevo un traje con falda lápiz, el pelo recogido en un moño desordenado y aún no me he puesto los tacones.

Vamos a ir al juzgado.

Me da miedo testificar contra Mikhail, Luka y toda la Bratva rusa, pero es algo que haré porque quiero proteger a Sophia y a Liam. Necesito saber sin lugar a dudas que estarán a salvo y que los dejarán en paz.

Agarro un marcapáginas y lo introduzco en el libro antes de cerrar la encuadernación. De pie, me estiro, esperando un momento más en casa, donde es cálido y seguro.

No quiero enfrentarme a ninguno de ellos en el

juzgado, pero ¿qué opción hay? Alguien tiene que enfrentarse a ellos y no lo voy a hacer sola.

Antonio está testificando contra Mikhail que tuvo que ver con mi secuestro, viniendo a la oficina para extorsionar y esencialmente pagar un rescate por mi liberación. Se asegurará de que Mikhail pase la vida en la cárcel en lugar de solo unos pocos años por el secuestro en primer grado.

—¿Estás seguro de que Ardian puede vigilar a los niños? —le pregunto a Antonio.

—Tengo una sorpresa para ti —dice.

No estoy segura de poder soportar más sorpresas.

—¿Una buena sorpresa? —pregunto. Mi estómago ya me está asaltando. Estoy más que nerviosa. Me aterroriza ir bajo juramento. ¿Y si me preguntan por la mafia y por Antonio?

Aunque sé que Antonio no está bajo los focos y en juicio, no puedo evitar sentirme nerviosa.

—Vamos —dice y me coge de la mano, guiándome por dos tramos de escaleras.

—Kira —digo y sonrío, sorprendida de ver a la directora del preescolar en nuestro vestíbulo.

—La he contratado para que cuide a los gemelos mientras estamos en el juzgado hoy.

Estoy sorprendida y a la vez asombrada por todo lo que ha hecho Antonio. Se inclina y me da un beso casto en la mejilla.

—No tienes que preocuparte mientras estemos fuera. Sophia y Liam están en excelentes manos —dice.

————

—¡Mamá! —chilla Sophia mientras viene corriendo hacia mí con los dedos rojos y azules de pintar en el lienzo de la sala de juegos.

Liam no me presta la más mínima atención. Está con Kira, construyendo un enorme juego de bloques de construcción.

—Vamos a limpiarte —le digo con una ligera risa antes de que manche con su pintura goteante mi traje de pista. Con suerte, no tendré que volver al juzgado y Mikhail y sus hombres estarán entre rejas durante mucho tiempo.

Antonio se dirige a la sala de juegos para pagar a Kira por cuidar a los gemelos y acompañarla fuera y hasta su coche.

Después de limpiar el desastre de pintura de Sophia, le doy el mayor de los abrazos y la llevo abajo con Liam para comer.

El mostrador está limpio y vacío. Cojo el pan de la despensa y la mantequilla de cacahuete y la mermelada para preparar los sándwiches de los niños. Antonio se coloca justo detrás de mí en la cocina, con sus brazos alrededor de los míos, lo que dificulta la preparación de la comida para los dos niños.

—Tenemos un chef que puede encargarse de eso —dice, mientras sus manos suben y bajan por mis brazos. Su aliento me acaricia el cuello.

—No me importa. Además, me da cierto nivel de normalidad —digo.

—Lo que quieras, *Tesorina*. —Me da un suave beso en la mejilla y se aleja.

La cocina está helada y fría sin su cuerpo alrededor del mío. Ya echo de menos su calor, su cuerpo y su aliento contra mi piel.

Miro por encima del hombro para ver qué está haciendo y veo que coge dos vasos del armario y saca la jarra de agua de la nevera, llenándolos para los gemelos.

Sophia y Liam se sientan en la barra y se suben a los taburetes. Están callados mientras comen, devorando cada bocado de su sándwich favorito.

—¿Quieres que te haga un sándwich? —ofrezco. Mi estómago lleva gorgojeando desde el juzgado. No tengo la menor hambre, pero Antonio probablemente tiene un estómago de hierro.

—Estoy bien —dice y me coge de la mano, indicándome con la cabeza que le siga al pasillo.

—Terminen de comer. Ahora vuelvo —les digo a los gemelos.

Hay una sonrisa errante en mi cara.

—¿Qué pasa? —pregunto. ¿Por qué quiere tenerme a solas? Además, el pasillo no está nada solo cuando se trata de guardias que recorren los pasillos.

Rodea con sus manos las mías como si no quisiera soltarlas nunca.

—¿Estás bien? —le pregunto. Nunca he sabido que esté nervioso, pero parece mentalmente distante, como si estuviera perdido en sus pensamientos.

—Estoy perfecto —dice con una sonrisa cálida y tranquilizadora—. Me alivia que todo haya terminado, pero creo que debemos hablar.

Se me revuelve el estómago.

—Hablar —repito. Nunca sale nada bueno de esas pocas palabras.

Me ofrece otra sonrisa y suelta mi mano el tiempo suficiente para pasar sus dedos por mi pelo y Me empuja un mechón detrás de la oreja. Su atención se centra únicamente en mí. Es como si el resto del mundo no existiera por un solo momento.

—Quiero que seas feliz, Aleksandra.

—Lo soy —susurro, mirándole fijamente.

—No quiero que estés aquí por obligación o porque te haya obligado a vivir bajo mi techo. Quiero que sea aquí donde quieras vivir, donde estés feliz de volver después de un largo día fuera —dice Antonio.

Exhalo una fuerte bocanada de aire. No sé qué decir.

Sus dedos se enredan en mi pelo en la nuca.

—Quiero que este sea tu hogar, *Tesorina*. Quiero que criemos juntos a los gemelos como una familia. Un día, quiero ser tu marido —dice y se me seca la boca.

—¿Quieres casarte conmigo?

Una sonrisa torcida adorna su rostro.

—Un día —dice—. No creo que ninguno de los dos esté preparado para eso todavía.

Tiene razón.

Si me lo propusiera hoy, probablemente entraría en pánico y me volvería loca. Pero quiero pasar el resto de mi vida con él. Sé que no es un italiano dulce e inocente. Es despiadado, astuto y hará lo que sea para mantener a su familia a salvo.

Es una de las muchas cosas que me gustan de él.

—No voy a ninguna parte —digo. He quemado los puentes con los rusos. Ya no son mi familia. Antonio y los gemelos, son mi familia.

—Bien —susurra y yo vuelvo la cara hacia arriba, rozando mis labios con fuerza contra los suyos.

Lo deseo más que nada en mi vida. Lo necesito y estoy segura de que él también me necesita.

————

A Mikhail deberían haberle echado la bronca, la cadena perpetua, pero acabó siendo un jurado popular.

¿Cómo diablos lo lograron?

¿Mikhail pagó a uno de los jurados?

No puede ser una coincidencia que dos de los hombres del jurado fueran rusos. Aunque no los reconociera de la familia, eso no significa que no haya conexiones. Podría haberles pagado fácilmente o amenazado a sus familias.

Tiene que ser detenido.

—No puedo creer que se haya librado —digo y lanzo las manos al aire—. Va a venir a por mí. Esto no ha terminado.

—No dejaré que eso ocurra —dice Antonio, tirando de mí hacia sus brazos—. No es tan estúpido como para poner un dedo en ti o en nuestros hijos. Los federales lo están vigilando y mi fuente me dice que tienen un agente dispuesto a ir de incógnito. Están buscando información para encerrarlo definitivamente.

Aprieto los labios. Quiero creerle que estamos a salvo, que se ha acabado, que la locura y el caos llegarán a su fin.

—No quiero vivir con miedo, Antonio.

Me clava la mirada.

—Y no tienes que hacerlo. Ya he triplicado el número de guardias, he aumentado nuestra seguridad y he mejorado nuestras armas. He sometido a poligrafía a todos los que trabajan para mí y he hecho que interroguen a los que fallaron o tuvieron poligrafías no concluyentes. No tienes nada de qué preocuparte.

Ha tomado medidas adicionales para garantizar nuestra seguridad y la de sus hombres. Mario fue el único italiano que traicionó a Antonio y a la familia. Cuando Ardian indagó un poco más en los antecedentes de Mario, hubo pruebas de que trabajaba con los socios de Roberto de La Cuna, que ya han desaparecido. Sospechamos que Yuri había formado parte de la operación y robados fondos a los italianos durante años.

—Te protegeré a ti y a nuestra familia a toda costa.

Y Antonio nos protege.

Mientras sigue acechando en las oscuras sombras y gobernando la ciudad de Chicago, Mikhail no se acerca a nosotros.

No sé en qué problemas está metido y hago lo que puedo para evitar cualquier charla rusa. No quiero saber qué pasa con ellos.

Antonio es capaz de mantener su palabra, protegiéndonos, pase lo que pase, de cualquier peligro, pero saber que Mikhail está ahí fuera, vivo, siendo un jefe salvaje y brutal, es suficiente para asegurarme de llevar un guardia conmigo a todas partes.

Un guardaespaldas también acompaña a los gemelos cuando empiezan a asistir al jardín de infancia en otoño en su nueva escuela. Aunque Sofía y Liam no saben ni entienden a qué se dedica su padre, reconocen que es importante para sus hombres y, sobre todo, para ellos.

Antonio es un buen padre, cariñoso, atento y responsable. Es extraño ver un lado amable en el mismo hombre que me secuestró y retuvo contra mi voluntad hace bastante tiempo.

Con los niños, no les deja ver la naturaleza brutal y despiadada de su trabajo. Los protege de la oscuridad y la crueldad de los bajos fondos de la mafia. Ser padre se convierte en algo natural una vez que aprende a abrirse a los gemelos y ellos a él.

Y yo me arrepiento de no haberle dicho antes que estaba embarazada, de haberle ocultado a los gemelos durante sus primeros cuatro años de vida. Pero él me ha perdonado más de lo que yo me he perdonado a mí misma. Antonio no se perderá ni un día más con ellos y, cuando vuelva a concebir, no se perderá ni mi embarazo ni el parto.

———

Gracias por leer Voto Despiadado.

¿Quieres más? Lee la historia de Mikhail en Brutal Boss (Libro Uno de los Bratva Brothers).

Somos conocidos por nuestro salvajismo.

Dirigimos la ciudad de Nueva York. Controlamos cada centímetro de ella y cualquiera que se interponga en nuestro camino es ejecutado.

Protejo a la gente de estafadores y matones como el cártel. Pero no soy un buen tipo. Detesto pensar en mí mismo como un justiciero; incluso mi hermana menor intentó meterme entre rejas.

Cuando el coche de una joven se estropea bajo la lluvia, me siento demasiado generoso.

La reconozco, es una enfermera del Steele Concierge Medical, al menos eso es lo que quiere hacerme creer...

La traigo a mi recinto para protegerla durante la tormenta.

Pero ella me traiciona. Resulta que es del FBI, trabaja de forma encubierta y pretende destruir la bratva desde dentro.

Ahora que sé la verdad, ¿quién la protegerá de mí?

Brutal Boss es un romance de la mafia rusa entre enemigos y amantes. Es el primero de la serie de los Hermanos Bratva. Se puede leer como una novela independiente.

Sin trampas. Sin final de suspenso. Final feliz para siempre.

REGALOS, LIBROS
GRATIS Y MÁS REGALOS

Espero que hayas disfrutado de Voto Despiadado y que te haya encantado la historia de Aleksandra y Antonio.

Apúntate a mi boletín de Willow Fox

Si has disfrutado de Voto Despiadado, tómate un momento para dejar una reseña. Las reseñas ayudan a otros lectores a descubrir mis libros.

¿No estás seguro de qué escribir? No pasa nada. No tiene que ser largo. Puedes compartir cómo descubriste mi libro; ¿fue una recomendación de un amigo o de un club de lectura? Deja que los lectores sepan quién es tu personaje favorito o qué te gustaría que pasara después.

Gracias por leer. Espero que consideres la posibilidad de unirte a mi lista de correo para recibir libros gratuitos, promociones, regalos y noticias sobre nuevos lanzamientos.

A Willow Fox le gusta escribir desde que estaba en el instituto (hace muchos años). Sus romances de pueblo reflejan la vida en un pequeño pueblo de la América rural.

Ya sea escribiendo romances o sentada junto a la hoguera leyendo un buen libro, Willow ama la magia de la palabra escrita.

Sueña con que la barran con sus pies y espera hacer eso con sus lectores.

Visita su página web en:

https://authorwillowfox.com

TAMBIÉN DE WILLOW FOX

Serie Táctica Águila

Expuesto: Jaxson

Sigilo: Mason

Oculto: Lincoln

Encubierto: Jayden

Matrimonios de la Mafia

Voto Silencioso

Voto Cautivo

Voto Salvaje

Voto Involuntario

Voto Despiadado

Otros títulos de libros románticos disponibles en inglés, francés, alemán e italiano en shopwillowfox.com.